LA SAISON
DE L'OMBRE

DU MÊME AUTEUR

Habiter la frontière, conférences, L'Arche Editeur, 2012.
Écrits pour la parole, théâtre, L'Arche Editeur, 2012. Prix Seligmann
   contre le racisme 2012.
Ces âmes chagrines, roman, Plon, 2011.
Blues pour Elise, roman, Plon, 2010 et Pocket, 2012.
Les Aubes écarlates, roman, Plon, 2009 et Pocket, 2010. Trophées
   des arts afro-caribéens 2010.
Soulfood équatoriale, nouvelles, Nil (collection Exquis d'écrivains),
   2009.
Tels des astres éteints, roman, Plon, 2008 et Pocket, 2009.
Afropean soul et autres nouvelles, Flammarion (collection Etonnants
   Classiques), 2008.
Contours du jour qui vient, roman, Plon, 2006, Pocket, 2007 et
   Pocket Jeunesse, 2008. Prix Goncourt des lycéens 2006.
L'Intérieur de la nuit, roman, Plon, 2005 et Pocket, 2006. Prix Louis
   Guilloux 2006. Prix René Fallet 2006. Prix Montalembert du
   premier roman de femme 2006. Prix Bernard Palissy 2006. Prix
   de l'Excellence camerounaise 2007. Prix Grinzane Cavour 2008
   pour la traduction italienne.

LÉONORA MIANO

LA SAISON
DE L'OMBRE

roman

BERNARD GRASSET

PARIS

Photo de la bande : © JF Paga/Grasset

ISBN : 978-2-246-80113-9

© 2013, Éditions Grasset & Fasquelle.

Aux résidents de l'ombre,
que recouvre le suaire atlantique.
À ceux qui les aimaient.

Sentinelle, que dis-tu de la nuit ?
Sentinelle, que dis-tu de la nuit ?
La sentinelle répond :
Le matin vient, et la nuit aussi

ESAÏE 21, 11-12.

Ô quelle épopée future
ranimera nos ombres évanouies ?

FRANKETIENNE, Ultravocal.

Aurore fuligineuse

Elles l'ignorent, mais cela leur arrive au même moment. Celles dont les fils n'ont pas été retrouvés ont fermé les yeux, au bout de plusieurs nuits sans sommeil. Les cases n'ont pas toutes été rebâties après le grand incendie. Regroupées dans une habitation distante des autres, elles combattent de leur mieux le chagrin. Le jour durant, elles ne disent rien de l'inquiétude, ne prononcent pas le mot de perte, ni les noms de ces fils que l'on n'a pas revus. En l'absence du guide spirituel, lui aussi perdu on ne sait où, le Conseil a pris les décisions qui semblaient s'imposer. Des femmes ont été consultées : les plus âgées. Celles qui ne voient plus leur sang depuis de longues lunes. Celles que le clan considère désormais comme les égales des hommes.

Parmi les deux qui eurent le privilège d'être entendues après la tragédie, Ebeise, la première épouse du guide spirituel, a été particulièrement prise en compte. En tant que matrone, elle a assisté bien des parturientes. Elle a vu trembler certains des notables siégeant au Conseil alors qu'ils attendaient, à l'extérieur de la case où une vie allait éclore, se mordant les lèvres, mâchouillant des herbes médicinales dans l'espoir de se calmer, murmurant des suppliques aux maloba[1] pour être délivrés de l'existence parmi les vivants, tant l'épreuve leur était insupportable. Elle les a vus se tenir le bas du ventre, faire les cent pas, la sueur dégoulinant du front, comme s'ils avaient eux-mêmes été en travail.

Elle les a vus fanfaronner quand on a montré le nourrisson aux mânes. Si l'enfant s'est présenté de la mauvaise manière ou, pire, s'il est venu au monde sans vie, l'accoucheuse a séché les larmes des pères, apaisé les angoisses devant l'interminable série de sacrifices à effectuer pour conjurer le sort. C'est elle encore, qui a préparé le mélange d'herbes devant servir lorsque les parents du mort-né seraient scarifiés. Ici, on leur trace un symbole sur la peau, afin que la mort se souvienne qu'elle leur a déjà ravi un enfant. Enfin, cette femme a vu les sages fragiles, perdus. Il n'y avait personne, au sein de l'assemblée des anciens, qui puisse l'impressionner.

L'ancienne a donc eu l'oreille des notables. C'est elle qui a suggéré que soient logées sous le même toit, les femmes dont les fils n'ont pas été retrouvés. *Ainsi,* a-t-elle déclaré, *leur douleur sera contenue en un lieu clairement circonscrit, et ne se répandra pas dans tout le village. Nous avons fort à faire pour comprendre ce qui nous est arrivé, puis reconstruire…* Soucieux de ne pas être en reste, le chef Mukano, approuvant d'un hochement de tête le confinement des mères éplorées, a donné l'ordre que les hommes les plus vaillants inspectent la brousse alentour. Des indices pourraient y être trouvés, afin de prévenir d'autres attaques.

Certains auraient voulu formuler des accusations.

---

1. Un glossaire en fin d'ouvrage éclairera le lecteur sur la signification des termes doualas les plus récurrents. Le douala est une langue parlée sur la côte du Cameroun.

Relever des manquements à l'égard des ancêtres, des maloba et de Nyambe Lui-même. Quelle autre explication devant un tel drame ? Les mécontents ont ravalé leurs protestations. Sans renoncer à exprimer leur sentiment, il leur a semblé judicieux de se montrer patients. Avant de décocher leurs flèches, ils attendront que les dégâts soient réparés, éviteront ainsi qu'on ne les montre du doigt pour avoir fait pénétrer l'esprit de la discorde dans la case du Conseil. Pendant la conversation, le regard franc de la matrone a croisé, à plusieurs reprises, celui de l'adipeux Mutango. Dans les yeux globuleux du dignitaire, la femme a vu se lever des houles dont elle n'a pas douté qu'elles se déverseraient sur le chef, à la première occasion. Les deux hommes sont frères par le sang. Venus au monde pratiquement le même jour mais nés de mères différentes, ils auraient pu, tous deux, prétendre occuper la chefferie, si les lois régissant ce domaine avaient été autres. Chez les Mulongo, le pouvoir se transmet par la lignée maternelle. Seule la mère de Mukano était de sang royal.

Mutango a toujours vécu cela comme une injustice. Il a souvent fait remarquer que ce régime reposait sur une incohérence. Si les femmes sont considérées comme des enfants jusqu'à ce qu'elles atteignent l'âge de la ménopause, il est absurde qu'elles transmettent la prérogative de régner, même si ce sont les hommes qui exercent l'autorité suprême. Jusque-là, le frère du chef n'a pas réussi à faire modifier la règle, mais en ces temps troublés, il saura trouver des alliés pour lui prêter main-forte. Ebeise se méfie. Enfin, c'est après une décision du Conseil qu'une partie des femmes de la communauté ont été rassemblées dans la même case. Celles dont les fils n'ont pas été retrouvés. Pour celles qui, comme l'accoucheuse, n'ont pas revu leurs époux, l'éloignement et le confinement n'ont pas été jugés nécessaires. Elles ne sont que deux. La seconde, Eleke, la guérisseuse du village, a été frappée par un mal mystérieux le lendemain de l'incendie. Durant la réunion des anciens, au moment de prendre la parole, elle a perdu connaissance. Il a fallu la transporter chez elle. Nul ne l'a revue, depuis.

*

Le jour s'apprête à chasser la nuit, sur les terres du clan mulongo. Les chants d'oiseaux annonçant la lumière ne se sont pas encore fait entendre. Les femmes dorment. Dans leur sommeil, il leur arrive une chose étrange. Comme leur esprit navigue dans les contrées du rêve qui sont une autre dimension de la réalité, elles font une rencontre. Une présence ombreuse vient à elles, à chacune d'elles, et chacune reconnaîtrait entre mille la voix qui lui parle. Dans leur rêve, elles penchent la tête, étirent le cou, cherchent à percer cette ombre. Voir ce visage. L'obscurité, cependant, est épaisse. Elles ne distinguent rien. Il n'y a que cette parole : *Mère, ouvre-moi, afin que je puisse renaître.* Elles reculent d'un pas. On insiste : *Mère, hâte-toi. Nous devons agir devant le jour. Autrement, tout sera perdu.* Même les yeux fermés, les femmes savent qu'il faut se garder des voix sans visage. Le Mal existe. Il sait se faire passer pour autre qu'il n'est. De l'aube à l'aube, leur sang crie vers l'être dont elles retrouvent les intonations. Cependant, que faire sans certitude ? Un grand malheur vient de s'abattre sur le village. Elles refusent d'être la cause de souffrances plus terribles. Déjà, elles ont été écartées du groupe, éloignées comme des malfaisantes.

14

Bien sûr, on leur a expliqué, c'est la matrone qui s'en est chargée, que la mesure serait provisoire, ne durerait que le temps, pour les anciens, de mieux cerner la situation. Ensuite, elles pourraient regagner leurs foyers. Cela n'a pas suffi à les rassurer. Elles marchent tête baissée. Se parlent peu. Ne voient pas leurs plus jeunes enfants, laissés sous la surveillance des coépouses. Quand vient l'heure du repos, elles posent la nuque sur un appuie-tête en bois pour préserver les coiffures élaborées qu'elles continuent d'arborer, espérant aussi qu'il garantisse la qualité de leurs songes. L'instant dévolu au rêve s'aborde avec la solennité d'un rituel. Le rêve est un voyage en soi, hors de soi, dans la profondeur des choses et au-delà. Il n'est pas seulement un temps, mais aussi, un espace. Le lieu du dévoilement. Celui de l'illusion parfois, le monde invisible étant aussi peuplé d'entités maléfiques. On ne pose pas sa tête n'importe où, lorsque l'on s'apprête à faire un songe. Il faut un support adéquat. Un objet sculpté dans un bois choisi pour l'esprit qu'il abrite, et sur lequel des paroles sacrées ont été prononcées avant qu'il ne soit taillé. Même en ayant pris toutes ces précautions, il n'est pas conseillé de se fier à une voix que l'on pense avoir identifiée.

D'un même mouvement, les femmes se retournent. Le geste est nerveux. Elles n'ouvrent pas les yeux. La voix se fait pressante, s'évanouit. Les derniers mots résonnent dans leur esprit : ... *devant le jour. Tout sera perdu.* Les paupières closes laissent filtrer des larmes, tandis qu'elles glissent une main entre les jambes, plient les genoux. Elles ne peuvent s'ouvrir comme cela. Se laisser pénétrer par une ombre. Elles pleurent. Cela leur arrive à toutes. Là, maintenant. Si l'une d'elles a eu la faiblesse de se déverrouiller, les autres n'en sauront rien. Aucune ne parlera de ce rêve. Aucune ne prendra une sœur à part pour lui chuchoter : *Il est venu. Mon premier-né. Il m'a demandé…* Elles ne prononceront pas les noms de ces fils dont on ignore le sort. De peur que le Mal ne s'empare de cette vibration particulière. S'ils sont encore en vie, la prudence est de mise. Ces noms ne les quittent pas. Ils chantent en elles de l'aurore au crépuscule, les poursuivent ensuite quand elles dorment. Parfois, elles n'ont rien d'autre à l'esprit. Elles ne les énonceront pas. On les a déjà mises à l'écart, pour que la complainte de leur cœur ne vienne pas empoisonner le quotidien des autres. Les chanceux qui n'ont perdu qu'une case, quelques objets.

Elles ouvrent les yeux. Peu avant le chant matinal des oiseaux. L'ombre tarde à se dissiper. Elles ont l'impression d'être encore en train de rêver, ne parlent pas, feignent de dormir, tant que le jour n'est pas levé. Bientôt, elles se lassent de cette simulation, ne peuvent garder les yeux fermés. Leur regard erre dans l'obscurité. Certaines croient distinguer les motifs de la natte d'esoko sur laquelle elles sont étendues, les fibres qui se croisent, les carrés brodés avec de fines nervures de feuilles. Elles sont immobiles. La nuque toujours appuyée sur le repose-tête. Les mères de ceux qui n'ont pas été retrouvés songent, un instant, qu'il est heureux que la case du maître sculpteur n'ait pas été entièrement détruite. On a pu sauver, à temps, des éléments indispensables. C'est pour cette raison qu'elles ne sont pas obligées de rouler leur natte pour y poser leur tête, tandis que le reste du corps resterait allongé à même le sol.

La lumière rechigne à s'installer. Elles le voient à travers la porte ouverte sur l'extérieur. La case qui leur a été attribuée ne ferme pas. Elles tressaillent imperceptiblement dans l'attente du jour. Alors, elles sortiront. Vaqueront comme si de rien n'était à leurs occupations. Se demanderont, sans rien exiger, s'il leur sera bientôt permis de rejoindre leurs familles. Elles n'échangeront que des paroles banales, celles qu'on dit en exécutant les tâches domestiques. Les mots que l'on prononce lorsque l'on pile des tubercules à deux. Quand on rassemble des fibres végétales pour confectionner un dibato ou une manjua. Pour l'instant, elles attendent. Scrutent l'obscurité, à l'intérieur et à l'extérieur de la case commune. Les femmes dont les fils n'ont pas été retrouvés ignorent que, dans le ciel, le soleil a déjà pris ses quartiers. Il irradie sous le nom d'Etume, sa première identité. Au fil de la journée, il deviendra Ntindi, Esama, Enange, marquant, à travers ses mutations, la course quotidienne du temps.

C'est Ebeise qui, la première, découvre le phénomène. Elle a pour habitude de se lever devant le jour, afin de préparer le repas de son homme. Il ne prend, à l'aurore, que les mets cuisinés par sa première épouse. Aujourd'hui, elle ne lui servira rien. Il a disparu, la nuit du grand incendie. Le clan est privé de son guide spirituel. Elle regarde. Refoule crainte et colère, tente de comprendre. La chose est inédite. La femme quitte avec discrétion sa case, pour se diriger vers la demeure de Musima, son fils aîné. Ces temps-ci, il couche sous un arbre au fond de leur concession. Lorsqu'elle atteint ce lieu, il ne dort plus, fait brûler des écorces en récitant des incantations. Il ira ensuite interroger les ancêtres, déposer quelques victuailles au pied des reliquaires, s'enduire les mains d'huile pour masser, avec humilité, leurs têtes en bois sculpté. La disparition de son père est inexplicable. Un homme tel que lui ne s'évanouit pas dans la nature. La mort elle-même ne saurait le surprendre. Il doit la deviner de loin. Connaître le moment exact. Avoir tout laissé en ordre, bien avant le fatal tête-à-tête.

Le fils du ministre des Cultes et de la matrone semble préoccupé. Il s'apprête à interroger le ngambi une fois de plus. Son cœur n'est pas en paix. Il se sent faible parce que son père a disparu avant de lui enseigner tout ce qu'il faut savoir. Il a eu beau l'appeler pour le voir dans ses rêves, l'homme ne s'est pas présenté. Une fois, il a cru entendre sa voix. Elle s'est trop vite éteinte. Ce n'était qu'un souffle dans le vent, un écho lointain. Musima sait que son père a le pouvoir, où qu'il se trouve depuis l'incendie, de se jouer des distances. Un esprit comme le sien ne tarderait pas tant à se manifester, à moins d'un cataclysme. Et s'il n'avait plus été de ce monde, son fils l'aurait senti venir en lui il y a déjà plusieurs jours. Au son des pas de sa mère, il lève les yeux. Elle lui fait signe de ne pas dire un mot, s'approche. La femme n'a pas fait sa toilette du matin. Autrement, sa peau luirait d'huile de njabi parfumée. Elle se serait passé une poudre d'argile rouge sur le visage, pour se protéger du soleil. L'ancienne a enfilé à la hâte sa manjua, l'habit que tous ont revêtu en signe de lamentation, depuis le grand incendie. On le retirera une fois la reconstruction achevée. Alors, on partagera le dindo, repas offert au sortir de l'épreuve. La matrone n'arbore aucune parure. Seul un pendentif qui ne la quitte jamais lui orne le cou. L'amulette bouge entre ses seins nus, comme elle avance.

L'homme se lève, baisse la tête en signe de respect. Ebeise chuchote : *Fils, viens voir ça. Vite, avant que le peuple tout entier...* Elle le tire par le bras. Inutile de marcher longtemps. La chose est visible de loin. La femme pointe le doigt en direction de la case où sont regroupées celles dont on n'a pas revu les fils. Une brume épaisse plane au-dessus de l'habitation. Si une telle curiosité existait, on pourrait la décrire comme une fumée froide. Cette opacité prolonge la nuit autour de la demeure, quand le jour s'est levé, à quelques pas de là. Mère et fils regardent. Rompant le silence, Musima balbutie : *Crois-tu qu'il s'agisse d'une manifestation de leur douleur ?* Elle hausse les épaules : *Si nous voulons en avoir le cœur net, il faut les interroger. Et nous devons agir avant que Mutango ne saisisse là l'occasion de mettre le monde sens dessus dessous.* Ils échangent à nouveau un regard. Faut-il aller observer la chose de plus près ? La masse fuligineuse semble s'être figée au-dessus de la case, mais elle pourrait bien fondre sur quiconque voudrait l'examiner. Ils hésitent. Au bout de quelques instants, Ebeise se résout à s'avancer vers le lieu où sont logées celles dont on n'a pas revu les fils. C'est alors qu'une silhouette se dessine au loin, surgissant de derrière l'habitation. La vue perçante de la matrone lui permet de reconnaître l'adipeux Mutango. *Tsst*, fait-elle agacée, *le ventru est déjà au courant. Peut-être même y est-il pour quelque chose. En tout cas, il ne doit pas les voir avant nous. Fils, prends tes responsabilités. En l'absence de ton père, tu es le maître des mystères.*

Musima avance vers l'ancien avec le plus d'autorité possible, tentant de discipliner le tremblement de ses jambes. Il ne se sent pas prêt à endosser ce rôle, n'est pas légitime, tant que son père ne lui est pas au moins apparu en rêve. Tant que son esprit n'est pas descendu en lui pour léguer son savoir, avant de gagner l'autre monde. Que faire une fois arrivé sur le seuil de cette case ? Quelle question poser ? Pour se rassurer, il caresse le talisman qui pend à son cou depuis toujours, un objet que son père a façonné, chargé lui-même, avec le secours des ancêtres. Sa mère le suit de près. Ils sont encore à une bonne longueur du lieu, quand le notable lève la tête, les voit. Mutango sait qu'il ne faut pas esquisser un geste de plus. Ne pas s'en aller, surtout. Ebeise n'hésitera pas à réunir le Conseil pour tout lui mettre sur le dos. Il attend. Ne semble pas se soucier de la noirceur qui lui masque pourtant la vue du ciel.

L'accoucheuse s'arrête à l'endroit exact où le jour rencontre la nuit. Son fils en fait autant. Aucun n'est pressé de rejoindre le notable qui la fixe du regard. Ils se jaugent un moment sans rien se dire. Puis, se tournant vers son fils, la femme murmure : *Fais-les sortir. Ne pénètre pas dans la maison. Appelle-les.* La case où sont les femmes est assez distante de la plupart des habitations. L'homme peut se permettre d'élever la voix. Il convoque celles qui résident sous ce toit, répète comme une litanie la suite de leurs noms. Pendant ce temps, la matrone et le dignitaire continuent de s'observer. Ils n'ont pas échangé les salutations d'usage, ne s'en soucient guère. Leur attitude est celle de points cardinaux ne valant que l'un par l'autre, nécessaires à l'équilibre de misipo, et pourtant contraints de ne pas se toucher, sous peine de faire basculer le monde dans le chaos. Musima psalmodie les noms de celles dont les fils n'ont pas été retrouvés.

*

Elles ne peuvent ignorer cet appel. Toutes le perçoivent. Puisqu'elles ne dorment plus, il ne s'agit pas d'un rêve. L'une d'elles, Eyabe, chuchote : *Vous entendez ?* Les

20

autres acquiescent en sourdine. Celle qui a parlé dit : *Il ne faut pas répondre, mais nous devons savoir s'il y a vraiment quelqu'un là, dehors.* Il est dangereux de répondre à un appel dont on ne sait, avec certitude, de qui il émane. Le mieux est d'aller voir. Aucune n'ira seule. Elles se lèvent doucement, se rassemblent au centre de la pièce, s'interrogent sur la manière de procéder pour qu'aucune ne soit plus exposée que les autres. Eyabe propose : *Nous allons fermer les yeux, nous serrer les unes contre les autres, marcher à petits pas pour passer la porte. Une fois que nous serons toutes sorties, je donnerai le signal. Nous rouvrirons les yeux ensemble.* Ainsi, elles affronteront en même temps la personne ou l'esprit qui les sollicite avec tant d'insistance.

Les dix femmes s'enlacent. D'abord deux. Une troisième les rejoint. Puis une quatrième. Jusqu'à former une grappe, comme les graines de njabi sur les branches qui les supportent. Elles ferment les yeux, baissent la tête. Cela ne fait pas partie des consignes, mais elles s'exécutent spontanément. Les trois étages de leur coiffure en cascade, multipliés par dix, forment une large corolle, chaque palier évoquant un pétale recourbé. Depuis que leurs fils n'ont pas été retrouvés, elles ne sont qu'une seule et même personne. Toutes auréolées d'un même mystère. Les anciennes rivalités n'ont plus cours. Auparavant, certaines auraient refusé cet amalgame épidermique. A présent, la seule chose qui leur importe est de ne pas chavirer. Pour cela, il faut suivre le rythme. Etre vraiment avec les autres. Epouser leurs mouvements. Les prévoir. Entrer dans le souffle des autres. Partager l'inspiration, l'exhalaison. La sueur. Les secrètes réminiscences de la nuit passée. Elles prennent leur temps.

S'agrippant les unes aux autres, elles partagent enfin

ce que la parole interdit, puisqu'on ne doit pas énoncer ces choses. Elles s'étreignent comme on crie. Comme on sèche, dans l'intimité d'une case, les larmes de l'amie éprouvée. Paupières closes, elles se voient, se connaissent, intensément. Prennent leur temps. Ralentissent pour prolonger ce moment. Elles n'ont pas pensé à enfiler leur manjua. C'est mieux ainsi, même si elles ne sont plus en âge de dévoiler intégralement leur nudité. Les épouses et les mères ne découvrent que le buste. Dehors, la voix les appelle toujours. Surtout ne pas régler, sur cette mélopée, la cadence de leur avancée. C'est d'elles-mêmes que doit venir le tempo. Combien de temps leur faut-il pour sortir ? Elles savent qu'elles sont dehors lorsqu'elles sentent le souffle léger du vent sur leur peau, la terre qui, contrairement au sol de la case, n'a pas été balayée, dépouillée de ses aspérités. Alors, elles s'arrêtent. Eyabe murmure un signal. Elles gémissent à l'unisson, à voix basse.

Les femmes dont on n'a pas revu les fils ont besoin de s'étreindre. Les yeux fermés. En silence. Nul ne se soucie de les consoler. Ce que l'on espère, c'est se préserver du malheur qui les frappe. Si leurs fils ne sont jamais retrouvés, si le ngambi ne révèle pas ce qui leur est arrivé, on ne racontera pas le chagrin de ces mères. La communauté oubliera les dix jeunes initiés, les deux hommes d'âge mûr, évaporés dans l'air au cours du grand incendie. Du feu lui-même, on ne dira plus rien. Qui goûte le souvenir des défaites ? Le peuple sait, dorénavant, qu'il ne s'agissait pas d'un accident. Le village a été attaqué. Et la puissance des ancêtres, l'habileté des vieux guerriers, l'agilité des jeunes coqs, n'ont rien pu empêcher. Eyabe murmure le signal. Elles gémissent. Quand elles rouvrent les yeux, la nuit a dénoué les voiles dont elle entourait la case. L'oiseau du matin entonne son chant. Le jeune maître des mystères se tait. La matrone et le notable se décochent en silence des flèches enflammées. On croirait qu'ils cherchent à se détruire, rien qu'en se regardant. Ils n'ont pas d'yeux pour celles qui ne savent s'il leur faut pleurer ou attendre. Elles se tiennent là, silencieuses, nues, se détachent doucement les unes des autres. Chacune est seule à nouveau. Le soleil installe ses radiances dans le ciel. Elles n'ont jamais eu si froid.

*

Le fils de la matrone s'adresse aux femmes : *Nous devons parler*, ne les questionne pas sur l'étrange manière qu'elles ont eue de se présenter, collées les unes aux autres, paupières closes, tête baissée. L'homme dit qu'elles parleront à tour de rôle. Puisqu'elles ne sont pas autorisées à circuler dans le village, il restera ici. D'un geste de la main, il prie les aînés – sa mère et Mutango – de le laisser. Le notable ne bronche pas. Musima s'explique calmement : *En l'absence de mon père, c'est à moi de faire ceci. Je suis prêt.* Ce n'est pas ce qu'il pense, mais c'est ce qu'il faut dire. Sa mère hoche la tête en signe d'approbation. Les anciens lui donnent le dos, s'éloignent, chacun de son côté.

L'homme fait asseoir les femmes devant la case. Elles forment une rangée qu'il compte ne pas perdre de vue. Pendant qu'il discutera avec l'une, il veillera à ce que les autres n'échangent pas une parole. Chacune doit livrer sa vérité. Toutes acceptent ce principe. Cela fait maintenant plus de trois semaines qu'elles vivent ainsi à l'écart. Personne n'est encore venu leur parler. Personne n'a souhaité entendre ce qu'elles ont sur le cœur, ce que chacune garde pour elle. La bienséance interdit les épanchements. Il ne faut pas gémir sur le sort d'un enfant quand on a la chance d'en avoir d'autres, quand on peut encore en mettre au monde. Il est malsain de cajoler sa propre souffrance quand ce qui compte, c'est le bien-être, la pérennité du groupe. On sait qu'elles ont mal. C'est pour cela que cette maison commune leur a été affectée.

Elles ont le droit d'éprouver de la peine. Pas celui d'embarrasser le clan avec tout ce chagrin, de contaminer les personnes qui vivent quotidiennement à leurs côtés, de faire comme si l'enfant qui n'a pas été retrouvé représentait tout. Ces femmes sont comme les veuves, qui ne sont autorisées à reparaître en société qu'au terme d'une certaine durée, après s'être soumises à des rituels parfois rudes. Elles ne sont pas des veuves. Il n'y a pas de mot pour nommer leur condition. On n'a pas revu leurs garçons après le grand incendie. Nul ne sait s'ils sont vivants ou morts.

*

Musima commence ses entretiens. Il improvise, se convainc d'avoir choisi la procédure adéquate. A chacune, il pose les mêmes questions. Elles y répondent à tour de rôle. *Femme, comment as-tu quitté la nuit ? Bien, je te remercie. Femme, qu'as-tu à dire de l'ombre ?* Toutes ont la même réaction, lorsqu'elles entendent cette interrogation. Elles le fixent longuement des yeux, certaines qu'il connaît la teneur du rêve qui les a assaillies. Elles bredouillent : *Mwititi... Femme, qu'as-tu à dire de l'ombre ?* Neuf femmes sur dix répondent : *Mwititi est trompeuse. Elle est venue à moi, prenant la voix de mon... fils aîné.*

24

Celui qu'on n'a pas retrouvé. Je sais que ce n'était pas lui.
Elles se taisent après ces propos. Elles en ont trop dit. Il
est difficile de peser ses mots, quand on n'a plus droit à
la parole. On la laisse déborder.

Une seule répond : *L'ombre est tout ce qui nous reste.*
Elle est ce que sont devenus les jours. C'est Eyab<u>e</u> qui prononce ces paroles. Elle ajoute : *Et toi, homme, qu'as-tu*
à dire de Mwititi ? Crois-tu qu'il suffise que dix femmes
soient reléguées dans un coin du village pour que la com-
munauté y échappe ? Eyab<u>e</u> soutient le regard perplexe de
Musima, se lève sans y avoir été invitée. Pas une seule
fois, elle n'a baissé la tête. Au lieu de rejoindre ses compagnes assises devant la case, elle se rend derrière l'habitation commune. Quand elle revient, elle s'est lavée,
coiffée d'une couronne de feuilles, enduit le visage et les
épaules de kaolin. Les autres femmes tressaillent à sa vue.
L'homme réprime un cri. L'argile blanche, appliquée sur
la face, symbolise la figure des trépassés qui viennent visiter les vivants. Le blanc est la couleur des esprits. Sans
accorder la moindre attention à quiconque, Eyab<u>e</u> pénètre
maintenant dans la case. Elle fredonne une complainte,
tape doucement des mains.

Bientôt, elle ressort, vêtue d'un dibato en écorce battue. C'est un costume d'apparat, pas comme la manjua.
Eyab<u>e</u> se dirige vers le centre du village, avance lentement. Chaque pas est une affirmation. Elle n'a rien à se
reprocher. D'abord, c'est pour elle-même qu'elle prononce
ces mots. Puis, elle les énonce à voix haute, sans crier,
inclut les autres femmes dans cette dénégation : *Nous*
n'avons rien fait de mal. Nous n'avons pas avalé nos fils et
ne méritons pas d'être traitées comme des criminelles. C'était
de partir à leur recherche qu'il s'agissait. Ils ne sont plus, à

présent. Tels que nous les avons connus, nous ne les verrons plus... Sa voix se brise, mais elle marche, tape des mains pour rythmer son chant, approche d'un premier groupe de cases, passe sans s'arrêter. Eyab<u>e</u> atteint la concession de sa famille. Depuis que le Conseil a décidé que celles dont les fils n'ont pas été retrouvés seraient éloignées, personne n'a cherché à la voir.

Quelqu'un la salue du bout des lèvres. Elle l'ignore, ne semble pas entendre, fait le tour de sa propre demeure. Derrière, dans une petite cour, il y a des arbres. Des makube. L'un d'eux a été planté le jour où son fils est venu au monde. Celui qu'on n'a pas revu. Celui dont il ne faut pas parler. Les morts sont constamment évoqués, au sein de cette communauté. Les vivants font l'objet de commérages incessants, de louanges quelquefois. Depuis le grand incendie, une nouvelle catégorie d'individus est apparue : celle de ceux qui ne sont ni vivants, ni morts. On ignore ce qu'ils sont devenus. On accepte de vivre sans le savoir. Eyab<u>e</u> se love contre le dikube sous lequel son placenta a été enterré le jour où elle a donné naissance à son premier enfant, celui qui venait d'entrer dans l'âge d'homme lorsqu'il lui a été ravi. *Là où tu es,* dit-elle, *entendras-tu mon cœur t'appeler ? Je sais que tu as souffert. Hier, tu es venu dans mon rêve... Pardonne-moi de n'avoir pas compris tout de suite. Si tu reviens, je m'ouvrirai et t'abriterai à nouveau.*

Eyab<u>e</u> parle à son fils sans ouvrir la bouche. Les habitants de la concession l'observent, disent qu'elle a perdu la raison, la regardent se frotter le front contre l'arbre, le caresser. La femme pleure. Elle s'en accorde le droit. En fin de compte, elle s'écarte du dikube, fait un pas en arrière sans le quitter des yeux. L'arbre tombe, comme arraché à la terre par une main puissante. On voit les racines, l'excavation qu'elles ont laissée. Pour le moment, Eyabe est la seule à savoir que la crevasse contient une plante. Une fleur comme il ne lui a jamais été donné d'en voir par ici. Une toute petite fleur qu'un enfant offrirait au regard de sa mère, pour qu'elle contemple la beauté des choses. La beauté, malgré tout, parce que le chagrin ne peut effacer ce qui a été vécu, l'amour donné et reçu, la joie partagée, le souvenir. La femme sèche ses larmes, se remet à chanter. Le dos courbé à présent, elle exécute la danse des morts, martèle de ses pieds nus la terre ocre, jusqu'au seuil de sa case dans laquelle elle pénètre.

De l'habitation, il ne reste que les piliers, la moitié du toit, un mur et demi. Peu importe. Eyabe n'attendra pas les consignes des anciens pour reprendre possession de son espace, de sa vie. Une fois à l'intérieur, elle s'empare des nervures de lende qui, attachées ensemble, forment un faisceau végétal. Elle balaie le sol de sa case, déroule la natte qu'elle a elle-même tressée, l'étend sur le sol. Le long du seul mur encore intact, celui contre lequel la natte roulée avait été placée, des pots en argile, disposés en colonne, contiennent ses effets personnels. Elle en déplace quelques-uns, les pose à terre, jusqu'à ce qu'elle trouve celui qui l'intéresse. La fumée de l'incendie a recouvert les récipients d'une suie qui lui noircit la paume des mains. Regardant ses doigts sales, elle murmure : *Femme, qu'as-tu à dire de l'ombre ? Il suffit pourtant d'ouvrir les yeux, pour savoir quoi penser...* Dans un grand pot vide, Eyabe range son dibato en écorce de dikube. Elle l'avait revêtu pour aller saluer l'esprit de son fils, celui qu'elle ne reverra pas tel qu'elle l'a connu. Elle ne portera plus ce vêtement.

On l'épie. L'intérieur de la case est, en grande partie, ouvert aux regards. Les habitants de la concession, les siens donc, se tiennent immobiles, comme devant une étrangère. De temps à autre, on échange des paroles à voix basse. Elle s'appuie contre la moitié de mur ouvrant sur les restes de la maison voisine, celle d'Ek̲esi, sa coépouse, qui darde sur elle son regard inamical. Eyab̲e lui rend son affection en disant : *Je m'étonne, chère, que tu sois encore là à me regarder. Qu'attends-tu pour alerter le Conseil, exiger une ordalie ?* Se tournant vers les curieux attroupés dans la cour, Eyab̲e lance : *Que nul ne conçoive à mon sujet la moindre inquiétude. Je veux dire,* précise-t-elle avec un faible sourire, *que je ne suis pas soudain devenue malfaisante.* La femme voudrait s'exprimer davantage, plaider la cause de celles dont les premiers fils n'ont pas été retrouvés. C'est inutile. Elle le voit, le sent. La famille ne souhaite pas son retour. Les femmes, seules dans la concession avec leurs plus jeunes enfants, se croisent les bras sur la poitrine, dans une posture défensive.

Sans comprendre, les bambins perçoivent la tension qui épaissit l'atmosphère. Certains pleurent. La peur a élu domicile dans les regards, comme si sa présence en ces lieux suffisait à causer un nouvel incendie, à faire disparaître d'autres personnes. Musinga, son époux, doit être quelque part dans le village ou à l'extérieur, se chargeant de quelque mission confiée par le chef. S'il se trouvait ici, son attitude serait-elle différente ? Prendrait-il sa défense ? La femme se souvient qu'ils étaient ensemble, la nuit du grand feu. C'était le tour d'Ek̲esi, mais il avait feint de ne pas s'en souvenir. Lorsqu'elle avait tenté de lui faire entendre raison, il avait insisté : *Tu sais que je ne l'aime pas. Je ne l'ai épousée que pour plaire à mes parents...*

Devons-nous vraiment en parler ? C'est auprès de toi que mon cœur se repose. Ce grand amour n'a pas amené l'homme à lui apporter son soutien. Autrement, il aurait bravé l'interdit, serait venu la voir dans la case commune, au moins une fois. Il ne l'a pas fait. Eyabe vient de prendre une décision. A lui non plus, elle n'en dira rien.

*

Le janea Mukano, la matrone et son fils sont assis sous l'arbre appelé buma. C'est un colosse à l'écorce épaisse, au tronc large, plus âgé que tous ceux qui peuplent ces terres. Son feuillage les protège du soleil. Tous trois attendent les membres du Conseil. La disparition du ministre des Cultes complique la situation. Le chef, qui détient une partie des pouvoirs mystiques du clan, n'est pas habilité à remplacer le médiateur avec l'occulte. Mukano mâchonne pensivement une racine ayant pour vertu d'éclairer l'esprit. Il ne l'a avoué à personne, mais ses entrailles sont saturées de ces fibres, tant il en a absorbé depuis le grand feu. Cette nuit-là, lui et ceux de sa concession ont assisté, depuis la colline sur laquelle la chefferie est bâtie, à l'embrasement soudain du village. Il n'y avait plus rien à faire, quand ils ont pu rejoindre la population.

L'homme revit ces instants, se revoit bondir hors de sa couche en entendant la rumeur en provenance du village. Les flammes. Partout. Les cris. Se ruant vers la concession de son frère, Mukano interrompt les ébats de l'énorme notable avec une fille si jeune que l'on devine qu'elle ne voit pas encore son sang. L'enfant pleure, se cache le visage devant le chef. Elle murmure : *Sango janea, je demande pardon... Il ne m'a pas laissé le choix...* Elle tremble de honte. De crainte. Bien qu'à son corps défendant elle s'est rendue coupable d'une transgression, redoute la sanction du Conseil. Le chef la fixe du regard, s'aperçoit alors qu'il s'agit d'une des filles de Mutango. Une enfant née de ses œuvres et qui, jeune ou pas, n'a rien à faire là. Mukano rugit : *Tu n'es qu'un animal. Nous verrons cela plus tard. Viens vite, le village brûle.*

Mukano songe qu'il a oublié, avec le grand incendie, de traduire son frère devant le Conseil. Etant donné son rang, il y a fort à parier que l'assemblée ne prononcera pas, contre lui, la sentence de bannissement requise en pareille situation. Cependant, il faudra le châtier. La fille devra témoigner. En aura-t-elle le courage ? Les gardes de Mutango ne parleront pas. Ils craignent trop leur maître. Les racines que mâche le janea doivent être consommées avec modération. Cependant, il n'a pas, plus que ses sujets, l'esprit en paix. D'ailleurs, il a perdu le sommeil. Cet incendie, quelle qu'en soit la cause, est un sombre présage, l'annonce de tourments pour le clan. Parfois, il se demande à quoi lui sert d'exercer cette fonction. Ses décisions doivent être approuvées par la moitié au moins des membres du Conseil.

Depuis l'incendie, Mukano n'a pas réussi à faire passer l'unique mesure qui lui tienne à cœur, plus encore que la reconstruction du village. Le chef aurait voulu que les guerriers de la communauté ne se limitent pas à rechercher des indices permettant d'expliquer l'évènement. Son désir était de les envoyer plus loin qu'aux abords du village, chez le peuple bwele, jusqu'aux limites du monde, si nécessaire. Que tout soit tenté pour retrouver les disparus. Que les ancêtres, dont la seule ambition fut de voir prospérer leur descendance, ne soient pas abandonnés à travers ces fils enlevés. En dépit de la certitude acquise dès le lendemain qu'il ne s'agissait pas d'un accident, les membres du Conseil n'ont rien voulu entendre. Le janea soupçonne son frère de leur avoir farci le crâne d'idées mystiques, quand il est évident que ce sont des hommes qui ont agi. Des hommes dont il convient de sanctionner le crime. Depuis sa fondation, la devise du clan dit : *Je suis parce que nous sommes.* Pour la première fois, Mukano a le sentiment de l'avoir foulée aux pieds en ne parvenant pas à imposer sa volonté. Pour lui, ne pas tenter l'impossible pour retrouver les disparus, revient à livrer au néant un morceau de soi-même.

Trois semaines se sont écoulées. Aujourd'hui, il lui est plus que jamais nécessaire de consommer cette racine dite de la clairvoyance. Il a l'intention de passer outre à la pleutrerie du Conseil, de prendre la route avec les hommes de sa garde rapprochée. Ainsi, il ne lui sera pas reproché d'entraîner les guerriers, qui sont au service de tous, dans une entreprise hasardeuse. Oui, il arpentera à pied les chemins, fera tout ce qui est en son pouvoir pour ramener les fils perdus. Le janea avale le suc amer des racines. Recrache les fibres non loin de là. Regarde le vent les recouvrir d'une poussière rougeâtre. Ses deux compagnons, aussi silencieux que des pierres, affichent la mine lugubre de ceux qui auraient croisé, à peine levés le matin, l'ombre d'un mauvais génie venant d'accomplir ses basses œuvres. Mukano commence à se lasser d'attendre. Alors qu'il s'apprête à ouvrir la séance en dépit de l'absence des membres du Conseil, ils arrivent.

Les vieux ne sont pas pressés. Ils se sont manifeste-ment réunis avant de se présenter devant lui, puisque c'est ensemble qu'ils apparaissent. Seul Mutango manque à l'appel, ce qui n'est pas surprenant. Le chef a le sentiment d'avoir commis une erreur en ne recueillant pas, avant l'arrivée des anciens, les informations que la matrone et son fils souhaitent porter à la connaissance des notables. Après toutes ces années, il s'imagine toujours que la droiture, l'honnêteté, sont des valeurs supérieures. La ruse n'est pas son domaine. Il ne se permet aucun manquement à la morale, ne pratique pas la dissimulation. C'est à cela qu'il doit de n'avoir pas encore été destitué, en dépit des incessantes manigances de son frère. On n'a rien à lui reprocher. Après les salutations d'usage, la séance est ouverte. Mukano prend la parole : *Je vous ai fait demander, frères, parce que Musima et sa mère ont à nous dire. Vous vous en doutez, l'affaire concerne les dix dont les fils n'ont pas été retrouvés.* Se tournant vers l'apprenti ministre des Cultes, le chef conclut : *Nous t'écoutons.*

Musima a la gorge sèche. Le son qui s'échappe de sa poitrine comprimée par l'angoisse n'est qu'un filet souffreteux. Il parle de l'épais voile qui obscurcissait les lueurs du jour naissant. Les membres du Conseil frémissent en apprenant que le phénomène ne se produisait qu'au-dessus de la case commune. Il a donc fallu interroger ses occupantes. A toutes, il a posé cette question : *Femme, qu'as-tu à dire de l'ombre ?* Neuf sur dix lui ont donné la même réponse. Seule Eyabe, la dernière interrogée, a répondu différemment, osant demander ce qu'il avait, lui-même, à dire de Mwititi. Mukano le presse d'exposer le détail de ce qu'ont dit les femmes. Le nouveau ministre des Cultes s'exécute, reprend, mot pour mot, les paroles entendues. Le Conseil reste coi. L'affaire est mystérieuse. Ebeise profite de l'embarras des hommes pour s'exprimer : *Je pense*, déclare-t-elle, *qu'il ne faut pas se fier aux*

32

*apparences, s'empresser d'incriminer Eyab̲e̲, au motif qu'elle
seule a énoncé des propos personnels.* L'accoucheuse sait comment les choses se passent, lorsque les membres du Conseil
n'ont pas idée des solutions à apporter. Ils vont au plus
simple. Or, l'expérience démontre que la vérité est toujours plus complexe qu'il n'y paraît.

Pour elle, *Aucune de celles dont les fils n'ont pas été retrouvés, ne s'est rendue coupable d'une quelconque forfaiture.* Elle
choisit ses mots avec soin, dans l'espoir que les notables
ne prononcent pas leur sentence à la légère. L'un d'eux
lui répond : *Femme, il est normal que tu prennes fait et
cause pour tes sœurs, mais ton empathie ne saurait suffire à
nous convaincre. Que dis-tu, quant à toi, du halo de noirceur qui entourait la case commune ?* Il lui rappelle que,
sans ses conseils avisés, ces dix femmes auraient regagné
leurs concessions familiales après le grand incendie. *Tu
as bien fait de nous inviter à les éloigner, puisque les événements prouvent qu'elles étaient, effectivement, porteuses
d'énergies néfastes.* L'ancienne ne sait quoi dire, à propos
du voile ténébreux qu'elle a vu au point du jour. Son
intuition l'incite, néanmoins, à tout faire pour éviter que
les mères éplorées ne soient accusées de sorcellerie, ban-
nies du clan. Telle est la sentence, lorsque ni le cœur, ni
la raison, ne trouvent le moyen de se rassurer. La personne chassée se voit remettre une main de makube, une
outre contenant de quoi boire. En silence, on lui fait
signe de quitter les lieux. D'aller le plus loin possible des
terres du clan. C'est la procédure. Elle n'a pas été appliquée depuis des temps immémoriaux. Autrement, on se
serait déjà débarrassé de Mutango. La matrone sent un
frisson la parcourir à l'idée que celles dont les fils n'ont
pas été retrouvés soient sommées d'aller se perdre dans la

brousse, après la brousse, là où personne ne s'est jamais rendu. Elle ne le permettra pas.

La voix de l'ancienne est pleine d'autorité : *La chose est simple. Elles pensent si fort à leurs enfants, qu'il leur a semblé les voir en songe. Or, la douleur est tellement intense que le rêve s'est fait nébuleux. C'est ainsi que j'explique cette ombre. Après tout,* ajoute-t-elle, *nous ignorons, lorsque nous dormons, de quelle manière nos pensées se matérialisent. Nous l'avons vu pour la première fois aujourd'hui, parce que ces femmes sont toutes rassemblées en un même lieu, et que la situation générale du village est inédite.* Elle se tait. Le chef hoche la tête l'air pensif, s'enquiert des recommandations de Musima. Se raclant la gorge, le fils de la matrone s'efforce de mobiliser sa langue aride. C'est dans un souffle qu'il propose un rituel de purification pour les neuf femmes ayant apporté la même réponse à sa question. Sans lever les yeux vers sa mère dont il sent le corps se raidir près de lui, il dit : *Je regrette, iyo, je ne partage pas ton avis, concernant Eyabe. Son attitude m'a beaucoup dérangé…*

Nous sommes tous mal à l'aise, lance l'accoucheuse, plus véhémente qu'elle ne l'aurait voulu. *Douze hommes du village ont disparu après une attaque. Nous souffrons. Justement, il ne faut pas nous laisser aveugler par nos émotions. Chacun ici connaît le caractère d'Eyabe. C'est une femme particulière, qui règle rarement son pas sur celui des autres. Allons-nous la condamner pour cela ? Voici venu le temps de nous remémorer les principes qui nous gouvernent depuis toujours, de veiller les uns sur les autres, au lieu de rechercher, parmi nous, les coupables du drame.* Après cette longue tirade, Ebeise tente de se calmer, rappelle à tous les dangers de l'injustice commise sciemment. *Ce n'est pas notre fille, qui a allumé le brasier à cause duquel tant de villageois sont aujourd'hui privés de toit. C'est à ceux qui ont fait cela qu'il faudrait s'en prendre, au lieu d'évoquer je ne sais quels rituels de purification.*

Le chagrin des mères n'est pas une souillure. Il est noble, tout particulièrement au sein de notre peuple, puisque c'est la maternité qui confère aux femmes un statut honorable. Nos hommes se félicitent d'épouser une femme ayant déjà enfanté. Ainsi, ils sont assurés de sa fertilité... Si j'ai demandé que nos sœurs, nos filles, ne soient pas immédiatement autorisées à regagner leurs concessions familiales, c'était aussi en raison du choc qu'elles avaient reçu. Par respect. Il n'aurait pu être question d'exiger qu'elles partagent la couche de leurs maris, se disputent avec leurs coépouses, s'occupent des autres enfants de leurs familles, alors que nous venions de comprendre que leurs premiers-nés venaient de leur être arrachés. Dans cette case commune, elles peuvent se recueillir. Se dire des choses qu'elles seules comprennent. J'espère, murmure la matrone, *qu'elles se parlent. L'ombre est aussi la forme que peuvent prendre nos silences.*

Ces derniers mots, Ebeise les garde pour elle. Ils résonnent dans son esprit, comme s'ils recelaient un message secret. Oui, Mwititi est la forme que prennent les silences. La chose est vraie, au moins pour quatre membres du Conseil. Depuis le début des discussions, ils n'ont pas ouvert la bouche. C'est à peine si on les entend respirer. Après s'être réunis chez Mutango à l'aurore, ils pensaient le retrouver ici, sous le buma. En sortant de chez lui, ils sont allés chercher un cinquième homme, avant de se diriger vers le lieu du rendez-vous. La voix du gros notable manque à ces échanges. Aucun n'ose prononcer les paroles qu'il aurait dites : *Seule une ordalie nous apprendra si les femmes dont les fils n'ont pas été retrouvés ont appelé l'ombre.*

Les débats du Conseil s'acheminent vers une impasse.

35

La matrone se sent soudain très vieille. Depuis l'incendie, elle n'a pas pris le temps de se pencher sur ses propres inquiétudes concernant le sort de son mari. Ebeise est fatiguée d'être un roc. Elle s'apprête à demander la permission de quitter la séance, quand un garçonnet apparaît. Porteur d'un message qu'il a refusé de communiquer aux hommes de la garde, l'enfant annonce que la dénommée Eyabe a regagné sa concession familiale. La voix du janea se fait entendre. C'est à la matrone qu'il s'adresse : *Femme, amène-la devant moi, je souhaite lui parler.* D'un signe de la main, il fait approcher un des serviteurs qui se tiennent toujours à sa disposition, lui chuchote la consigne d'aller trouver Musinga, son meilleur détective : *Dis-lui que je veux savoir où est mon frère. Qu'il vienne ici me faire son rapport.*

*

Devant la case commune, celles dont les fils n'ont pas été retrouvés sont en grande discussion. Le comportement d'Eyabe suscite des interrogations. Comme elle, certaines voudraient regagner leur domicile. Ce n'est pas en restant cloîtrées dans cette habitation qu'elles auront une chance de revoir leurs garçons. La matrone, qui se charge habituellement de rendre compte des débats du Conseil, ne les a guère approchées. Tout au plus s'est-elle tenue là, le jour de leur installation dans la case commune, pour leur faire part des règles à suivre :

Vous irez puiser votre eau tous les deux jours comme nous l'avons toujours fait, mais vous attendrez, pour cela, que vos sœurs du village soient rentrées de la source. Vous tirerez votre alimentation du champ qui se déploie derrière votre maison. Vous cultiverez cette terre, comme le font toutes les femmes de notre communauté. Pendant votre séjour ici, vous ne recevrez pas de viande. Tout ce dont vous aurez besoin est là... Une de mes coépouses a rassemblé des étoffes et des fibres dont vous ferez vos vêtements, vos nattes.

L'ancienne a pris soin, pour leur lancer ces paroles, de se placer à bonne distance, comme elle l'aurait fait avec des inconnues rencontrées inopinément au détour d'un sentier. Pendant que la vie du clan reprend un cours normal, celles dont les fils n'ont pas été retrouvés ignorent ce qu'on a l'intention de faire pour savoir ce qu'il est advenu de leurs premiers-nés. Alors qu'elles se parlent véritablement pour la première fois depuis le grand incendie, leurs regards osent se tourner vers le village qu'elles s'interdisaient jusque-là de contempler, même de loin. Les jours qui ont suivi le feu, lorsqu'il a été décidé qu'elles seraient mises à l'écart, elles se sont prises à penser qu'elles avaient mérité cette sanction. La disparition de leurs fils ne pouvait être une coïncidence. Il fallait qu'elles se soient rendues coupables de quelque chose, même sans le savoir.

On ne leur a pas expliqué que la case commune devait abriter leur chagrin, jusqu'à ce qu'il soit certain que la douleur, désormais domptée, ne se transmettrait pas aux familles. Personne n'a proposé aux femmes dont les fils n'ont pas été retrouvés de chanter, de danser leur peine, afin de mieux la dépasser. C'est pourtant la tradition ici. Personne ne leur a dit si elles pouvaient pleurer. Les larmes sont réservées à ceux dont on a vu les corps sans vie. On ne leur a laissé que le silence, la solitude. On ne leur a laissé que cette absence à laquelle on ne peut adresser les paroles du deuil, ces mots qui disent l'acceptation avant d'ouvrir le passage vers l'autre monde :

Nyambe seul est maître de ces choses. Moi, je n'ai aucun pouvoir. Fils, que ta traversée soit paisible. Fils, que les ancêtres te guident, eux qui connaissent tous tes noms, tous tes visages.

Le silence. La solitude. L'absence. Comme un étranglement. Elles n'ont su quoi en faire, comment s'en défaire, se sont contentées de regarder passer les femmes du clan, lorsque ces dernières se rendaient à la source, escortées par des guerriers. Ensuite, elles allaient, elles aussi, puiser leur eau. Personne ne les accompagnait. A aucun moment, lors de ces sorties, il ne leur est venu à l'esprit de s'échapper. Où seraient-elles allées ? Il n'appartient pas aux femmes d'arpenter les chemins. Les femmes incarnent la permanence des choses. Elles sont le pilier qui soutient la case. Aujourd'hui, elles se parlent, disent le serrement au cœur en voyant passer, sans un mot, leurs amies, leurs sœurs, en route vers le point d'eau. Elles ne manquent à personne. La vie s'organise, se poursuit sans elles. Leurs enfants ont d'autres mères. Leurs hommes, d'autres compagnes à étreindre. Celles dont les fils n'ont pas été retrouvés savent qu'elles ne seront pas soutenues si, de leur propre chef, elles retournent sous le toit familial.

Le soleil est haut dans le ciel. Le temps s'est écoulé sans qu'elles s'en aperçoivent. Elles n'ont rien avalé depuis la mélopée qui les a fait sortir de la case. Elles n'ont pas faim. Se taisent. Chacune s'enfonce en elle-même, là où l'ombre a laissé son empreinte. Là où la voix entendue en rêve continue de résonner. L'une d'elles, Ebusi, rompt le silence : *Je vais aller voir Eyabe,* annonce-t-elle. *Et si j'en ai le courage, je rejoindrai ma famille.* Celles dont les fils n'ont pas été retrouvés sont, à présent, comme une étoffe s'effilochant peu à peu. Leur solidarité n'était qu'apparence. Chacune est aux prises avec ses pensées, ses émotions. Chacune entretient, avec le fils disparu, une relation particulière, enracinée dans les circonstances de sa naissance. Selon que l'enfant est né de la violence ou de l'amour, selon qu'il a vu le jour après avoir étranglé son jumeau dans le ventre de sa mère ou qu'il a fallu sacrifier des coqs avant de le montrer aux mânes du clan parce qu'il n'avait pas crié ou s'était présenté par le siège, le comportement de la mère à son égard diffère. Pourtant, elles sont toutes là. Nues, désemparées. Qu'elles espèrent le retour du fils aimé ou voient, dans la disparition du rejeton mal né, la main de la justice immanente.

Celles qui auraient ouvert la porte au fils se sont gardées de le faire parce que la noirceur lui voilait la face. Elles n'étaient pas certaines qu'il s'agisse de lui. Les autres ne lui auraient, de toute façon, pas permis de loger à nouveau dans leurs entrailles. Alors, toutes ont eu le même geste, celui de ramener les genoux vers la poitrine, de glisser le bras entre les jambes, afin de condamner l'accès. Au point où elles en sont, pourquoi ne pas aborder ce sujet-là également ? Ebusi ne se pose pas longtemps la question. En se levant pour rendre visite à Eyabe, elle dit : *La nuit dernière, j'ai rêvé. Quelqu'un est venu me voir. Tout était si sombre que je n'ai pas pu voir son visage. Pourtant, je suis certaine d'avoir reconnu la voix de mon premier-né. Il voulait quelque chose. Je n'ai pas entendu. Il semblait si faible…*

Ebusi expose son sentiment. Elle a quitté la nuit dans un tremblement. Son intuition lui dit que son fils est passé par des affres dont on n'a pas idée. N'a-t-elle pas manqué de discernement ? *Mon garçon,* conclut-elle en se dirigeant vers l'arrière de la case, *a peut-être quitté cette vie, je ne peux rien affirmer. Tout ce qu'il me reste à faire, c'est m'adresser aux ancêtres, afin qu'ils le protègent.* Sans se soucier de la réaction de ses compagnes, elle disparaît derrière l'habitation. Les autres tendent l'oreille. Des bruits d'eau leur parviennent. La femme fait sa toilette. Apparaîtra-t-elle, comme Eyabe, le visage couvert d'argile blanche ? Elles tremblent à cette pensée.

*

Ebeise se déplace à pas pesants. Le poids de ses inquiétudes ralentit son avancée. L'accoucheuse se demande si elle a pris les bonnes décisions, si elle s'est bien comportée à l'égard de celles dont les fils n'ont pas été retrouvés. Le doute l'assaille. En fin de compte, elle ne se rend pas chez Eyabe. Il lui faut parler à quelqu'un. Elle n'a qu'une amie, se reproche de n'être pas allée plus tôt prendre un avis auprès de la seule qui puisse l'entendre. L'unique autre femme à siéger au Conseil des anciens. Celle dont l'époux, comme le sien, a disparu après le grand feu. Elles se connaissent depuis toujours. Aussi loin que la matrone se souvienne, cette femme a fait partie de sa vie. Elles ont été initiées ensemble. Se sont mariées la même année. Ont mis au monde leurs premiers fils à quelques jours d'intervalle.

En marchant, Ebeise regarde autour d'elle. La terre, habituellement rouge, est encore striée de noir par endroits. Les femmes ont eu beau balayer au cours des trois semaines écoulées, l'empreinte du malheur ne s'est pas effacée. Quelques cases ont été rebâties, mais chaque concession familiale en compte cinq ou six. Il n'y a pas de clôture, autour des maisons. Près de la porte, une excavation conférant des allures de grotte à l'habitat du clan, un pilier en bois sculpté est placé, qui représente le totem de la famille. A côté des demeures en cours de reconstruction, il n'y a pas de totem, aucune protection. L'ancienne soupire, contemplant cette désolation. Il est impensable qu'une telle chose se soit produite. Pourtant, c'est là. Les cases en terre, coiffées d'un toit en feuilles de lende, sont maculées de longues traînées sombres, quand elles n'ont pas brûlé. Il a été décidé qu'on ne les érigerait plus si près les unes des autres. Cela a aidé la propagation du feu : il a suffi d'enflammer le toit d'une case, pour que celui d'à côté s'embrase aussitôt.

Enfin, il ne pleut pas. Les villageois peuvent, quelque temps encore, souffrir de coucher sous les étoiles. Cette attaque n'aurait pu avoir lieu durant la saison des pluies. Pendant cette période, les Mulongo sont isolés. Les voies qui mènent chez les Bwele sont difficilement praticables, les deux communautés commercent moins ensemble. L'accoucheuse a entendu parler d'autres populations, mais elle ne les connaît pas. Sans doute faut-il parcourir de longues distances au cœur de la brousse, afin d'atteindre les territoires de ces clans inconnus. Jamais l'occasion ne lui a été donnée d'entreprendre un tel voyage, de découvrir les étrangers qui ont peut-être incendié le village. Pour Ebeise, comme pour tout Mulongo vivant de nos jours, le monde se limite aux terres de son peuple et à celles des Bwele. Elle n'a vu ces dernières qu'une fois, il y a bien longtemps.

Sa meilleure amie et elle, toutes nouvelles initiées, avaient eu des envies d'aventure. Elles pensent, encore aujourd'hui, que de trop nombreux interdits pèsent sur les femmes, sous prétexte qu'elles ont été dotées d'immenses privilèges : donner la vie, transmettre le pouvoir de régner. Elles ne peuvent courir les chemins. La connaissance du monde ne leur est pas permise. Pourtant, lors de l'initiation, leurs aînées racontaient l'histoire du clan, évoquant avec fièvre la reine Emene, qui avait conduit les siens jusqu'en leur territoire actuel, les préservant ainsi de massacres. La princesse avait été désignée par son père, le roi, pour prendre sa succession. D'où elle venait, le trône allait au premier né du souverain, quel que soit son sexe. Pour qu'un prétendant soit écarté, il fallait qu'il ait fait la preuve de son incompétence ou se soit rendu coupable d'infamies. Emene était irréprochable. Avant de quitter ce monde pour l'autre, c'était donc à elle que le roi avait remis le bâton d'autorité.

Son frère, qui s'appelait Muduru, ne l'entendait pas de cette oreille. Ayant longuement préparé son coup, il s'était assuré l'allégeance d'un grand nombre de notables, auxquels il avait promis monts et merveilles s'ils se rangeaient à ses côtés. C'était ainsi qu'aux premiers jours de son règne, Emene avait vu son peuple divisé, prêt à s'entretuer. Jamais les différends n'avaient pris cette tournure. Les affrontements, au sein de cette communauté, consistaient en des rituels dénués de violence physique. Il s'agissait de joutes verbales, de luttes dansées, de jeux d'adresse intellectuelle. Les armes, utilisées à la chasse, n'étaient, le reste du temps, que des objets d'apparat, des symboles de pouvoir. Voilà pourtant que Muduru et ses acolytes menaçaient de prendre des vies humaines. Ceux qui restaient fidèles à la jeune reine parce qu'ils connaissaient sa valeur et respectaient la parole de son père par-delà la mort, étaient aussi nombreux que les autres.

Au début, la souveraine avait voulu écarter l'idée même d'une capitulation. Le bâton de commandement méritait qu'on le défende, pour qu'il ne finisse pas entre de mauvaises mains. Si Muduru voulait la guerre, il l'aurait, elle était prête, avait maintes fois fait ses preuves à la chasse comme dans d'autres domaines. La mort ne l'effrayait pas. Elle était le prolongement de la vie. Une simple altération de la vibration des êtres. Comme elle se préparait au combat, l'esprit du roi, son père, l'avait décidée à procéder autrement. Il était venu la visiter une nuit, pour lui rappeler la tradition en cas de conflit grave : plutôt que de faire couler le sang, l'un des deux belligérants devait quitter le pays. On ne pouvait espérer s'épanouir, bâtir quoi que ce soit de solide, s'il fallait, pour cela, enjamber les cadavres des siens. C'était ainsi qu'avait commencé l'exode.

La nation s'était donc fracturée, les partisans de la reine choisissant de la suivre. Ils avaient marché. Beaucoup. Quiconque voudrait savoir ce que sont l'espérance et la foi en l'existence, n'aurait qu'à se représenter la marche d'Emene conduisant son peuple. Les aînées qui racontaient cette histoire ne pouvaient évaluer la distance parcourue, ne faisant que nommer les points cardinaux pour exprimer l'immensité de l'espace qu'il avait fallu mettre entre les gens du prince et ceux de sa sœur. Elles disaient : *Ils ont marché, marché, marché. De pongo jusqu'à mikondo où nous sommes aujourd'hui. Ils ont marché, mes filles, je vous dis, jusqu'à ce que la plante de leurs pieds épouse la terre. Jusqu'à ce qu'il soit devenu impossible de faire un pas de plus.* La matrone s'en souvenait comme si c'était hier. Serrées l'une contre l'autre dans la case où avaient été réunies les filles de leur classe d'âge, son amie et elle écoutaient, avides de précisions sur la reine Emene.

A tour de rôle puis en chœur, elles interrogeaient : *Alors, notre peuple vient de pongo ? Mais quel était le nom du pays d'avant ? Et pourquoi jusqu'à mikondo ? Oui, pourquoi pas jedu ou mbenge ? Ah, et notre tante peux-tu nous dire s'ils ont rencontré d'autres personnes durant leur voyage ? Sur ce long parcours, n'y avait-il donc âme qui vive ? Et les Bwele, qui sont aujourd'hui nos voisins, comment sont-ils arrivés là ? Quelle est l'histoire de leur migration ? Où s'arrête leur territoire qu'on dit tellement vaste ?* Certaines de ces questions avaient des réponses. La plupart n'en avaient pas. Officiellement. Les nouvelles initiées qu'étaient alors Ebeise et son amie, sa plus-que-sœur, s'étaient mises à rêver de la valeureuse fondatrice de leur clan. Le statut des femmes avait changé au sein de la communauté, lorsque Sa majesté Emene avait rejoint le pays des morts. Son premier-né, un garçon baptisé Mulongo, recevant le bâton de commandement, avait décrété, il y avait maintenant plusieurs générations, que le tabouret et le bâton d'autorité se transmettraient de mère en fils. Les hommes pourraient prendre plusieurs épouses, si tel était leur souhait.

On ne prononce plus le nom de cette reine du passé, en dehors des enseignements dispensés aux filles lors de leur initiation. Si un reliquaire a bien été sculpté pour l'honorer, elle n'est pas révérée. La statue fixée sur la cavité renfermant ses restes n'est pas ointe avec amour, avec respect. Son esprit ne reçoit que rarement des offrandes. Seules des femmes que l'on dit possédées par une force virile, invoquent en secret la souveraine oubliée, lorsqu'il leur faut affronter une difficulté. Elles appellent : *Emene, toi qui as marché de pongo jusqu'à mikondo pour donner une terre aux tiens, assiste-moi...* Un jour, dans leur jeune temps, alors qu'elles s'en étaient allées cueillir des herbes dans la brousse, Ebeise et son amie Eleke avaient aperçu un groupe d'hommes du clan, en route vers les terres du peuple bwele. Elles les avaient suivis, se cachant derrière les buissons, les grands arbres, retenant leur respiration. Lorsqu'ils s'étaient arrêtés pour la nuit, elles en avaient fait autant.

Les adolescentes n'avaient été découvertes que le lendemain, au point du jour, alors que le convoi atteignait sa destination. On leur avait promis un châtiment, mais elles avaient pu voir une partie de Bekombo, la capitale du pays bwele. Des cases spacieuses, dont la forme n'était pas circulaire comme chez elles, et qui n'étaient pas coiffées de feuilles. Le toit de ces constructions-là était en terre. Des portes en bois ouvragé fermaient l'accès des demeures. Sur le flanc des murs, à l'extérieur, chaque famille avait peint des frises représentant le totem de la maisonnée, des formes qui énonçaient un message, relataient un événement important. Les femmes bwele dessinaient ces figures, à l'aide de morceaux de roche trempés dans de l'argile blanche, dans une décoction de plantes produisant une peinture de couleur sombre.

Chaque habitation était flanquée d'un grenier, quand il n'y en avait qu'un pour trois ou quatre familles logées dans une même concession, en pays mulongo. Les jeunes aventurières avaient reçu l'ordre de rester à l'orée de la grande cité bwele, pendant que les hommes allaient faire leur commerce. Elles avaient néanmoins vu ces choses, observé, médusées, les tractations entre les hommes de leur clan et les femmes bwele. En dehors d'elles, nulle autre fille de la communauté n'avait marché jusque-là. Quand elles avaient raconté ce qu'elles avaient vu, leurs sœurs les avaient accusées d'en rajouter pour se rendre intéressantes. Elles avaient été punies de plusieurs jours de travaux domestiques au service des garçons de leur classe d'âge, échappant aux châtiments corporels grâce à la naissance noble d'El$\underline{e}$k$\underline{e}$. L'ancienne sourit, en se remémorant cette époque.

Elle entame, à petits pas, l'ascension de la colline où réside son amie. La montée dure une éternité, lui semble-t-il. Alentour, le paysage se métamorphose. Ici, pas de cases brûlées. Des arbres feuillus déploient leurs branches au-dessus d'habitations plus imposantes que celles du commun. Les membres de la famille régnante n'ont pas été éprouvés. Leurs totems sont bien en place, se dressent fièrement vers le ciel. Ebeis$\underline{e}$ sent comme une brûlure dans les cuisses, des élancements dans les mollets, à mesure qu'elle grimpe. Le souffle lui manque. Un filet de sueur lui coule entre les omoplates. Bientôt, elle s'arrête devant une concession voisine de celle du chef. Des gardes, arborant une coiffe en fibres végétales qui rappelle la crinière du lion, sont postés sur le chemin par lequel on pénètre dans les lieux. La reconnaissant, ils baissent la tête, s'écartent en la saluant : *Notre tante, comment as-tu quitté la nuit ?* La femme répond en hochant la tête.

Se tenant à présent devant une case, l'ancienne lance : *El$\underline{e}$k$\underline{e}$ ooo... C'est ta sœur qui vient te voir. Pardonne-moi, j'ai tardé. Puis-je entrer ?* Une jeune femme sort aussitôt, baisse les yeux, la salue. Oui, elle peut pénétrer dans l'habitation. Son amie l'attend depuis longtemps, mais ne lui reproche rien. L'accoucheuse passe la porte d'une pièce unique, circulaire. Comme dans toutes les cases occupées par des femmes, des pots contenant les effets personnels s'empilent le long des murs latéraux. La cuisine se fait à l'extérieur, mais les ustensiles, calebasses, mortiers et pilons, sont rangés à l'intérieur. Une coupelle en terre contient une résine odorante qui fond lentement sous l'effet de braises. Il s'agit d'écorces connues pour assainir l'atmosphère. El_eke_ est étendue sur sa natte, fiévreuse, incapable de quitter sa couche. Une de ses brus veille sur elle. C'est la jeune femme venue accueillir la visiteuse.

La matrone sent grincer toutes ses articulations, lorsqu'elle s'accroupit pour s'asseoir près de la natte. Passant doucement la main sur le front de son amie, elle murmure : *El_eke_, ce mal ne veut donc pas te laisser ? Si Mund_ene_ avait été là, il t'en aurait débarrassée depuis belle lurette…* Après avoir prononcé ces paroles, Ebeis_e_ se tait. Les picotements qui lui montent au bord des paupières indiquent l'imminence d'une crise de larmes. D'une voix un peu rauque, la malade s'adresse à sa bru : *Va donc me préparer un peu de bopolopolo, tu sais que je dois en prendre régulièrement. Passe aussi chez ta tante Elokan. Demande s'il lui reste de l'ak_ene_ en réserve…* La jeune femme comprend, quitte ses aînées. Aussitôt après son départ, l'accoucheuse laisse couler ses pleurs. Son amie lui prend la main : *Fille d'Em_ene_, qu'as-tu fait de ta force ? — Ah, ma sœur,* répond la matrone, *la puissance de notre mère m'a désertée depuis longtemps. Je m'interroge sur mes décisions. Et puis, il y a la disparition de mon époux. Il ne s'est manifesté, ni à moi, ni à notre fils aîné. Ce n'est pas normal. J'ai peur…*

Seule El_eke_ peut entendre l'accoucheuse prononcer de telles paroles. Il n'y a que devant cette femme-là, que l'ancienne s'autorise être une personne ordinaire, en proie à l'angoisse, à la crainte de faillir. *Ebeis_e_,* dit la malade dans un souffle, *tu as raison d'avoir peur. Quelque chose de grave s'est produit…* La main dans celle de son amie, Ebeis_e_ se calme peu à peu. Tout lui semble plus clair. S'agissant de celles dont les fils n'ont pas été retrouvés, elle aurait dû s'y prendre autrement. Avec humilité, elle raconte les événements des semaines écoulées. La malade soupire : *Ne te fais pas tant de reproches. Il n'est pas simple d'agir au mieux, quand on ne peut s'en remettre qu'à soi. Cette bande de vieux filous n'est d'aucun secours, nous le savons, lorsque l'instant est grave. C'est à moi de regretter de n'avoir pu t'assister...* Eleke s'explique sur la nature de la fièvre qui s'est emparée d'elle, le jour d'après le feu. Ce n'est pas un mal ordinaire, que l'on soigne en ingérant du bopolopolo, pour se nettoyer le sang. En tant que guérisseuse en titre du clan, elle serait aisément venue à bout d'une simple maladie. Elle aurait besoin de consulter le guide spirituel, mais il est absent. Eleke se débat avec des visions qui l'assaillent, depuis que douze mâles du clan ont disparu. L'un d'eux, Mutimbo, est son homme. Il est celui qu'elle a épousé parce que son cœur l'avait choisi. Celui qui a accepté de ne pas prendre d'autre femme pour s'unir à elle.

N'étant pas d'extraction noble comme Eleke, il n'aurait pu doter valablement les femmes de haut rang qu'il aurait dû épouser, s'il avait opté pour la polygamie. Il n'était pas concevable de déclasser une fille issue d'une lignée prestigieuse, en lui donnant des coépouses au statut social inférieur. Lorsqu'ils se sont mariés, Mutimbo a quitté sa concession familiale pour s'établir sur la colline où résidait son élue. Il a subi, de la part de sa belle-famille, les railleries et humiliations que doivent généralement affronter les jeunes mariées. Tel est l'homme qui manque aujourd'hui à Eleke. Le lendemain du grand incendie, elle s'est aperçue qu'il n'était pas là. Que s'est-il passé lorsque le feu a pris ? De quel côté Mutimbo s'en est-il allé ? Pourquoi le croit-elle blessé ? Eleke l'ignore. Tout ce qu'elle sait, c'est qu'il est absent depuis trois semaines, et qu'une parole sans visage vient la visiter. Tout le monde s'imagine que la vieille délire. Pourtant, elle ne fait que répéter, à voix basse, dans le tremblement de ses lèvres asséchées par la fièvre, le propos dont l'énonciateur n'a pas de figure. Ce sont souvent des mots sans queue ni tête. La femme les restitue tels qu'ils lui sont donnés, n'entend pas toujours distinctement. Dans ces moments-là, elle gémit, gronde, exige d'apprendre ce qu'il est advenu de son homme, son aimé.

Après avoir décrypté les messages, elle affirme que les Bwele connaissent la réponse aux questions que se posent les Mulongo. Ils savent ce que sont devenus ceux qui n'ont pas été retrouvés. La voix qui lui parvient, bien qu'un peu étouffée, ne cesse de le lui répéter. *Il est temps*, déclare-t-elle, *que notre chef se présente en personne devant la reine de nos voisins. Prends-le à part pour le lui annoncer. Je me méfie des affidés de son frère.* En ce qui concerne les femmes installées dans la case commune, Eleke pense que la matrone a compris son erreur. Il ne lui sera pas aisé de la réparer, mais elle pourra gagner du temps. *Ne les abandonne pas. Insiste pour qu'une délégation soit envoyée chez les Bwele, avant que le sort de nos filles ne soit scellé. Il n'est pas admissible qu'on les soumette à un rituel de purification, puisqu'elles n'ont à se laver de rien. C'est une autre mesure qu'il faudra prendre. Fais vite. Après ces journées de solitude, elles vont commencer à vaciller. La discorde prendra place au sein du groupe.*

Eleke tousse. Une quinte si sèche, si longue, qui l'ébranle si violemment, que son amie doit la soutenir des deux mains pour que son corps ne se mette pas à rouler à travers la pièce. Le corps d'Eleke est brûlant, elle a les lèvres gercées, le fond de l'œil jaune, ne semble pas s'alimenter beaucoup. Elle se plaint d'une douleur atroce à l'aine, mais on ne sait comment la soigner, puisqu'il n'y a pas de plaie, pas la moindre égratignure. Les deux anciennes restent ensemble un moment encore, mais la matrone a fort à faire. Le chef souhaite voir Eyabe. Elle ira chercher la femme, en profitera pour rapporter au janea les paroles de son amie. Ensuite, il lui faudra rejoindre celles dont les fils n'ont pas été retrouvés. Cette journée ne lui aura laissé aucun répit. Elle n'a rien avalé, pas même quelques gorgées d'eau. Alors qu'elle s'apprête à prendre congé, Eleke lui serre la main : *Attends. Attends… Je ne suis pas la seule à entendre des choses, depuis l'incendie.* Il ne lui est pas possible de dire quels messages d'autres ont reçus. Cependant, Eleke affirme qu'une femme au moins, parmi celles dont les fils n'ont pas été retrouvés, est en communion avec son premier-né. *Tu la reconnaîtras. Ecoute ton cœur. Cette femme est courageuse. Une digne fille d'Emene. Une valeureuse représentante d'Inyi. Ne la laisse pas paraître devant les sages. Elle marchera en notre nom.*

Devant les cases de la concession, des femmes sont en train de se faire tresser par leurs servantes. Elles arboreront, sous peu, cette coiffure en cascades qui fait fureur dans le village. Celle qui a créé ce style fait partie des recluses de la case commune. Il s'agit, justement, de cette Eyabe que le chef voudrait voir. La matrone sent son cœur se serrer. Chacune de celles dont les fils n'ont pas été retrouvés a une fonction précise dans le village. Chacune apporte quelque chose à la communauté, possède une sensibilité unique.

Alors que les noms, les visages, les qualités de ces femmes lui reviennent, l'ancienne se reproche d'avoir oublié cela le jour où, prenant soin de se tenir à bonne distance de la case commune, elle leur a froidement appris sous quel régime il leur faudrait vivre dorénavant. *Je n'étais pas moi-même, je*

50

n'étais pas en moi, chuchote-t-elle. *Emene, notre mère, daigne m'assister, afin que je ne m'égare plus. Inyi, Toi qui es vérité, justice et harmonie, accorde-moi de respecter Tes principes durant les épreuves qui frappent notre peuple. Et,* conclut-elle en réprimant un sanglot, *pardonne à Ta fille d'avoir agi sans solliciter d'abord Ton concours.* La matrone a les yeux humides, en atteignant la sortie de la concession. Le jour va décliner. Le soleil a revêtu ses atours féminins pour devenir Enange, baigner la terre d'un doux éclat, se soustraire discrètement au regard des humains. Laisser place à la nuit. Alors, il entamera sa traversée du monde souterrain, reparaîtra après avoir affronté, puis terrassé le monstre nommé Sipopo.

Ebeise tient à se présenter aux occupantes de la case commune avant l'obscurité. Elle a l'impression de n'être plus capable de penser. Trop d'émotions se bousculent en elle. Elle vient de quitter son unique amie avec la crainte de ne pas la revoir, tant cette dernière lui a semblé fragile. Les paroles qu'elle a voulu lui adresser, rassemblant pour cela ses maigres forces, l'ont davantage épuisée. L'accoucheuse se raisonne. Les humains ne décident pas qui doit vivre ou mourir. Seul Nyambe, l'Incréé, l'entité qui est à la fois Mère et Père de ce qui vit, connaît le moment et la manière. En cet instant, celle qui passe pour une femme à poigne n'a conscience que de ses faiblesses. Parfois, elle voudrait être de celles qui n'attirent pas l'attention, de celles dont rien n'est attendu… Sa foulée est trop lente à son goût. L'ancienne voudrait courir vers la demeure d'Eyabe, rejoindre au plus vite celles qui sont demeurées dans la case commune. Les yeux rivés sur le chemin, elle évite de se laisser distraire par le spectacle alentour, ne sourit pas au son des chants de force qu'entonnent des hommes occupés à la reconstruction d'une habitation.

Elle n'adresse pas une parole à deux adolescentes pilant en cadence le mbaa du repas. Pourtant, tous l'émeuvent. Si profondément, d'ailleurs, qu'elle irait étreindre chacun, si elle s'écoutait. Sitôt après l'incendie, des décisions ont été prises, qui visaient à effacer les traces du drame. On n'a pas parlé. On n'a pas su quoi dire.

Si Mwititi est aussi la forme que prennent les silences, ce n'est pas uniquement au-dessus de la case commune qu'elle s'est accrochée. C'est pour la dissiper que les hommes chantent, que les filles s'astreignent à garder le rythme, alors qu'elles écrasent les tubercules à servir ce soir. L'incendie, l'arrachement au clan de douze mâles, la réclusion de dix femmes, ont enténébré le quotidien des Mulongo. Ce n'est pas elle qui prétendra le contraire. Depuis, le sommeil l'a désertée. Depuis, ses coépouses dorment dans la même case. Le jour durant, elles déploient des trésors d'habileté pour éviter les interrogations de leurs enfants, qui s'enquièrent de ce qu'il est advenu du père. Les a-t-il quittés ? Tous le savent assez puissant pour affronter n'importe quelle situation, c'est ce qu'ils ont toujours entendu dire. Alors, quoi ?

Ebeise marche tête baissée. Ainsi, nul ne voit ses larmes, ne devine sa détresse. Pleurer l'aide à avancer plus vite. Cela n'abolit guère le tourment, mais un peu d'angoisse la quitte. Elle a les yeux secs, la tête haute, en arrivant dans la concession familiale d'Eyabe. On la salue avec déférence. On s'écarte de son chemin. La matrone semble savoir exactement où aller, ce qui ne surprend personne. Jamais on n'a vu cette femme en proie à l'hésitation. Lorsqu'elle se tient devant la case d'Eyabe, on s'attend à ce qu'elle ordonne à cette dernière de sortir, lui signifie la sanction du Conseil à son endroit, pour avoir osé quitter la case commune. La voix de l'accoucheuse est douce quand elle appelle, demande la permission de pénétrer dans la demeure. De l'extérieur, on ne voit pas l'occupante des lieux, allongée dans un coin, sous la moitié de mur qui préserve encore son intimité. Sa parole parvient à tous : *Entre donc, notre tante.*

Comme Ebeise pénètre dans la case, son hôtesse ne prend pas la peine de se lever, se contente de lancer : *Tu m'excuseras, notre tante, je suis fatiguée.* L'ancienne hoche la tête, s'assied à terre, ne fait aucune remarque concernant le fait que la femme se soit coupé les cheveux à la manière des endeuillées. Les mèches ont été rassemblées dans un pot de terre, attendant d'être brûlées, afin que nul ne s'en serve à des fins occultes. Sans savoir pourquoi, la matrone n'informe pas Eyabe que le chef la demande. Passant simplement la main sur le visage de celle dont le fils n'a pas été retrouvé, elle dit : *Il ne faut pas rester ici.* La femme répond : *Je n'en ai pas l'intention. – Bien,* poursuit l'ancienne, *nous allons brûler tes cheveux, et quitter les lieux.* Eyabe murmure qu'elle n'en n'a pas eu le courage tout à l'heure, il y avait tant de monde autour, cette fleur aussi, mais il faut impérativement qu'elle déterre ce qui reste du placenta... Impossible de s'en aller sans cela. Là encore, l'ancienne ne pose pas de questions. Elle a compris.

Dès l'orée de cette case en partie détruite, une paix est descendue sur elle. Ce n'est pas l'effacement de la tristesse, il s'agit d'autre chose. Déjà, avant de se tenir face à elle, Ebeise pensait nécessaire de protéger Eyabe, de la mettre à l'abri des foudres du Conseil. A présent, il s'est logé en elle une certitude : cette femme est bien celle dont lui a parlé son amie. Alors, elle lui explique : *Il n'y aura plus que de la terre, maintenant. Tu peux en prélever la quantité*

53

nécessaire, j'irai avec toi. D'abord, nous allons brûler tes cheveux. En chuchotant ces mots, l'ancienne regarde par-dessus le mur. La coépouse d'Eyab<u>e</u> se tient à quelques pas de là, tentant de saisir une parole au vol. Les yeux de la vieille la font reculer, se détourner. *Cette femme a envoyé un enfant au janea pour te dénoncer,* marmonne Ebeis<u>e</u>. *Allons.*

*

En sortant de la concession familiale d'Eyab<u>e</u>, les deux femmes ont rencontré Ebusi, qui venait de quitter la case commune, s'étant, elle aussi, badigeonnée d'argile blanche. La matrone a ordonné : *Va trouver le janea. Dis-lui qu'Eyab<u>e</u> ne peut le voir pour le moment. Apprends-lui que je passerai la nuit dans la case commune, que je le supplie de venir en personne m'y trouver.* Avant que la moindre pensée ne se soit formée dans l'esprit d'Ebusi, qui avait ses propres projets, l'ancienne a entraîné sa compagne. Cette dernière tenait, entre les mains, un pot dans lequel elle avait recueilli un peu de terre, prenant soin de préserver la fleur découverte sous les racines de l'arbre, comme une promesse de renaissance. Elle n'a pas vu Ek<u>e</u>si, sa coépouse, tourner autour de l'excavation où elle a contemplé cette floraison inattendue. Il fallait qu'on y tienne, à cette petite chose fragile, pour la laisser intacte. Le reste de la famille l'observait, lui rappelant que cela ne se faisait pas, d'approcher l'arbre sous lequel le placenta d'une femme avait été déposé. C'était, avait-on expliqué, comme toucher les parties intimes de cette dernière. Haussant les épaules, Ek<u>e</u>si a répliqué : *Il n'y a plus là ni arbre, ni placenta.* Comme elle tournait les talons, une intention prenait solidement racine dans son cœur. Plus tard, lorsque nul ne soupçonnerait rien, elle irait noyer cette fleur en urinant dessus.

Voyant Eyabe revenir avec la matrone, celles dont les fils n'ont pas été retrouvés ne savent quoi penser. Elles remarquent la chevelure rase de leur compagne, s'imaginent qu'on vient les soumettre au rituel qui entérinera leur statut d'endeuillées. Certaines n'en ont pas envie, préférant qu'un espoir leur soit laissé. Un peu d'espoir. Trois semaines ne leur suffisent pas pour songer à leur fils comme à une âme devant se frayer un passage vers l'autre monde. Elles veulent le revoir en vie. Qu'il réapparaisse avec ses frères, le sourire aux lèvres, et dise : *C'est idiot, nous nous étions perdus dans la brousse...* Que le village entier rie de ces jeunes initiés, encore incapables de trouver leur chemin au cœur de l'enchevêtrement végétal qui entoure les terres du clan. Que la communauté organise un banquet, que l'on se gave des jours durant, pour fêter le retour des premiers-nés de cette génération.

D'autres n'en ont cure, ne rêvent pas de revoir le fils volatilisé. Pour elles, il est temps d'en finir. Qu'au moins, il se passe quelque chose. Cette réclusion, cette relégation, ne peut plus durer. Alors, qu'on les tonde, s'il n'y a que cela, pour qu'une vie normale leur soit à nouveau permise. Qu'on les scarifie s'il le faut, qu'on fasse brûler des écorces favorisant l'oubli. Ce garçon que l'on n'a pas revu leur a toujours été une plaie. En dépit des années, il ne leur a jamais été possible de le regarder sans se remémorer les circonstances de sa conception, ou les épreuves liées à sa naissance difficile. Les regards qu'il a fallu supporter, tous les rites que l'on a dû effectuer. Si leur premier-né est mort, que son âme s'en aille où bon lui semble. Qu'elle se réincarne n'importe où, mais pas à travers elles. Lorsque l'ombre est venue, c'est à dessein qu'elles s'en sont détournées. C'est sciemment qu'elles se sont rendues sourdes à ses suppliques. Oui, qu'on leur rase le crâne. Qu'on en finisse. Comme leurs sœurs, elles sont suspendues aux lèvres de l'aînée.

Pourtant, une fois devant elles, l'ancienne n'a pas de consignes à donner, rien à dire qui se rapporte aux rites funéraires, à la danse des morts. Rien qui les prépare à une mise en terre symbolique de ceux qu'on n'a pas retrouvés. La matrone n'annonce pas la confection par le maître sculpteur de statuettes matérialisant, non pas la figure des maloba, mais les incantations, les invocations. Les sculptures sont des prières. Celles dont on n'a pas revu les fils en ont besoin. Hélas, l'accoucheuse ne prononce pas les paroles de la délivrance, ne fait qu'exhorter les habitantes de la case commune à la solidarité. Le Conseil cherche des coupables pour ce qui est arrivé. Elles seront les premières désignées. Ebeise ne leur apprend pas qu'en réalité, seule Eyabe est menacée. Les autres pourraient s'en tirer en se soumettant à des procédures de purification. Elle le leur cache, pensant ainsi préserver la cohésion.

Les femmes dont les fils n'ont pas été retrouvés l'écoutent en silence. Lorsque l'ancienne les informe qu'elle restera dorénavant dans l'habitation commune, cela ne les ébranle pas. L'une d'elles murmure : *Notre tante, tu prendras bien quelque chose de chaud ? Je vais te préparer...* L'ancienne répond : *Je te remercie, ma fille. Nous allons manger ensemble. Une de tes sœurs va t'aider.* Pendant un instant, c'est à nouveau le silence. Les femmes semblent embarrassées d'habiter leur propre corps. Si la matrone n'a pas perdu son autorité, elle les aborde avec une bienveillance qu'elles ne lui ont pas connue jusque-là. Jamais elle ne leur a permis de la considérer comme une égale.

Ce n'est pas dans l'ordre des choses. Nulle familiarité n'est concevable, pour des personnes n'appartenant pas à la même génération. Les femmes dont on n'a pas revu les garçons se demandent s'il est bon de se laisser imposer une forme de transgression, fût-ce par la très respectée accoucheuse du clan. Les compétences d'Ebeise la placent au-dessus des femmes de la communauté. Elles en font un auxiliaire du divin, qui a élu le corps féminin pour en faire la forge dans laquelle Il façonne les humains. Elles en font une figure d'Inyi, manifestation féminine du dieu créateur. Ceci interdit la camaraderie. D'instinct, les écartées baissent la tête. L'une d'elles se détache du groupe, pour rejoindre celle qui a proposé de cuisiner.

Ebeise s'adresse à celles restées en sa compagnie. *L'ombre*, dit-elle, *ne va pas tarder à descendre.* Il serait bon d'allumer un feu autour duquel elles prendront place. Après avoir partagé le repas, elles évoqueront les raisons ayant poussé le jeune maître des mystères à venir les interroger à l'aube. En attendant, elle donnera des nouvelles de leur famille à celles qui le désirent. Comme on s'affaire pour installer un foyer devant la case commune, l'ancienne prend Eyabe à part. Elles font quelques pas. *Je comprends ce que tu souhaites accomplir. Comment veux-tu t'y prendre ?* La femme la fixe du regard : *Je serai guidée jusqu'à l'endroit. J'ai confiance.* La vieille insiste. La route peut être longue. Il n'est pas prudent de marcher seule… D'ailleurs, quand Eyabe compte-t-elle s'en aller ? Cette dernière explique qu'elle marchera devant le jour. Les autres seront endormies. Ce sera le moment précis de la relève de la garde, à l'orée du village. Pendant quelques instants, il n'y aura pas de sentinelle. Elle se glissera dans l'intervalle subtil qui sépare la nuit du matin. L'ancienne hoche la tête, tandis que des larmes lui viennent.

S'assurant que les autres ne les regardent pas, l'accoucheuse applique sa main droite sur le front de la femme, murmure : *Emene, fais descendre ton esprit sur ta fille. Intercède en sa faveur auprès d'Inyi. Donnez-lui le chemin, qu'elle nous revienne saine et sauve.* La matrone retire son amulette. Elle ne l'a jamais ôtée. Passant ce pendentif autour du cou d'Eyabe, elle explique : *Je suis une vieille femme, à présent. Ce bouclier ne me sert plus à rien, mais il te protègera. Quiconque te voudra du mal tombera avant de t'avoir touchée. Toute arme créée ou lancée pour te détruire sera sans effet. Qu'il en soit ainsi, au nom puissant de Nyambe, créateur du ciel, de la terre et des abîmes.* Se taisant un instant, l'ancienne s'enquiert : *Veux-tu que nous parlions à tes sœurs ? — Tu le feras, tante Ebeise,* indique la femme, *lorsque j'aurai quitté le village. Laisse le soleil arriver à son zénith. Alors, tu leur diras.*

*

Comme elles s'apprêtent à rejoindre les autres femmes, le janea apparaît, suivi d'une escorte de huit hommes. Il porte une musuka, dont les pans descendent de part et d'autre de son visage, lui masquent la nuque, le haut des épaules. Son habit est un long sanja tissé dans des fibres végétales. Ce costume est l'apanage des chefs, tout comme la peau de léopard dont il s'est recouvert les épaules. De la main droite, Mukano tient un bâton de commandement, dont le pommeau sculpté représente un léopard, réaffirmant les liens de son peuple avec le seigneur de la brousse. Sur toute sa longueur, l'objet porte, minutieusement gravés, de nombreux symboles retraçant l'histoire de sa lignée. Seule une main légitime est autorisée à toucher cette canne. La plantant dans la terre à mesure qu'il avance, le chef se déplace en présence de ceux qui l'ont précédé, sous la tutelle des mânes du clan, en harmonie avec la nature. Ses betambi laissent, dans la poussière, l'empreinte de ses nobles pas. A sa droite, se tient un tambourinaire dont le jeu annonce avec solennité son passage.

Ebusi, que l'accoucheuse avait priée d'aller quérir le chef, marche en retrait. Puisque Mukano lui donne le dos, elle n'est pas contrainte, comme les habitantes de la case commune, de se jeter à plat ventre en signe de soumission. Elle n'a pas l'obligation de lancer louanges et bénédictions pour le saluer. L'homme et sa suite s'arrêtent à distance de l'habitation, ce qui la contraint à faire halte elle aussi. Son estomac crie famine. Elle aimerait s'asseoir, mais il serait mal vu de prendre ses aises, quand Mukano est debout. Après s'être brièvement agenouillée en signe de respect comme le font les mâles, la matrone s'avance, laissant derrière les recluses aplaties au sol. Elles ne peuvent s'empêcher de lever les yeux. C'est la première fois, depuis qu'on les a rassemblées sous ce toit, que Mukano se présente dans les parages. Il semble soucieux. Faut-il que l'instant soit grave, pour qu'il vienne en personne jusque-là. On leur a certainement caché quelque chose. L'ancienne leur paraît suspecte. Celles dont les fils n'ont pas été retrouvés se crispent. Elles voudraient baisser la tête comme l'exige la bienséance, mais il leur est impossible de détacher le regard de la scène. D'autant qu'elles n'entendent pas ce qui se dit.

Ebeise exprime sa gratitude : *Toi qui as été élevé, je*

loue ta grandeur et te remercie d'avoir entendu l'appel d'une femme. Les deux se tiennent à présent assez loin de l'escorte et des occupantes de la case commune. Leur échange restera secret. Mukano hoche la tête : *Ton statut au sein de notre communauté m'oblige. Surtout en pareilles circonstances. Je serais venu plus tôt, s'il n'avait fallu attendre le compte rendu de mon pisteur. Mon frère a quitté le village, ce qui n'augure rien de bon... Je suppose que tu voulais me parler d'autre chose.* A voix basse, l'ancienne acquiesce, s'empresse de rapporter les paroles de son amie : *Elle a beaucoup insisté. Or, tu la connais. Elle ne s'exprime jamais à la légère. Qu'il ne soit donc pas dit que c'est à travers toi que sa parole touchera terre.* Loin de lui cette idée. Mukano partage l'opinion de la vieille Eleke : il est temps de se présenter devant Njanjo, la reine des Bwele.

Les paroles qui lui sont rapportées recèlent cependant une information inquiétante. Les Bwele sauraient ce qu'il est advenu des douze disparus. Mukano songe que son frère, en tant que responsable des opérations commerciales de la communauté, est celui qui connaît le mieux le peuple voisin. Faut-il préparer la guerre ? Refusant ces pensées, le chef préfère envisager des solutions diplomatiques. Depuis la fondation du clan, les Mulongo n'ont pas eu à combattre leurs voisins. Le clan possède bien des guerriers, mais ce corps n'existe que pour le principe. Leurs combats les plus éprouvants consistent en des joutes dansées lors de cérémonies. Les guerriers mulongo s'honorent de n'avoir jamais fait couler de sang humain.

Pour éloigner le mauvais pressentiment qui commence à lui nouer les tripes, Mukano demande : *Pourquoi ne m'as-tu pas amené Eyabe ?* Se croisant les bras dans le dos, la matrone recule d'un pas : *Il m'est impossible de*

60

t'en apprendre davantage, janea, mais notre fille ne peut paraître devant toi pour le moment. — Qu'est-ce à dire ? interroge-t-il. *Serait-elle... indisposée ?* La femme soutient son regard : *En quelque sorte,* prétend-elle. *Tu la verras dès que possible.* L'ancienne ajoute : *Janea, ne te précipite pas chez les Bwele sans t'en être remis aux ancêtres, aux maloba et à Nyambe. Je sais qu'il te tardait d'entreprendre ce voyage...* Hochant la tête, l'homme lui donne le dos. Il a déjà fait quelques pas, quand il lui lance, sans se tourner vers elle : *Femme, respecte-moi comme je te respecte.*

Le janea et son escorte passent devant Ebusi sans la voir. Le tambourinaire frappe à présent moins fort, toujours avec gravité. La femme attend que le cortège se soit éloigné pour bouger. Le son du tambour d'aisselle lui parvient comme un chant funèbre. Le jour n'est plus. Elle n'a pas accompli les gestes prévus. Cela lui déchire le cœur. Elle s'en veut de n'avoir pas eu le courage de se présenter devant le chef avec du kaolin sur la figure, les épaules. Elle a honte d'avoir réclamé de l'eau à la famille d'Eyabe, afin d'ôter l'argile blanche. Sans la regarder en face, on lui a apporté une calebasse qu'on a posée à terre, quand elle tendait les mains pour la recevoir. Elle s'est débarbouillée en silence. Ebusi pense avoir trahi son fils une seconde fois, ce qui lui est intolérable. Les cris qu'elle voudrait pousser l'étranglent, alors qu'elle rejoint, à pas comptés, les autres écartées du clan.

*

Les flammes du foyer s'élèvent. Les femmes sont maintenant assises en cercle. Elles ne parlent pas. Après s'être jetées au sol pour saluer le chef, l'avant de leur corps est recouvert de terre. Certaines en ont un peu sur les pommettes, les lèvres, le menton. Chacune évite le regard des autres. L'épreuve de l'éloignement ne les a rapprochées qu'un court instant, au point du jour, lorsqu'il a fallu s'étreindre pour découvrir qui les convoquait à l'extérieur de la maison commune. Depuis, elles n'ont pas trouvé d'autre raison de s'abandonner les unes aux autres. Eyabe n'est pas installée dans le cercle. Elle s'est assise plus loin, n'a pas songé à se coucher devant le chef. L'argile blanche qui lui recouvre le visage marque plus qu'une distance avec ses compagnes. Même celles qui ne souhaitent pas revoir leur fils se sont gardées de se maquiller ainsi, d'affirmer la mort du garçon. Ebusi, qui avait un moment pris le chemin de la rébellion, n'a pas été en mesure d'assumer jusqu'au bout le poids de ses actes. Elle a pris place près du feu, sans dire un mot.

Désormais seule à l'endroit où elle s'est entretenue avec le chef, Ebeise observe la scène. Les effluves du repas lui parviennent. L'ancienne se dirige vers le groupe. Elle ressent la lassitude des femmes, se remémore les paroles clairvoyantes d'Eleke, sur le fléchissement de l'esprit de sororité. Ses genoux craquent lorsqu'elle s'assied. Son large postérieur s'est enfin aplati au sol, quand un bruit sourd se fait entendre. Eyabe vient de tomber à la renverse. Comme elle n'a pas lâché le pot contenant la terre prélevée sous l'arbre, un peu de ce limon s'est répandu sur son ventre. Elle tremble de la tête aux pieds, expulse un râle, les mains crispées autour du récipient dont le contenu se déverse à nouveau. Dans un même mouvement, les femmes se tiennent les tempes à deux mains. Toutes ouvrent la bouche, mais seule la voix d'Ebusi fuse, dans un cri si long qu'il traverse le village entier, rebondissant sur le flanc de la colline où résident les nobles, ricochant sur l'écorce des arbres, faisant rouler les pierres le long des allées qui séparent les concessions : *Peuple, que tu me sois témoin ! La mort veut déjà prendre notre sœur ! Peuple...*

*

Dans les concessions du clan, on se fige. Ceux qui mâchaient une bouchée de leur repas peinent à déglutir. Certains recrachent leurs aliments. Quelques intrépides tentent de les avaler. Le tout leur reste en travers de la gorge, forme une boule qui durcit, se change en pierre. Chacun a entendu le cri émanant de la case commune. L'appel annonce-t-il le retour du feu et de nouvelles pertes ? Il faudrait aller voir, mais les anciens ont donné l'ordre de ne pas approcher cette habitation. On échange en silence des regards. La nuit de l'incendie s'impose à la mémoire. On se souvient d'un autre cri de détresse, alors que les familles dormaient. Une femme, sortie en trombe de sa case, avait hurlé si puissamment que sa voix avait dû résonner dans toute la Création, de la terre au ciel, du ciel vers les abîmes : *Peuple ! Peuple, que tu me sois témoin !* D'abord, on avait cru à un mauvais rêve. On s'était retourné sur sa natte pour rattraper le sommeil qui cherchait à s'enfuir. Puis, on avait compris qu'une femme bien réelle était en train de pleurer à se déchirer la poitrine.

Des villageois étaient accourus, le sommeil leur brouillant encore le regard. Les flammes se propageaient d'un toit à l'autre à la vitesse de l'éclair. D'autres cris avaient fusé, jusqu'à ce qu'une clameur de déploration recouvre la totalité des terres mulongo. On se souvient que le janea et son frère, logeant là-haut sur la colline, n'avaient pu que constater le désastre. On se souvient de la débandade vers la brousse, lorsque le feu avait menacé de prendre le sanctuaire aux reliquaires collectifs. Le lieu où sont conservés les ossements, dents et phanères des ancêtres du clan. Ceux dont les restes sont gardés représentent ce que le clan a engendré de plus grand. Ce sont les aïeux les plus honorables, les plus méritants.

La nuit du grand feu, des femmes s'étaient regroupées autour de la matrone. Le guide spirituel était demeuré auprès des nouveaux circoncis sur lesquels il devait encore veiller un temps. Tous les autres avaient simplement cherché à se sauver. La communauté avait commencé à se morceler. Aux premières lueurs du jour, on avait entrepris de rentrer au village. On s'était arrêté à quelques pas, attendant que le clan entier soit rassemblé. Nul ne souhaitait rentrer seul. Lorsque tous les groupes éparpillés dans la brousse étaient revenus, l'absence de douze hommes avait été constatée : dix adolescents et deux anciens.

Dans la cour des concessions familiales, les villageois revivent ces instants funestes. Pour certains, le souvenir est si intense qu'ils régurgitent d'un coup le repas. Les Mulongo comprennent que le feu est en eux depuis le grand incendie. Beaucoup ont perdu le sommeil. Beaucoup se voient mourir enflammés dans leurs rêves, se réveillent hagards, en sueur. Beaucoup pensent à l'ami, au frère que l'on n'a pas revu, dont on ne parle pas. Plus de trois semaines après la disparition, les femmes ont composé des chants à travers lesquels la tragédie se raconte. Pour le moment, c'est à voix basse qu'elles entonnent ces complaintes de la fureur, de la perte. En passant devant la case commune pour aller puiser l'eau, elles s'efforcent de ne pas regarder celles dont les fils n'ont pas été retrouvés. Néanmoins, quelque chose vibre en elles.

C'est de cette vibration qu'émanent les chants encore secrets qui les aident à attendre que la décision du Conseil soit levée. Qu'il leur soit permis d'enlacer une amie, une sœur, de dire : *Moi aussi, je pleure notre fils...* Les disparus ne sont pas des inconnus. Surtout pour les femmes du clan qui veillent sur les enfants. Chacune confie sa progéniture à une autre, quand elle est occupée. Souvent, un fils mal aimé de celle qui l'a enfanté trouve, au sein de la communauté, une mère de substitution. Celles que l'esprit de Nyangombe a privées des joies de l'enfantement, s'attachent aux petits d'une autre.

Chacun attend qu'un autre prenne une décision : aller vers la case commune, ne rien faire. Rien, puisqu'on le voit bien, il n'y a pas le feu. Rien, puisque tout acte guidé par l'angoisse entérine la faiblesse, provoque, à lui seul, les pires catastrophes. S'il se passe quelque chose de grave du côté de celles dont on n'a pas retrouvé les fils, eh bien, elles sont dix. Elles sauront quoi faire. Quelles que soient les émotions qui s'agitent au fond des cœurs, on s'en arrangera. Dans l'intimité des cases, quand viendra le moment du repos, on implorera l'invisible pour qu'elles soient épargnées de ce qui a suscité le cri.

La main des chefs de famille ne tremble pas, lorsqu'ils la replongent dans le plat commun. En silence, ils se sont exprimés. Si la parole des femmes ne doit pas toucher terre, la bienséance exige qu'on la réserve au huis clos de la case. Celles qui voudraient parler attendront l'instant idoine. D'ici là, on feindra de ne pas remarquer qu'elles ne mangent pas, ce soir. Dans deux ou trois concessions, le chef de famille, avant de tremper les doigts dans le plat, ordonne à un fils, à un jeune frère, d'aller prévenir les membres du Conseil. Dans deux ou trois concessions seulement, parce que le premier mouvement du cœur humain devant l'adversité est rarement de lui faire face. Certaines habitations, il faut aussi le reconnaître, sont assez distantes de la case commune. L'appel de la femme n'y parvient que de manière imprécise. Quelques-uns n'entendent qu'un bruit assimilable au hululement lointain d'un oiseau de nuit. Ceux-là ne haussent même pas les épaules.

*

Mukano et son escorte sont maintenant au pied de la colline sur laquelle se dresse la chefferie. Le tambourinaire joue en sourdine. L'ascension se prépare. A l'instant où son bâton d'autorité s'enfonce dans la terre, un cri de femme se fait entendre. Un hurlement qui porte en lui ceux qu'on n'a pas poussés depuis le grand incendie. Le janea suspend son geste. Ses hommes retiennent leur souffle. Mukano ne parle pas. Il tente de réfléchir. Vite. Prendre une décision. Son devoir lui imposerait d'envoyer quelqu'un, d'attendre les informations. Au moins cela. Pour une fois, il n'a pas envie de faire ce qu'il devrait. Il désire se rendre chez les Bwele, apprendre ce qu'il est advenu de ceux qu'on n'a pas retrouvés. Il ne souhaite pas prendre le risque de découvrir quoi que ce soit, ce soir, qui le retarde davantage. Il passera les moments à venir dans la case sacrée de la chefferie sans boire ni manger, se mettra en route dès l'aube.

Seuls le suivront les hommes de sa garde personnelle, pas les guerriers du clan, dont il ne saurait disposer à sa guise. C'est ce qui lui a été opposé, lorsqu'il a suggéré que les prospections entreprises dans la brousse soient poussées plus avant, plus longtemps. Les membres du Conseil se sont levés comme un seul homme pour déclarer : *Tu n'enverras pas notre descendance affronter l'inconnu. Que cherches-tu, à la fin, Mukano ? Veux-tu que nos garçons soient dévorés par une chose que nous sommes incapables de nommer ?* Leurs atermoiements lui ont fait perdre assez de temps. Mukano lève la tête, tourne les yeux vers la case commune d'où émane le cri. Elle est hors de sa vue. Il songe que la distance ne l'empêcherait pas de voir les flammes s'élever, si un nouvel incendie était en cours. Le ciel rougeoyait de loin, lors du grand feu. Là, rien de tel. Tout semble à peu près en ordre, même si ce cri est la manifestation d'un dérangement.

L'homme se dit que la matrone agira, réclamera l'aide de son fils au besoin. Il abandonne à Ebeise la charge de la situation inconnue qui a poussé une des écartées à ébranler la tranquillité du clan. Sans s'en apercevoir, le janea murmure : *Il n'y a pas le feu. Les femmes crient à tout propos.* Un de ses accompagnateurs a entendu ces paroles, pouffe de rire. Le chef darde sur lui un regard dont la langue mulongo ne peut décrire la froideur. Mukano plante son bâton de commandement dans la terre, s'appuie dessus pour que ceux dont la mémoire est gravée sur le bois le soutiennent. Il n'a que trop tardé… Arrivé en haut de la colline, il demande que l'on prépare des présents pour la reine Njanjo. Puis, il conclut : *Qu'on ne me dérange sous aucun prétexte. Nous partirons à l'aube.*

*

La matrone intime à Ebusi l'ordre de se taire. Les gestes de l'ancienne sont assurés, lorsqu'elle s'approche d'Eyabe, la maintient au sol. Il faut attendre, écouter. Une force est là, qui demande à s'exprimer. Quiconque se badigeonne la face d'argile blanche communique avec l'autre monde. Les femmes assises près de la case commune se lèvent. Certaines rejoignent l'accoucheuse. D'autres font un pas en arrière, s'époussettent le corps pour se débarrasser de la terre qui s'y est accrochée, songent que rien ne leur sera épargné, ce jour. Leur regard se perd dans le vague.

Ebeise dit : *La mort ne va pas la prendre.* Bientôt, le corps de la femme s'apaise, s'amollit. La chair d'Eyabe prend une texture de glaise, dans laquelle les mains de la matrone s'enfoncent. Des gouttes de sueur perlent à son front. Elle secoue la tête d'un côté à l'autre, émet une plainte. L'ancienne la lâche un instant, se saisit du pot contenant la terre ramassée sous le dikube, le dépose en douceur sur le sol. Eyabe laisse échapper ces mots : *Mère, il n'y a que de l'eau. Le chemin du retour s'est effacé, il n'y a plus que de l'eau...*

Le reste de son propos est inaudible, mais sa parole ravive, chez les neuf autres femmes, le souvenir de l'ombre qui s'est présentée à elles, les poussant à étirer le cou pour mieux y voir, sans rien y voir. Toutes gardent cependant le silence. Lorsque la matrone demande qu'on l'aide à porter Eyabe dans la case commune, elles comprennent que la nuit sera longue. Trois d'entre elles se joignent à l'ancienne pour soulever le corps de leur compagne. Les autres attisent le feu autour duquel elles prennent place pour veiller. Le feu qui tiendra les ténèbres à distance.

Dires de l'ombre

Mutango est occupé. Il sait que le Conseil se réunit en ce moment. Sa présence est requise lors de cette assemblée extraordinaire. Il trouvera bien une excuse. Au besoin, il plaidera l'indigestion, ce qui ne surprendra personne, même si quatre membres du Conseil savent qu'il se porte à merveille. Il les a reçus aux premières lueurs du jour, après avoir quitté la case de celles dont on n'a pas revu les garçons. L'homme s'est empressé de leur faire part du phénomène, cette ombre que l'on a vue planer au-dessus de la demeure des femmes. Sans attendre de savoir ce qu'ils en pensaient, il leur a livré son sentiment, ajoutant, avec perfidie, que le régime actuel n'a pas pris la mesure du danger. Il aurait fallu faire des sacrifices dès le lendemain de l'incendie. Les circonstances méritaient que l'on égorge quelques bêtes.

Alentour, les buissons menacent de lui percer la panse, du bout de leurs épines. Le notable a perdu l'habitude de s'aventurer seul dans la brousse. Il n'y a plus mis les pieds sans escorte depuis la fin de son initiation, en tout cas, pas aussi loin. Lorsqu'il lui faut traiter en secret avec l'invisible, il se rend dans une clairière tranquille qu'il a repérée. Elle n'est distante du village que d'un quart de journée, un

69

peu moins même, pour l'aller et le retour. Cette fois, la situation lui impose de franchir une longue distance sans être accompagné. Son ventre déborde par-dessus la ceinture de sa manjua, révélant les scarifications ventrales qui forment de sombres chéloïdes autour du nombril. Ce ne sont pas ses colliers, bracelets et amulettes qui le protégeront de la piqûre des épines, de la féroce démangeaison provoquée par le masibo dont les feuilles lui râpent les mollets. Pour couronner le tout, il a oublié de se munir d'une machette. C'est toujours un de ses serviteurs qui s'en charge. Son coutelas à pointe courbe, parfait pour la mise à mort, ne lui est que d'un faible secours.

L'homme avance, opiniâtre, bravant les agressions de la nature. L'hostilité de l'environnement lui permet de rester en alerte, ce qui n'est pas plus mal. Lorsqu'une branche d'arbuste se coince dans les pointes de ses nattes décorées de nervures et de graines, il étouffe un juron, lutte un instant avec l'impudent, conquiert sa liberté au prix d'un peu de sueur, poursuit sa marche. La plante de ses énormes pieds s'étale, écrase des tiges de muko iyo, insensible à tout ce qui peut recouvrir le sol ou s'y dissimuler. C'est cette partie de son corps qu'il faut regarder – le fond de ses yeux également – pour cerner son tempérament. Mutango ne bichonne pas ses pieds, comme il le fait avec le reste de son opulente enveloppe. Ils sont donc secs, rudes, parés pour piétiner tout ce qui existe. Des pieds sans peur, sans pitié.

Pour agrémenter son périple, le dignitaire dévore des morceaux de viande boucanée dont il a emporté une pleine besace. Il a oublié de se munir d'une outre en peau de caprin, qu'il aurait remplie d'un jus acidulé, obtenu à partir des feuilles du bongongi. Dans ces conditions,

70

la viande, qu'il ne prend pas la peine de mastiquer convenablement, déborde de son œsophage. Le notable met à contribution ses puissantes glandes salivaires, produit la quantité de liquide nécessaire à la bonne assimilation de la chair par son organisme. Il rote abondamment, se cure les dents avec une bûchette de bobimbi, écorce connue pour les assainir. C'est à l'usage fréquent de cette plante, qu'il doit la blancheur éclatante du sourire qui, chez lui, n'est jamais une manifestation de joie. Son regard, au lieu de s'illuminer quand il sourit, rougit, puis s'assombrit. On prendrait volontiers ses jambes à son cou devant ce spectacle, mais le respect dû à son rang l'interdit. Il aime cela. Le fait d'épouvanter les autres le galvanise, au point de le faire rire quelquefois. L'adipeux dignitaire émet alors un grognement de phacochère, ce qui accentue les traits qu'il a en commun avec cet animal. Seules lui manquent les défenses. Ce n'est qu'une apparence : il les porte dans le cerveau.

Le chemin n'est plus long. De temps en temps, il s'arrête pour souffler, se retourne pour voir si rien ne bouge là, dans les fourrés, si d'aventure son frère n'a pas mis un limier à ses trousses. Pas un mouvement. Il n'y a que le vent, ce qui est beaucoup dire, en réalité, tant la végétation est dense, dans ces parages. L'homme poursuit sa route. Bientôt, elle le conduit devant un rocher. Il a lui-même défini l'itinéraire, prenant soin de ne pas s'approcher des zones habitées. Derrière la pierre, à une demi-journée de marche, se trouve Bekombo, la grande cité des Bwele. Mieux que tout autre au sein de sa communauté, Mutango connaît ces gens. En tant que préposé aux affaires commerciales, il est celui qui vient le plus régulièrement à leur rencontre, troquer vivres et biens

71

contre des denrées que les siens ne produisent pas, ou en trop petite quantité. Les Bwele sont plus prospères que les Mulongo, plus puissants aussi. Leur territoire est immense, peuplé de nombreux clans qu'ils ont soumis au cours des âges.

Une fois devant le rocher, Mutango tourne à gauche. Cela ne change rien pour ses pieds sans merci, mais il arpente maintenant un sentier presque lisse, une voie tracée au cœur de la brousse par les chasseurs des environs. A l'extrémité, un ruisseau coule paisiblement, à l'ombre d'arbres géants. Des fleurs blanches aux pétales délicats poussent là, qui dressent vers le ciel un pistil jaune, exhalent une fragrance de charogne. Le notable fait halte, non pour puiser de quoi faciliter sa digestion, mais parce que c'est en ce lieu qu'il a rendez-vous. Son regard cherche un endroit sec où asseoir l'imposant postérieur qui pèse sur ses jambes. Il balaie un amas de feuilles à l'aide d'un pied droit qui racle tout d'un coup, laissant apparaître une terre ocre. Mutango est sur le point de s'installer, quand une voix, fluette et aigre à la fois, fuse : *Tu es en retard, Fils de Mulongo. Le soleil a changé trois fois de place depuis que je t'attends.*

Celui qui vient de s'exprimer est un individu si bref qu'on le prendrait pour un enfant, si une barbe drue ne lui mangeait pas les joues, le menton. Il porte un habit de chasseur, fait de peaux d'animaux encore velues, ce qui révulse quelque peu Mutango, qui voit là un manque de raffinement. Chez lui, on traite les peaux avant de les porter, d'autant que le pelage des bêtes maintient une chaleur peu nécessaire en cette saison. Il ne dit rien. Son interlocuteur – un chasseur redoutable dont nul parmi les siens ne songe à railler les faibles proportions – ne transpire pas. Comme il avait l'intention de le faire avant d'être interrompu, le notable pose son fondement sur le sol, barrit un soupir. Levant les yeux vers le visage du plaignant, il le salue : *Fils de Bwele, comment as-tu quitté la nuit ?* L'homme évacue la question d'un geste agacé de la main : *La nuit n'est plus depuis belle lurette, et j'en suis sorti comme j'y étais entré. – Bien, bien,* répond le notable, *parlons de nos affaires. Qu'as-tu à m'apprendre ? – Pas si vite, l'ancien,* fait le chasseur. *Tu me dois.*

Mutango comprend qu'il doit payer avant d'être servi. Ceci ne s'accorde guère avec sa vision du monde. Il s'agit de s'assurer que la marchandise en vaille la peine. En réalité, le dignitaire mulongo ne court pas de grand risque. Ce qu'il a apporté en paiement n'est pas tout à fait ce qu'attend son interlocuteur, qui n'y verra que du feu. Pourtant, il importe de ne pas capituler trop vite. L'individu et lui auront d'autres accords à conclure dans un futur proche, ou du moins le pense-t-il. Ces négociations modifieront le cours des choses en sa faveur. En se laissant convaincre de payer avant d'avoir pu évaluer la marchandise, Mutango perdra l'autorité et la crédibilité requises dans ces transactions à venir. Du fond de la gibecière contenant sa ration de viande pour l'aller et le retour, le notable extirpe un coutelas à lame recourbée, comme seuls les maîtres forgerons de son peuple en fabriquent. Le manche est finement sculpté, le métal tranchant scintille, captant les rares rayons de soleil qui trouent le feuillage touffu des grands arbres. Posant l'arme près de lui avec une délicatesse étonnante pour ses larges mains, le gros s'adresse en ces termes au chasseur : *Ce que tu as réclamé est là. Je ne prendrais pas le risque de te tromper quand nous sommes seuls ici. De nous deux, tu es celui qui manie le mieux les armes… Tu peux parler.*

Sans quitter des yeux le bois ouvragé du manche, le chasseur hoche lentement la tête, livre les informations attendues. Une colonne d'hommes a traversé la brousse durant des jours, prenant soin d'éviter les villages. Cependant, ils n'ont pas effacé leurs traces. Le fin limier qu'il est a donc été en mesure de les suivre, en partie. Ces hommes ont atteint et dépassé les terres du pays bwele, situé à une journée de marche – pour une personne leste – du lieu ils se trouvent en ce moment. Ils n'ont pas pu aller plus loin que la côte. Au-delà, il n'y a pas de territoire que des humains soient en mesure d'arpenter. *Es-tu en train de me dire,* demande Mutango, *qu'en me rendant sur ce que tu appelles « la côte », je pourrai savoir avec certitude qui étaient ces marcheurs et ce qu'ils sont devenus ?* Le chasseur répond sans détour : *J'ai mené cette enquête pour ton compte, bien que tu ne me l'aies pas demandé. Cela n'a pas été très difficile, d'ailleurs.*

Il avance d'un pas, s'accroupit face à son interlocuteur, ne desserre pas les dents, le fixe des yeux. Leurs visages se toucheraient, sans la différence de taille qui donne un léger avantage au notable. Le silence, entre eux, devient une matière compacte. Mutango a obtenu les renseignements initialement demandés. Pour en apprendre davantage, il lui faudra plus qu'un coutelas, quelles qu'en soient la beauté et la dangerosité. Il n'est pas pressé. S'il n'esquisse pas encore le geste de remettre l'objet au chasseur avant de tourner les talons, c'est qu'il réfléchit. Pour la suite des opérations, il devra se rendre en personne sur cette *côte* dont on vient de lui parler. Voir de ses yeux si ceux qu'on n'a pas retrouvés y sont. Quoi que lui dise le chasseur à présent, il devra entreprendre ce voyage. Se saisissant du coutelas, il le tend à son investigateur en disant : *Fais-en bon usage.* Le petit homme empoigne le couteau, en effleure la lame. A voix basse, il s'enquiert : *Votre ministre des Cultes a-t-il officié comme il le fallait ?*

Mutango n'a pas l'intention de lui dire qu'il n'y a plus, au sein de son clan, de médiateur entre ce monde et les autres, seulement un apprenti mage portant sur le visage l'empreinte du grand égarement auquel il est en proie depuis que son père a disparu. Le notable se contente d'une réponse indirecte : *Ne t'en fais pas. Un outil tel que celui-ci est gouverné par l'esprit de son propriétaire. Parle-moi plutôt de ceux qui vivent à l'extrémité de la Création.* Le chasseur hausse les épaules. Son peuple connaît bien celui de la côte. Ils sont voisins. Ceux qui vivent sur les limites du monde connu sont, d'après lui, terriblement prétentieux. Depuis qu'ils ont rencontré les étrangers venus par les eaux, ils se croient les égaux du divin. Leurs nouveaux amis les fournissent en étoffes inconnues dans cette partie de misipo. Ils leur donnent aussi des armes, des bijoux et des choses qu'on ne saurait nommer. Enfin, les Côtiers, qui se disent fils de l'eau – chacun sait, pourtant, que leurs ancêtres ont été refoulés en bordure de la terre au cours d'anciennes batailles pour le territoire –, se prétendent aujourd'hui frères des hommes aux pieds de poule. Mutango écarquille les yeux. *Des hommes aux pieds de poule ?* interroge-t-il, exalté. Le chasseur s'aperçoit qu'il a trop parlé, refuse d'en dire davantage.

Comme il s'apprête à se lever, Mutango le retient par le bras. Il lui faut en savoir plus. *Ecoute, je ne te demande rien concernant la colonne de marcheurs dont tu m'as parlé. Je suis satisfait. En revanche, j'aimerais que tu t'expliques sur ces personnages aux pieds de poule…* L'homme bwele hausse à nouveau les épaules. Lors de son dernier passage sur la côte où il lui arrive de se rendre pour proposer son gibier, il a vu ces créatures. *Ces gens,* déclare-t-il, *se couvrent de la tête aux pieds. Sur les jambes, ils portent un habit qui leur confère des allures de poulets, d'où ce nom d'« hommes aux pieds de poule » que leur a donné la populace du pays côtier. Les notables ne leur manquent pas tant de respect. Ils les appellent : « étrangers venus de pongo par les eaux ». Pour te dire le vrai, je n'en ai encore approché aucun…*

Dardant un regard vers le ciel, le notable s'aperçoit que le temps a filé. Ses questions concernant les *étrangers aux pieds de poule* ont fait parler le chasseur. Fasciné par ces créatures avec lesquelles il n'a pourtant jamais conversé, l'homme a livré tout ce qu'il savait, ce que l'on disait au sujet des étrangers. Ils ne se sont encore jamais présentés en pays bwele, mais ce dernier étant voisin du territoire des Côtiers, il a appris des choses étonnantes. On dit que ces étrangers sont les émissaires de lointains dignitaires, désireux de s'allier avec leurs homologues, de ce côté-ci de la Création. Pour faire la preuve de leurs bonnes intentions, ils ont couvert les princes côtiers de présents, raison pour laquelle ces derniers se disent désormais leurs frères, les hébergent dans leurs concessions.

Cela fait déjà un moment que leur embarcation, une immense pirogue bardée d'étoffes destinées à emprisonner le souffle du vent, mouille au large du pays côtier. On leur a donné des femmes pour leur tenir compagnie, des serviteurs veillent au confort des cases de passage dans lesquelles ils logent… Le chasseur, dont Mutango a appris qu'il se nomme Bwemba, s'est mis à parler plus bas, tout d'un coup, pour faire ses révélations les plus étonnantes. Les

76

hommes aux pieds de poule possèderaient des armes cracheuses de foudre, capables de tuer à distance. On évite ainsi le corps à corps, le risque de se blesser. Mutango rêve déjà de détenir un de ces engins. C'est au moment de ces confidences que les deux hommes ont échangé leurs noms. Ils avaient tacitement évité de le faire jusque-là, par prudence. Révéler son nom à quelqu'un, c'est lui confier une part précieuse de soi-même, se dénuder devant lui. Il suffit de murmurer le nom d'une personne lors de rituels pour l'attaquer à distance, l'exposer aux puissances maléfiques. Aussi ne se sont-ils jamais appelés qu'en faisant référence aux fondateurs de leurs peuples respectifs. L'un était donc *Fils de Bwele*, l'autre, *Fils de Mulongo*.

Mutango vient d'avoir une idée. Les terres du peuple bwele se trouvent à une journée de marche de l'endroit où ils se sont donné rendez-vous. Le chasseur passera donc la nuit quelque part dans la brousse, probablement dans un abri situé à mi-parcours. S'ils partent maintenant, ils y seront à la nuit tombée. Le notable n'aura pas à s'expliquer avec les hommes que son frère a chargés de veiller sur les abords du village, du crépuscule à l'aube. C'est ainsi depuis l'incendie. De plus, Mutango veut absolument en apprendre davantage sur les hommes aux pieds de poule. Il ignore pourquoi, mais quelque chose lui dit qu'il y a un lien entre ces étrangers, leur énorme embarcation, et ceux qui n'ont pas été retrouvés. Aucune bête, parmi les plus féroces de la brousse, n'aurait pu croquer dix nouveaux initiés, deux hommes d'âge mûr. Il se trompe peut-être, mais si ce n'est pas le cas, il le saura avant son frère.

Aussi s'adresse-t-il en ces termes à Bwemba : *D'ici peu, le jour va décliner. Il est temps pour toi de te mettre en marche. Si tu le permets, je t'accompagne.* Le chasseur bwele ouvre de grands yeux. *Oui*, confirme le dignitaire. Bwemba lui demande comment il expliquera sa présence au sein du clan bwele, alors qu'il n'y vient pas pour le commerce. *Ne te soucie de rien. J'irai me présenter à la reine Njanjo. Allons-y. Nous arriverons chez vous à la mi-journée, ce qui est préférable. La cité sera animée, on ne nous remarquera pas.* Mutango ne sait encore comment procéder. Il désire se rendre sur la côte. Voir de ses yeux ce dont lui avait parlé son compagnon. L'ennui, c'est qu'il n'a pas prévu ce long déplacement. Bien sûr, il s'est muni de son passeport, un petit masque en terre cuite qu'il porte toujours sur lui. L'objet pend au bout de l'un de ses nombreux colliers. En le regardant, on sait d'où il vient, à quelle classe d'âge il appartient, quelles sont ses attributions, son statut au sein de la société mulongo.

Cependant, il n'a emporté aucun présent à offrir aux nobles de la côte. Aucune monnaie servant, non pas à l'échange de marchandises, mais au témoignage du respect. Il sera peu convenable de se présenter devant la reine Njanjo sans déposer à ses pieds la moindre pièce de valeur, mais il saura se faire pardonner, trouvera une histoire à raconter pour excuser sa négligence. Les princes de la côte que le chasseur a mentionnés ne le connaissent pas, en revanche. Ils n'auront aucune raison de lui faire bon accueil. Impossible de les rencontrer au cours de cette première visite sur leur territoire. Qu'à cela ne tienne, l'homme est prêt à raser les murs une fois en pays côtier, si cela lui permet de voir les étrangers, de connaître les raisons véritables de leur présence de ce côté-ci de la Création. S'ils sont venus de pongo par les eaux, ils ont certainement entrepris un long et périlleux voyage. Il ne pense pas qu'on s'impose semblables épreuves uniquement pour se faire de nouveaux amis.

Pour Mutango, les communautés n'ont pas de sentiments. Elles ont des intérêts. Les chefs aux pieds de poule qui ont envoyé leurs émissaires si loin, désirent quelque chose. Et ils le veulent pour eux-mêmes, pas pour les habitants du pays côtier. Il connaîtra le fin mot de l'histoire, verra de ses yeux l'étrange accoutrement qui peut donner l'impression d'une parenté entre humains et volatiles. Si la chose est possible, il inspectera cette embarcation qu'on dit gigantesque. Lui dont le peuple n'entretient, avec l'eau, qu'une relation des plus triviale – ils la boivent, s'en servent pour nettoyer, se laver –, découvrira comment il est possible d'en faire un passage entre deux territoires. Déjà, les pirogues des Côtiers, telles que Bwemba les lui a décrites, lui semblent une chose des plus extraordinaire. Dans son for intérieur, le notable mulongo n'est pas loin de mettre en doute l'humanité des hommes aux pieds de poule. Enfin, il se dit que n'importe qui serait en mesure de faire la différence entre un homme et un esprit. Si son compagnon prétend que les étrangers sont des humains, il veut bien le croire. Pour le moment.

Le dignitaire ne partage pas ses pensées avec le chasseur. Ils marchent sans dire un mot, se laissent pénétrer par les bruits de la nature. Il n'y a pas âme qui vive, sur les voies qu'ils empruntent. Pas même un animal, un rongeur que l'on verrait filer entre les buissons, sa course faisant se refermer les minuscules feuilles de muko iyo, plante craintive qui se rétracte pour se protéger des agressions. Mutango ne se soucie pas de cela, prépare mentalement ce qu'il dira une fois chez les Bwele, l'histoire qu'il racontera aux siens, lorsqu'il reparaîtra au sein de sa communauté. Le prétexte de l'indigestion ne suffira pas à expliquer son absence durant plusieurs jours. Avant de le revoir, on le croira sans doute victime du même sort que les disparus. Il pense utiliser cela à son avantage, concevoir une de ces fables teintées de mysticisme dont il a le secret, pourvu qu'on ne lui pose pas trop de questions. Le crépuscule approche, quand les deux hommes atteignent l'abri de chasse où Bwemba comptait passer seul la nuit.

Il s'agit d'une hutte faite de branchages, qui se confond avec l'environnement. On pourrait ne pas la voir, tant elle est petite, bâtie pour loger un homme bref. Le notable ne peut envisager de s'y glisser. Il dormira à même le sol, près de l'habitation de fortune. Sa gibecière contient suffisamment de viande pour se restaurer d'ici au lendemain, aucun souci de ce côté-là. En ce qui concerne les animaux qui pourraient rôder dans les environs, il les connaît tous, n'a rien à craindre d'eux. D'ailleurs, si Mutango fait un piètre chasseur, c'est bien parce qu'il a plus d'amitié pour la gent animale que pour l'espèce humaine. Lorsqu'il engloutit des tonnes de chair animale, c'est toujours avec amour. Une fois ingérée, la viande lui permet de faire corps avec la bête, c'est pourquoi l'homme accorde un soin particulier au choix des mets carnés qu'il ingurgite. Ce sont des morceaux de singe boucané qu'il croque depuis qu'il a quitté le village. Le singe est agile, rusé. C'est cette seconde caractéristique qui l'intéresse. Il laisse au commun la chair des caprins, des volailles, préfère de loin les grillades de phacochère, animal aussi peu avenant qu'inapte à la tendresse, et difficile à capturer.

Comme aux autres membres de son clan, il lui est interdit de manger du léopard. Cet animal est le gardien de son peuple. Il est le seigneur de la brousse, celui auquel les ancêtres mulongo, en s'installant sur leurs terres actuelles, ont dû offrir des vies humaines en sacrifice, avant de pouvoir demeurer en paix sur leur nouveau territoire. Bien entendu, Mutango s'est permis, à quelques reprises, de transgresser cette règle. Pas seulement pour savoir quelle saveur avait la chair du léopard. Ce qu'il souhaitait, c'était acquérir la puissance de la bête. Penser comme un léopard. Etre aussi capable de cruauté. Prendre conscience et se satisfaire de la solitude. Ne s'attacher à personne... Cela n'a pas été facile, lorsqu'il l'a fait, de se procurer la chair de l'animal sacré. La première fois, Mutango, qui va sur ses vingt ans, corrompt le meilleur chasseur de son clan, lui promettant l'hymen de l'une des filles du chef – leur père, à Mukano et lui. Leur peuple n'accorde pas d'importance à la virginité des femmes. Après avoir subi, à l'adolescence, une initiation théorique au plaisir, elles sont invitées à mettre en pratique les enseignements reçus de leurs aînées, de préférence avant le mariage. Il n'est pas pensable qu'une femme donnée à un mâle, se demande quoi faire dans l'intimité. Cependant, celui qui va devenir l'homme de main du jeune Mutango, fantasme sur l'étroitesse du vagin des vierges, et perd presque la raison lorsqu'on l'assure qu'il sera le premier à posséder le corps d'une princesse.

Prenant pour cela tous les risques, il livre la dépouille encore chaude du seigneur de la brousse. Mutango le remercie, lui tend une outre pleine de mao, avant de le regarder s'effondrer sous l'effet du sédatif contenu dans le breuvage. Il plante la lame courbe de son coutelas dans la poitrine du chasseur, en extirpe le cœur qui palpite encore, déchire à pleines dents un morceau de l'organe, recueille dans une calebasse le sang qu'il avale – en retenant tout de même sa respiration –, la tête bourdonnant d'une litanie d'incantations. Ensuite, le jeune homme qu'il est alors prend le temps de dépecer le léopard, de prélever un peu de chair dont il se nourrit secrètement, n'absorbant, plusieurs jours durant, aucune autre alimentation. En souvenir de ce grand moment, il conserve les canines de la bête dans un talisman de sa propre fabrication. Enfouies sous des épaisseurs d'écorce de dikube, elles logent dans une amulette plate, de forme carrée, qu'il arbore sur sa large poitrine.

Gavé de viandes proscrites, le meurtrier a porté le deuil de sa victime. Comme le reste de la communauté, il a assisté aux obsèques, gémi pendant que les anciens mettaient en terre un tronc d'arbre symbolisant la dépouille que nul n'avait retrouvée. Ensuite, Mutango a attendu que l'invisible se mette à son service, l'installe sur le tabouret d'autorité. Il attend toujours. A force, le gros pense que quelqu'un, dans la famille maternelle de son frère, a également eu recours aux puissances occultes. Son échec n'a pas d'autre explication. Mukano est le chef depuis tout ce temps, parce qu'on a versé du sang pour son compte. Quelqu'un s'est sali les mains pour lui. Il a beau venir l'injurier dans sa demeure au moment où il trouve une de ses filles sur sa couche, cet hypocrite n'est pas meilleur que lui. D'ailleurs, si Nyambe avait considéré comme répréhensible le désir d'un père pour sa progéniture, alors, il n'aurait pas permis que la verge de l'homme durcisse sur le passage d'une enfant née de ses propres œuvres. Tout ce qui existe est le fait du divin. Le Bien et le Mal sont contingents. Le Bien, c'est ce qui agrée, profite. Le Mal, c'est le reste.

Rêvant au jour où il tiendra le bâton de commandement

– pas uniquement celui de messager qui lui est remis lorsqu'il s'en va commercer avec les Bwele –, Mutango se dit qu'il mettra un terme à ce sentimentalisme que son frère fait passer pour de la morale. Ce sera une ère nouvelle, aussi brutale que la réalité. Le pouvoir se transmettra de père en fils. Si le chef a deux rejetons du même âge, on les soumettra à des épreuves pour les départager. Sera désigné celui qui aura démontré son absence d'émotivité, sa capacité à imposer ses vues. La fin justifiera tout à fait les moyens. Après avoir veillé à ce que les guerriers soient encore mieux entraînés, il les enverra découvrir les espaces qu'aujourd'hui ils se gardent de fouler. Chacun sait que la terre ne compte pas uniquement les Côtiers, les Bwele et les Mulongo. Chacun le sait parce que l'histoire de la migration des Mulongo est encore racontée aux jeunes initiés. Il ira voir. Conquérir de nouvelles contrées. Etendre le pouvoir de son peuple. Rivaliser avec les Bwele. Les dominer un jour, pourquoi pas. Alors que cette pensée lui vient, l'homme coule un regard aigu vers son compagnon.

Devant l'abri de chasse, Bwemba semble s'interroger sur la manière dont ils pourront tous deux y passer la nuit. L'autre le rassure : *Ne te soucie de rien, Fils de Bwele, je dormirai à la belle étoile.* Le chasseur n'insiste pas, disparaît au fond du logis. De son côté, Mutango inspecte les lieux, trouve, à proximité de la case, un arbre aux larges branches. Ce n'est pas la saison des pluies, mais il préfère se mettre à couvert. Il s'allonge à même la terre rugueuse, se sert de sa gibecière comme appuie-tête, ferme les yeux, s'interroge un instant sur le nombre de gîtes disséminés à travers la brousse. Les Mulongo en possèdent un, un seul, dont il se sert lors de ses voyages vers la terre des

Bwele. Ces derniers étant plus nombreux, il est possible qu'ils disposent de plusieurs habitations de fortune telles que celle-ci.

Le dignitaire congédie ces futilités, mais ne s'endort pas tout de suite. Il se demande ce qui s'est dit, ce matin, au cours de la réunion du Conseil. Son frère a certainement demandé qu'on aille le chercher. Il ne lui sera pas possible de faire croire, en soudoyant les gardes placés à l'entrée du village, qu'il n'avait pas quitté les terres du clan. Il lui faut une excuse, il la trouvera.

*

Le jour s'est enfui. Le crépuscule est aussi sombre que le milieu de la nuit. Pas un rai de lumière ne filtre entre les branches des arbres alentour, dont le feuillage ploie sous le souffle du vent. Mutango ne trouve pas le sommeil. Depuis l'abri de chasse, les ronflements de Bwemba lui parviennent, comme des hululements lancés pour défier l'éternité. Comment un si petit corps peut-il émettre un tel raffut et avec pareille constance ? La chose est des plus mystérieuse. L'homme tente de fixer ses pensées sur un point précis, sans y parvenir. Une angoisse inhabituelle l'étreint, lui dont le cœur ne s'émeut de rien. Il se sent envahi par une présence dont l'épaisseur l'enveloppe, le maintenant à terre.

Mutango se débat, appelle son compagnon. Le chasseur, sans doute rendu sourd par ses propres ronflements, ne l'entend pas. Mutango se ressaisit, essaie de cerner la nature exacte de ce qui l'assaille. Le souvenir de l'ombre qui chevauchait, à l'aube, la case de celles dont les fils n'ont pas été retrouvés, lui revient. S'il a livré une certaine interprétation du phénomène aux membres du Conseil réunis chez lui, c'était sans l'avoir compris. Etendu à même le sol, il a l'intuition que cette ombre matinale et la force qui l'empêche de se mouvoir sont liées. Puisqu'il lui est impossible de bouger, il se concentre pour que son esprit, qui ne peut être entravé, s'échappe, observe. L'œil de l'esprit voit, entend tout. Le voisinage d'arbres tels que le bobinga et le bongongi, connus pour leurs vertus mystiques, lui est d'une aide précieuse. Mutango saura de quoi il retourne. Il ne se dérobera pas devant la bataille, s'il y en a une. Ensuite, il retournera dans sa chair.

Le notable reste tranquille afin que son adversaire, quel qu'il soit, ne devine pas ses intentions. Quitter son corps peut demander du temps. Les risques seraient grands, si son assaillant prenait conscience de sa stratégie. Intérieurement, l'homme récite les paroles qui permettent à l'esprit de se détacher du corps. Il n'en est qu'au début de la litanie, lorsqu'une voix s'adresse à lui. Nul autre que lui ne l'entend, pas uniquement parce que Bwemba dort à poings fermés. C'est une conscience qui parle à la sienne. Comme ce propos s'insinue en lui, Mutango s'aperçoit qu'il est porté par un chœur. Cela se passe très vite : *Oncle,* l'interroge-t-on, *pourquoi marches-tu avec celui-là ? Ne sais-tu pas que les Bwele ont jeté sur nous leurs filets ?*

Mutango ouvre les yeux sur l'opacité qui baigne la brousse. L'angoisse l'a quitté. Il ne se sent plus rivé de force au sol. Il a distinctement entendu ces mots, la détresse mêlée de colère qu'ils recelaient. N'accordant sa confiance à personne, certainement pas à Bwemba, il convoque à présent l'invisible pour que le sommeil ne le prenne pas. Son compagnon de route lui cache quelque chose, Mutango en est persuadé. Il pensait le tromper en lui offrant un

85

coutelas sur lequel le ministre des Cultes mulongo n'avait effectué aucun rite, mais il semble que le chasseur bwele se soit joué de lui, de façon plus grave. Il a besoin de cet homme, pénètrera avec lui en territoire bwele. L'essentiel est de rester éveillé, au cas où Bwemba aurait projeté de l'assassiner.

Le fils de Mulongo se redresse. Pour éviter de se laisser emporter par le sommeil, il ne faut pas rester couché. Le temps est long, jusqu'à l'aurore où ils se remettront en marche. La nuit est tout à fait tombée, ce n'est pas le moment d'envisager une promenade. Il s'adosse contre l'arbre qui devait abriter son repos, tend l'oreille. Peut-être la voix s'exprimera-t-elle à nouveau. Il attend. Cette parole furtive était étrange, semblant émaner d'une multitude. Le notable se garde de laisser dériver son imagination, mais quelque chose au fond de lui s'agite. Il connaît cette voix. Chacune des voix qui, à l'unisson, lui ont donné le titre d'oncle. Des esprits n'auraient aucune raison de lui parler ainsi, a priori. Le souvenir de l'ombre planant au-dessus de la case l'étreint à nouveau.

Des yeux, il fixe les environs, tentant de dissocier les ombres les unes des autres : celles qui doivent à la nuit, celles qui viendraient d'ailleurs. C'est impossible. Il fait trop sombre. Mutango renonce à faire du feu, de peur de réveiller le chasseur qui, ne le voyant pas dormir, pourrait avoir des soupçons. Le sens de la vue ne lui sera d'aucun recours. Il faut écouter, sentir. Afin d'augmenter et de maintenir sa concentration, il ferme les yeux, laisse ses muscles se relâcher. Une fois installé dans cette mollesse, le souffle lent, régulier, ses facultés sont accrues. L'homme devient poreux à toute chose, fait corps avec le moindre élément présent dans la brousse.

Mutango entend ce qui échappe habituellement à l'humain : les conversations d'une colonne de fourmis, la ponte de scarabées, la poussée de minuscules touffes d'herbe. Il sent. Pas seulement la brise qui hoquette à travers l'épais feuillage des arbres, ni la très lente reptation de la terre sous son postérieur, ses cuisses qui reposent à plat sur le sol. Il y a aussi l'ombre, cette ombre qui n'est pas la nuit, qui frémit au cœur de l'obscurité nocturne. Elle est glacée. Tout est vivant en ce lieu. Tout, excepté cette ombre. Ceux qui la composent, car elle charrie une légion, appartiennent désormais à une autre dimension. Ils content une aventure dont Mutango écoute attentivement le récit, découvrant qu'il ne se destine pas uniquement à lui. En cet instant précis, il est possible que d'autres reçoivent ces propos. L'homme accorde toute son attention à ceux qui se disent désormais prisonniers du pays de l'eau.

*

Ce n'est pas à la mi-journée qu'ils arrivent aux portes de Bekombo, la grande cité des Bwele. Mutango est loin d'être aussi leste que son compagnon qui a dû ralentir la cadence de ses pas. Le ciel a donc pris cette teinte violacée qui annonce l'entrée du soleil dans les souterrains, lorsque les deux hommes se présentent devant les gardes postés à l'orée de la ville. Les contrôles sont rapides. L'un des arrivants est du pays, on le connaît bien. L'autre vient fréquemment en ces terres, on l'a déjà vu, on jette un œil distrait sur son masque-passeport. Son compagnon et lui s'éloignent, tandis que les hommes de la garde échangent des grivoiseries.

Bwemba suggère que le fils de Mulongo aille faire

connaître sa présence aux gens de la reine. Il ne pourra lui présenter ses hommages ce soir, mais les étrangers de haut rang doivent se signaler à la cour. Comme ils s'engagent sur l'artère centrale de la cité, Mutango ne peut s'empêcher d'en admirer l'architecture, ces bâtisses dont les murs et le toit en terre sont décorés de frises peintes avec soin. Il contemple les portes en epindepinde, un bois sombre qu'on ne travaille pas dans son village parce que les siens l'associent aux puissances des ténèbres. Il songe que les forces de l'obscur ont incontestablement leurs qualités, si une matière qui les symbolise se révèle d'une telle élégance.

Le gros regarde aussi les vêtements des rares personnes attardées là, la finesse du travail des artisans bwele qui font des merveilles avec leurs métiers à tisser l'esoko. Chez lui, les étoffes les plus délicates ne sont que battues, ce qui ne fait pas appel à la même ingéniosité. Mutango se sent tout à coup un peu arriéré, se fait l'effet d'un loqueteux. L'habit de chasse de son compagnon lui avait fait oublier l'art textile des Bwele. Il se rassure en se disant que, malgré tout, les Mulongo sont plus habiles à travailler les peaux. Les chefs de sa communauté possèdent, pour en attester, un habit de cérémonie en léopard, appelé mpondo. Ce costume est si beau qu'il confère prestance, autorité, à celui qui le revêt. Même lorsqu'il s'agit d'un individu aussi insignifiant que son frère Mukano. Un jour prochain, l'homme en est certain, il revêtira le mpondo, tiendra d'une main ferme le bâton de commandement. Il se sent près, tout près du but. Une voix résonne en lui, affirmant que cette incursion inopinée en pays bwele est un tournant, un de ces moments qui permettent au destin de s'accomplir. Mutango songe à cela, bombe le torse, comme pour accueillir les honneurs dus à sa grandeur.

Oui, il sera bientôt le chef des Mulongo, sa poitrine sera marquée de scarifications rituelles qui, inscrivant à même sa chair le lien immatériel qui unit tout chef du clan à ceux qui l'ont précédé, lui rappellent quotidiennement que son existence appartient à la communauté. Quiconque a été engendré porte en lui les vivants et les morts. La devise des Mulongo n'est-elle pas : *Je suis parce que nous sommes* ? En passant devant un tisserand occupé à ranger son matériel, le dignitaire s'arrête, observe l'outil qui permet la fabrication du tissu en esoko. Puis, quelque chose le frappe, l'indigne. Il s'adresse à Bwemba : *Ce sont donc les hommes qui effectuent ce travail ?* Son compagnon acquiesce, précise : *Autrefois, la fonction se transmettait uniquement entre mâles d'une même famille. De nos jours, c'est un simple métier, qu'on apprend auprès d'un maître. Celui-ci met ses choses en ordre parce que la nuit arrive. Il est interdit de tisser après le départ du soleil.* Mutango distingue mal les parties du métier à tisser, tente d'évaluer la pénibilité d'une activité qui, pour lui, devrait échoir aux femmes. Un mâle a mieux à faire. Comme l'artisan presse le pas pour contourner son établi, pénétrer dans sa demeure dont l'entrée se trouve sur le côté, le dignitaire mulongo songe aux temps futurs : il soumettra ce peuple, restituera aux hommes leurs prérogatives naturelles.

Au bout d'une marche trop longue pour Mutango qui ne sent plus ses jambes après avoir traversé la brousse, ils arrivent devant la concession royale. Le calme n'y règne pas. On prépare une audience de la reine, ce qui n'est pas habituel en fin de journée. L'événement ne peut avoir lieu maintenant, il est trop tard. Cependant, si les préparatifs sont d'ores et déjà en cours, c'est que Sa majesté siégera sur son tabouret d'autorité aux premières lueurs du jour.

Les dignitaires bwele, reconnaissables à leurs vêtements, coiffes, parures et scarifications, ont été convoqués. On lance des ordres aux serviteurs affolés, peu coutumiers des audiences extraordinaires. Le domaine royal est un terrain circulaire qu'entoure une clôture de terre. A l'intérieur, huit bâtiments en forme de dôme ont été érigés de façon à épouser le tracé du mur d'enceinte. Quatre de ces constructions sont de grande taille. Elles abritent la famille de la reine ou ses plus proches conseillers. Trois autres, de moindre envergure, sont réservées aux serviteurs. Une dernière accueille les visiteurs de haut rang. C'est là que Mutango devrait passer la nuit.

La demeure de la reine se distingue par une circonférence et une hauteur légèrement supérieures à celles des habitations de la noblesse. Le tumulte bat son plein au centre de la cour, devant les portes ouvertes des maisons qui semblent veiller les unes sur les autres. Les serviteurs alignent les tabourets à caryatide sur lesquels d'éminentes personnalités prendront place, déroulent, entre les deux rangées de sièges, une toile en esoko qui a la particularité d'être brodée par les femmes bwele. Le notable mulongo s'étonne de les voir déplier un tissu à même le sol. Le chasseur lui dit que ce textile n'est pas conçu pour l'habillement. Cette étoffe, tissée comme toutes les autres par les hommes, est considérée à la fois comme un élément du mobilier et comme un objet décoratif. Une fois façonnée par les tisserands, elle est confiée à une catégorie précise de femmes – il ne dit pas laquelle – chargées d'y broder des motifs selon leur fantaisie.

L'homme n'est pas certain de tout saisir : d'où il vient, les artisans sont, bien sûr, très attachés à la beauté de leurs œuvres, mais elle est conditionnée par l'adéquation entre l'objet et sa signification profonde. C'est précisément ce qui lui échappe ici : le sens. Sans le questionner davantage, il songe que son interlocuteur ne lui dit pas tout, continue d'observer ce tissu créé pour que l'on marche dessus, comme si la terre n'était pas assez bonne, comme s'il n'était plus absolument primordial d'entretenir avec elle des liens puissants. Lorsque le chasseur ajoute que l'étoffe en question est aussi utilisée pour envelopper les corps des nobles avant leur mise en terre, le gros homme ne cherche plus à comprendre. On ne peut consacrer le même matériau à des usages si différents, c'est absurde. Apparemment, nul ne s'intéresse aux nouveaux venus. Le notable interroge son compagnon : *Que se passe-t-il exactement ?*

Avant qu'une réponse ne puisse lui être donnée, un des nobles bwele s'écrie : *Amenez-le ici ! Il n'est pas question qu'il se présente devant Njanjo dans cet état.* Puis, se tournant vers une femme de sa caste, il ajoute : *Nous sommes bien d'accord, il faut lui peindre le visage, le torse et les membres supérieurs. Autrement, l'autorité de notre souveraine s'en trouvera amoindrie...* Quelqu'un suggère que la mesure paraît exagérée. Chez les Côtiers, ces individus sont reçus tels quels, ce qui n'empêche pas de traiter avec eux d'égal à égal. *C'est toi qui parles d'égalité,* renchérit celui dont la proposition vient d'être contestée. *J'affirme, quant à moi, que nos frères du bord de l'eau ne sont pas insensibles à l'apparence des étrangers venus de pongo. Si nous nous en référons à leur complexion, il ne peut s'agir que d'esprits, sans doute des revenants, et pas les nôtres.*

Il n'est pas envisageable de laisser la reine s'émouvoir devant ce personnage. Le simple fait qu'il soit arrivé jusque-là sans annoncer sa venue, suffit à démontrer que l'étranger se croit tout permis. En principe, les Côtiers qui l'hébergent auraient dû envoyer un émissaire aux Bwele, leur faire part du désir saugrenu d'aller et venir qui s'est emparé de leur invité. *Ils lui ont donné une escorte de quatre hommes dont le sort sera réglé ultérieurement. Ce qui importe pour le moment, c'est le fait qu'ils n'aient pas pris la peine de lui faire établir un passeport en bonne et due forme. Nous ne savons donc rien de cette personne. Rien. Deux précautions valant mieux qu'une, je dis : L'individu paraîtra entravé devant Sa majesté. On lui nettoiera les dents, puisqu'il ne semble pas connaître cette pratique. Et surtout, une coloration lui sera appliquée pour lui donner figure humaine.* Njanjo doit rester maîtresse d'elle-même pour prendre des décisions qui engageront le peuple bwele tout entier. *Amenez-le,* s'époumone à nouveau le dignitaire. *Et apportez aussi la teinture ! Je propose de l'en recouvrir des pieds à la tête, c'est plus sûr.*

C'est alors qu'une voix de femme s'élève. Le chasseur et son compagnon mulongo ne l'ont pas vue les observer. Pourtant, elle est là depuis le début, adossée à l'un des grands piliers bordant l'entrée de la concession, à l'écart de la frénésie. Fixant des yeux les deux hommes, elle prononce une mise en garde : *Attention. Nous ne pouvons accomplir cet acte en présence de n'importe qui. Il y a ici un intrus...* Un silence aussi lourd qu'un tronc de buma s'abat sur les lieux. Les regards convergent vers Bwemba et Mutango. Le chasseur s'agenouille en signe de respect devant la femme qui vient de s'exprimer, se courbe jusqu'à ce que son front rencontre la poussière, garde longuement cette position. Son compagnon reste bouche bée devant cette marque de soumission d'un homme à une femme. Sans se redresser, Bwemba tire avec vigueur sur la manjua du notable, le contraignant à s'abaisser lui aussi. Mutango consent à mettre à terre un genou, puis l'autre. Cependant, quelque chose au fond de lui ne peut se résoudre à la prosternation. La voix fluette et rauque du chasseur lui parvient comme dans un songe : *Je te salue, princesse Njole̱. Pardonne l'intrusion de cet homme. Je souhaitais le présenter à la cour, comme l'exige notre loi… Celui-ci est le préposé au commerce des Mulongo… J'ignorais…*

L'interpellée lui coupe la parole : *Tu ne pouvais savoir. Exceptionnellement, tu devras héberger notre invité sous ton toit. Il se présentera à la cour demain. Nous saurons alors lui témoigner notre déférence.* Bwemba hoche la tête en signe d'assentiment. Toujours sur les genoux, il recule de quelques pas avant de s'autoriser à se relever. Mutango, lui, n'a pas bougé d'un poil. Même s'il le voulait, il lui serait absolument impossible d'exécuter pareille manœuvre. Reculer alors qu'on est agenouillé requiert une préparation mentale qui lui fait défaut, mais ce n'est pas le seul problème. L'homme ne se sent pas physiquement qualifié pour seulement tenter d'imiter le chasseur, en évitant de se couvrir de ridicule. A vrai dire, il ignore même s'il lui serait possible de se remettre sur ses jambes sans se les emmêler. Alors, Mutango demeure immobile sous le regard espiègle de la princesse Njole̱. Au bout d'un moment, la femme tape des mains, fait signe à deux serviteurs : *Veuillez aider notre voisin à se relever. Bwemba, tu le laisseras sous la garde de tes gens, qui se chargeront de son confort. Je t'attends au point du jour. Seul.*

*

C'est la première fois que Mutango est reçu dans une demeure bwele. Ses rencontres avec Bwemba se sont limitées, les jours de marché, à des discussions sur la place

93

dévolue au commerce, dans cette cité de Bekombo. S'il n'avait pas pris l'initiative de demander un service à son compagnon, les choses ne seraient pas allées beaucoup plus loin. Ce soir, il est confronté à une réalité qu'il lui était arrivé de soupçonner, sans vraiment s'en soucier. Bwemba le bref est un homme respecté, au sein de sa communauté. Sa concession, clôturée comme le sont celles des personnes jouissant d'un statut social élevé, comporte trois maisons de taille moyenne et une petite. Cette dernière abrite des serviteurs qui se jettent à ses pieds en le voyant. D'un geste nonchalant de la main, il les invite à se relever, donne ses instructions. Mutango découvre avec plaisir l'attitude humble des épouses du chasseur en présence de leur mari. Elles sont deux, qui viennent à leur rencontre, chacune quittant ses appartements. Elles ne vont pas jusqu'à s'agenouiller devant les mâles, mais c'est avec douceur qu'elles saluent : *Notre homme, bon retour chez toi. Bonne arrivée, également, à l'étranger.*

Pendant que Bwemba explique qui est son invité, pour quelle raison il doit passer la nuit en ces lieux, Mutango examine sans vergogne les femmes, palpe du regard leur chair, soupèse leurs seins, se réjouit qu'il y ait au moins un domaine où elles ne puissent que se soumettre. Des torches, fixées au fronton des habitations, éclairent assez bien la cour pour que le notable mulongo se livre tout son soûl à ses observations. La voix de son hôte le tire de ses pensées : *Je te laisse entre leurs mains. Nous nous verrons demain, après mon entrevue avec la princesse. Surtout, attends mon retour.* Il s'éloigne à petits pas rapides, se dirige vers l'habitation principale, située au centre de la concession. Les femmes convoquent les serviteurs, ajoutent des instructions à celles formulées au préalable par leur mari, donnent le dos à Mutango, qui se retrouve, non pas entre leurs mains, mais sous la responsabilité des domestiques. On le conduit dans la plus petite des bâtisses, lui indique la pièce préparée à son intention. Il y a là un lit en bois nu, avec un appuie-tête légèrement incliné, une chaise à large dossier. *Etranger, lui dit-on, nous t'apportons de quoi te restaurer et faire tes ablutions avant d'entrer dans la nuit.*

Resté seul, l'homme contemple le mobilier, cherche des yeux une natte, n'en trouve pas. Il lui faudra donc se satisfaire de ce lit, ce qui l'embête. Il ignore en effet, combien d'autres ont reposé leur corps là, vers quels rêves l'appuie-tête inamovible a fait cheminer leur esprit. Les Bwele sont nombreux, puissants et ingénieux, mais il leur reste des choses à apprendre, quant aux lois qui régissent la vie. Pour ne pas prendre de risques, il utilisera le meuble de manière peu conforme, posera les pieds sur l'appuie-tête, se servira de sa gibecière comme il l'a fait dans la brousse. Une fois cette question réglée, Mutango arpente lentement la pièce, en examine le moindre recoin. Satisfait de n'avoir rien remarqué de suspect, il s'assied au bord de la chaise. Les serviteurs reviennent. De l'extérieur, ils demandent la permission de passer la porte.

Il se lève pour leur ouvrir. De jeunes gens, une fille et un garçon qu'il n'avait pas pris la peine de regarder auparavant, se tiennent là. La fille porte un plat fumant, contenant une sauce aux feuilles, des tubercules. Elle tient aussi une calebasse pleine d'eau. Le garçon lui présente ce qui ressemble à une étoffe pliée. C'est lui qui parle le premier, une moue de désapprobation lui abaissant les lèvres : *Etranger, je me permettrai de rafraîchir ton... habit demain.*

Tu le laisseras sur le lit, et revêtiras ceci, fait-il en lui tendant le tissu. Sa compagne conclut : *Quand tu auras fini de manger, laisse seulement l'assiette devant la porte.* Pénétrant dans la pièce, elle pose le plat et la calebasse près de la chaise, quitte les lieux en disant : *Nous sommes à côté. Il te suffira d'appeler. Que l'obscurité te soit bonne.*

La porte claque sur un Mutango songeur. Les traits de ces deux serviteurs lui semblent différents de ceux des Bwele qu'il a coutume de rencontrer. Ils doivent venir d'une de ces nombreuses régions du pays qu'il n'a jamais parcourues. Le sujet ne le passionne pas, à vrai dire. Il a faim, se sent fatigué après avoir veillé la nuit entière, s'être mis en marche devant le jour. Pas étonnant, puisqu'il n'a pas dormi, qu'il lui ait été impossible d'avancer aussi vite que son compagnon. Dédaignant la chaise, il s'assied à terre pour déguster son repas. Au moment précis où il plonge la main dans l'assiette, une parole lui revient, dont l'écho emplit la pièce : *Ne sais-tu pas que les Bwele ont jeté sur nous leurs filets ?* Son estomac gargouille. Pourtant, il ne goûte pas le plat, se lave la main. Un regard vers sa gibecière lui indique qu'il lui reste de la viande boucanée, assez pour une demi-journée de marche en direction de son village. Il ignore quelle tournure prendront les choses, préfère réserver pour plus tard les morceaux de singe qu'il a soigneusement choisis. Ce n'est pas cette nuit qu'il se reposera. Il ne serait pas prudent de s'endormir, alors que les esprits lui commandent la méfiance envers les Bwele.

Les murs de terre n'offrent aucune ouverture sur l'extérieur, en dehors de la porte close. S'il ferme les yeux, il ne saura même pas que le jour s'est levé. Bwemba ne viendra pas le chercher avant de s'être rendu auprès de la princesse Njolę. Les serviteurs n'oseront pas troubler son

repos, et les femmes du chasseur ne se soucient aucune-
ment de son sort. La seule solution est de veiller une fois
de plus. Le gros se lève, fait quelques pas dans la pièce,
tend l'oreille dans l'espoir de capter un bruit sur lequel
son attention pourrait se fixer. Rien. S'emparant du vêtement qu'on lui a remis, il entreprend de le déplier. L'idée
lui vient soudain qu'il ne se ferait pas remarquer, s'il le
portait. Quelques-unes des amulettes qui ne le quittent
jamais le trahiraient peut-être, mais de loin, on les verrait à peine, dans ce pays où les accoutrements peuvent
se révéler d'une rare extravagance.

L'homme se débarrasse de sa manjua, noue l'étoffe
autour de son large bassin, réfléchit un instant, décide de
ne pas laisser sa gibecière. Ouvrant précautionneusement
la porte, il inspecte la cour d'un regard affûté, pense à ce
qu'il dira si quelqu'un le surprend : une envie pressante.
Il n'y a personne quand il sort, traverse la cour, se dirige
vers l'habitation principale. Mutango fait le tour complet
de la bâtisse, avant de trouver l'endroit où il passera la
nuit, s'installe là où nul ne soupçonnera sa présence, hors
de la vue de ceux qui logent dans les trois autres maisons. Si par malheur il s'endort, il entendra au moins le
chasseur quitter sa demeure.

*

Un chant d'oiseau le réveille. L'homme a dormi comme
un nouveau-né, adossé à un flanc de la maison, sa gibecière dans les bras. Il a sans doute fait un rêve, peut-être
plusieurs. Tout s'est effacé. Mauvais signe. Chez lui, on
pense que celui qui ne rêve pas a cessé de vivre. Ce qui
l'inquiète bien davantage, c'est d'avoir peut-être manqué

le départ de son hôte. Le soleil n'a pas encore élu domicile dans le ciel, dissipé les ombres nocturnes qui s'attardent, comme des présences intangibles et cependant bien réelles. Ceci ne suffit pas à le rassurer. Il sait que le chasseur se sera mis en marche devant le jour, pour rencontrer la princesse Njole. Son instinct lui souffle l'importance de cette entrevue. Alors qu'il se demande comment pénétrer seul dans le domaine royal, trouver, sans être vu, les quartiers de la princesse, un grincement se fait entendre. La porte de la maison s'ouvre sur la cour. Le maître des lieux appelle un serviteur, réclame de quoi manger. Mutango, qui se tenait prêt à bondir derrière des arbres plantés là, attend que l'homme retourne à l'intérieur.

S'étant un peu avancé, il aperçoit le domestique qui disparaît dans la petite case de la concession. Sans prendre le temps d'y réfléchir, Mutango joue son va-tout, fonce vers la sortie. Ses pieds sans merci dessinent une piste dans la poussière. On pourrait croire que deux ou trois éléphants se sont défiés à la course. Par chance, une brise matinale fait se lever, tournoyer les particules de terre, effaçant la formidable empreinte de ses pas. Il n'a jamais couru ainsi, ventre à terre, le vent lui sifflant dans les oreilles, agrippant d'une main le bas de son habit. Une fois dehors, il a l'impression que son cœur lui remonte dans la gorge, que ses poumons sont des outres vides dans sa cage thoracique.

Titubant vers un buisson d'épineux qui pousse le long du chemin, le notable mulongo dissimule tant bien que mal son corps massif, tente de reprendre son souffle en silence. Caressant sa gibecière, il se félicite de ne pas l'avoir abandonnée derrière lui. Sous peu, son absence sera remarquée, perçue comme un affront. Son hôte l'avait prié de ne

98

pas quitter la concession sans qu'ils se soient vus. Mutango sait qu'il ne pourra revenir ici. Les quelques morceaux de singe boucané qu'il lui reste seront d'un grand secours. En ce moment, ils constituent son unique patrimoine.

La cité baigne encore dans l'obscurité, lorsque le chasseur sort. L'homme, qui a revêtu le costume des mâles de son peuple, apparaît la taille ceinte de perles, de graines. La lame large et arrondie d'un couteau d'apparat accroché à sa ceinture lui tombe en haut de la cuisse droite. Elle brille d'un éclat tel qu'on croirait une étoile tombée du ciel. Bwemba porte aussi un couteau de jet à trois lames dont deux incurvées. La troisième, plus petite, a la forme d'une pointe de sagaie. Elle se trouve tout près du manche, ne laissant que peu d'espace à la main. Le simple fait de tenir une telle arme requiert du sang-froid. Mutango ne se laisse pas impressionner. Ses yeux se fixent sur les lanières de cuir qui se croisent sur la poitrine et dans le dos du chasseur.

Il le laisse prendre un peu d'avance, le suit en se cachant de son mieux derrière les fourrés, les greniers proches des habitations. Les deux hommes passent devant des maisons closes. Parfois, on entend une voix, des bruits d'ustensiles de cuisine s'entrechoquant, des pleurs d'enfants. Le chasseur fait halte devant une concession qu'entoure un mur d'enceinte. Cette clôture indique le rang élevé de ceux qui vivent là. Cependant, le gros en est certain, il ne s'agit pas du domaine royal. La demeure devant laquelle se trouve Bwemba jouxte des logements tout à fait communs. Lorsque le chasseur pénètre dans la cour, Mutango ne sait s'il doit également s'y engager, ou s'il faut attendre que l'homme ressorte, poursuive sa marche vers le domaine royal. S'approchant de l'entrée, il constate, ce qui l'intrigue, que le mur n'abrite pas plusieurs maisons, mais un bâtiment unique, assez petit d'ailleurs, qui ne peut servir à loger des personnes de haute caste.

Il n'y a ni gardes en vue, ni torche dont les braises, à présent refroidies, auraient servi à l'éclairage nocturne. A croire que nul ne réside ici. Le notable mulongo se glisse prudemment dans les lieux. Bwemba frappe à la porte, semble dire quelque chose, s'écarte, contourne la bâtisse. Bientôt, une silhouette féminine apparaît. Sans la reconnaître vraiment – il est trop loin pour cela –, Mutango comprend que la bienséance interdit à la princesse et au chasseur de se rencontrer seuls dans un espace clos. Pour que l'honneur soit sauf, leur conciliabule se tiendra hors les murs. C'est le moment d'approcher, de découvrir ce qui se trame.

La princesse, puisqu'il s'agit bien d'elle, est assise face au chasseur. Tous deux sont installés derrière la maison, sous un auvent que soutiennent de hauts piliers. Là, Bwemba se livre au plus étonnant des comptes rendus, si bien que Mutango doit se mordre la langue pour ne rien dire, se tenir les côtes pour ne pas bondir sur-le-champ. *J'ai agi comme convenu, altesse*, dit le chasseur. *Le préposé au commerce des Mulongo a souhaité savoir ce qu'étaient devenus les mâles que nous avons capturés. C'est un homme rusé. Aussi ne m'a-t-il pas posé la question en ces termes, se contentant de me demander si je n'avais pas vu passer une colonne d'hommes sur nos terres. Je lui ai répondu. Il m'a offert un coutelas, me laissant croire que leur ministre des Cultes avait officié pour charger l'arme. Or, il mentait...* La femme hoche la tête : *Alors, nous ne pouvons placer notre confiance en cet individu pour accomplir ce que nous avons projeté. D'ailleurs, pourquoi est-il ici ?* Le chasseur hausse les épaules. Il ne s'attendait pas à ce que le notable mulongo veuille le suivre. Il a commencé à s'exciter en entendant parler des hommes aux pieds de poule, s'est mis en tête quelque lubie.

Le moment est venu de regagner le village. Inutile de chercher à voir la reine Njanjo, sans doute informée de tout ceci. Pour entreprendre un éventuel voyage vers le pays côtier, il ne doit en aucun cas être seul. C'était une folie de l'envisager. Alors qu'il s'apprête à rebrousser chemin, un bout de métal pointu lui pique le bas du dos. Une voix féminine ordonne : *Avance !* On le pousse sous l'auvent. En cet instant précis, toutes les incantations apprises, maintes fois répétées, s'évadent. Mutango ne ressent rien, que la faim qui lui tord les boyaux, tandis qu'une seule pensée résonne en lui : *Ne sais-tu pas que les Bwele ont jeté sur nous leurs filets ?*

*

Mukano et sa garde rapprochée ont quitté les terres mulongo au point du jour. Les dernières empreintes de la nuit s'étaient à peine dissipées, quand ils ont pris la route de mbenge, en direction du pays bwele. Le crépuscule a interrompu leur avancée. Ils se sont remis en marche dès le retour de la lumière, ont peu mangé, ne se sont guère parlé. La tension est palpable, comme ils approchent le territoire bwele. La cité de Bekombo n'est pas encore visible, mais ils l'atteindront d'ici peu, lorsque le soleil sera à son zénith. Le chef se sent en proie à une anxiété qui alourdit ses pas. Il tente de se concentrer sur des détails : la valeur des présents choisis pour la reine Njanjo, la qualité des paroles qu'il prononcera une fois en

101

sa présence. Ceux de ses hommes qui ouvrent la marche s'arrêtent brutalement. Il s'apprête à les houspiller, quand il comprend pourquoi.

Une colonne de guerriers bwele leur barre le chemin. Celui qui la commande porte un couvre-chef à longue visière, serti de perles. Il donne un ordre simple, sur un ton sans appel : *Arrêtez-les !* Mukano a beau rappeler son rang, le caractère inconvenant d'une telle attitude face à des voisins pacifiques, ses hommes et lui sont dépouillés de leurs armes, des cadeaux apportés pour Njanjo. Entravés, ils sont sommés d'avancer. Tout juste si on ne les bâillonne pas. *Ordre de la reine,* telle est la seule réponse que suscitent ses protestations. Le chef du clan mulongo se demande quelles forces sont à l'œuvre, pour qu'il soit traité de la sorte. A-t-il commis une faute ? Est-ce là le châtiment de Nyambe pour avoir tardé à rechercher les mâles disparus de sa communauté ? Des larmes s'écoulent sur ses hautes pommettes. Il n'entend pas les commentaires de la population bwele, quand ses hommes et lui foulent le sol de Bekombo. Les railleries des adolescents, les questions des enfants en bas âge à leur mère, rien de tout cela ne lui parvient.

Ils sont conduits dans le domaine royal. Une audience extraordinaire s'y est tenue dans la matinée. Les dignitaires venus de toutes les régions du pays sont encore présents. Au moment où les prisonniers mulongo pénètrent dans la vaste concession où logent la reine et ses proches, Mutango est là, agenouillé. Il a le dos, les mollets en sang, le visage tuméfié. Des femmes munies de carquois et d'arcs l'entourent, tandis que la princesse Njole s'adresse à l'assemblée : *Celui-ci a été pris à l'aurore. Il s'était introduit dans la résidence des archères. Nous pensons qu'il s'agit d'un espion envoyé par nos voisins. Aussi, l'avons-nous interrogé. Pour l'instant, nous n'avons pas obtenu ses aveux. J'ai fait garder les voies d'accès à notre territoire, au cas où d'autres viendraient sans être attendus.* Elle se tait, voyant le groupe d'étrangers que l'on amène. Pour les Bwele, il n'y a plus rien à dire. Les Mulongo sont malintentionnés. Il leur est tout de même proposé de s'exprimer. Mukano refuse de parler tant qu'on ne l'aura pas libéré de ses entraves. A ce jour, son peuple ne s'est jamais rendu coupable du moindre acte justifiant ceci. Il ne regarde pas son frère qui le supplie : *Au nom de ce qui nous lie, dis à ces gens que je n'ai rien fait !* La voix du gros homme n'est qu'un souffle fragile.

Le chef des Mulongo regarde droit devant lui, la tête levée vers la reine Njanjo, à ses yeux la seule personne digne de recevoir sa parole. C'est elle qu'il est venu rencontrer. Si ces instants sont les derniers au cours desquels il exercera sa fonction, il se comportera en *janea* jusqu'à la fin. Qu'il ne soit pas dit, lorsque ces histoires seront transmises aux générations, que Mukano a plié devant l'injustice. Qu'il ne soit pas dit qu'une fois devant la reine des Bwele, il n'a pas osé la questionner sur le sort des douze disparus. Le chef des Mulongo attend. Ses hommes calquent leur attitude sur la sienne. Silencieux, ils plantent fermement leurs pieds dans la terre, redressent la tête. Aucun n'abaisse le regard vers Mutango qui continue de geindre.

Njanjo se lève. C'est une femme menue, mais il émane d'elle une autorité que nul ne songe à remettre en cause. Elle arbore une coiffe perlée qui lui enserre le visage, se noue sous le menton. D'un geste de la main, elle ordonne que son homologue mulongo et ceux de sa suite soient débarrassés de leurs liens. *Mukano*, dit-elle, *sois le bienvenu.*

Excuse mes soldats. Ils n'ont fait que respecter les consignes de ma sœur Njolę. L'homme hoche la tête, dédaigne le siège qu'on lui présente. Il reste debout, entre sans tarder dans le vif du sujet : *Njanjo, il y a bien longtemps que je ne me suis pas présenté en personne sur ces terres. J'espérais un autre accueil, même s'il est vrai que je n'ai pas annoncé ma visite en t'envoyant un messager, conformément aux usages...* La reine l'interrompt aussitôt : *Affirmes-tu n'avoir pas mandaté celui-ci pour nous espionner ?* Elle pointe du doigt Mutango.

Pour la première fois, Mukano regarde son frère. Sans ciller, il répond : *Il est venu ici sans m'en avertir. Je ne sais rien de ses motivations.* Njanjo demande : *Tu nous autorises donc à le traduire devant notre justice ?* Mukano reste coi. Des images défilent devant ses yeux. Il revoit les méfaits de son frère depuis des années, ses manigances, ses mauvais coups, jusqu'à la nuit de l'incendie durant laquelle il l'a trouvé en train de coucher avec une de ses filles. Ce souvenir le révulse. L'acte est d'une telle gravité que son auteur aurait dû faire l'objet d'une mesure de bannissement, sanction à laquelle Mutango n'aurait échappé qu'en raison de son statut. La voix du chef mulongo est puissante, claire, lorsqu'il déclare : *Fais comme bon te semble, en ce qui le concerne.*

Il ne faut pas moins de huit des guerrières que commande Njolę, pour emporter l'accusé qui se débat, hurle que les ancêtres ne permettront pas cette infamie. Mukano garde son calme, se retient de dire que les ancêtres sont fatigués. Ils en ont assez des agissements de son frère, qui a mérité ce qui lui arrivera. Une fois les archères éloignées, Njanjo ordonne que son bâton de commandement soit restitué à Mukano. *A présent,* invite-t-elle,

104

accepte de prendre place. S'il ne s'assied pas, le chef des Mulongo offensera son hôtesse, ce qui n'est pas souhaitable. Elle tape dans les mains. *Nous allons d'abord nous restaurer. Mon conseil et moi avons eu fort à faire depuis le lever du jour. Nous n'avons encore rien pris.* Le chef profite de cet instant pour faire déposer ses présents au pied de la chaise d'autorité qu'occupe la reine. Ses hommes les récupèrent auprès des soldats. Les paroles d'usage ne sont pas énoncées. Les bénédictions habituelles ne sont pas prononcées. Njanjo ne s'extasie pas devant les objets qui lui sont offerts. Rien ne se déroule selon les règles.

*

Au fond de son cachot, Mutango fulmine de rage. Sa colère est si vive, qu'il n'est pas capable de réfléchir au moyen de s'en sortir. L'intensité du choc lui fait oublier la plus petite incantation. On a jeté le contenu de sa gibecière. Les Bwele ne mangent pas le singe. Une des guerrières lui a lancé : *Vous êtes vraiment des sauvages. Nous devrions vous soumettre pour vous apprendre à vivre.* Elle a conclu : *Nous l'aurions déjà fait, je pense, si vos terres n'étaient pas inaccessibles pendant les saisons pluvieuses. La circulation doit rester possible entre toutes les régions du pays.* Mutango gît sur le sol. Chaque parcelle de son corps le fait souffrir. La faim lui brouille l'esprit. Il tente néanmoins de se remémorer les événements des jours écoulés pour déceler l'erreur commise, ne voit pas.

Quelque chose lui échappe. Il ignore quoi. Son seul œil encore ouvert – l'autre est sévèrement poché – erre dans la pièce sombre, si basse de plafond qu'il ne pourrait y tenir debout. Une odeur d'urine flotte dans les lieux, qui se mêle à celle de la sauce aux feuilles sans viande qui lui a été servie. La femme qui la lui a apportée a dit : *Mange. Nous ne voulons pas ta mort.* Dans ce cas, que désirent-elles ? Il aimerait mieux mourir que connaître la réponse. S'il avait pu se douter, en s'introduisant dans cette concession au petit jour, qu'elle abritait une garnison de soldates – engeance sacrilège s'il en est –, il aurait sans doute pris le chemin du retour. Quand sa présence sur les lieux a été découverte, sa vie s'est transformée en cauchemar. Si ces femmes ne le tuent pas, il a tout à craindre.

Les pensées du gros homme tournoient dans sa tête sans se poser, lorsqu'une voix lance : *Fils de Mulongo, je ne te demande pas comment tu as quitté la nuit ? Il est peu probable que tu en sortes, dorénavant. Nos archères vont te plonger dans les ténèbres pour l'éternité. Tu mérites donc un ultime présent de ma part. Si tu as des questions, je suis prêt à y répondre.* Bwemba se tient dans l'embrasure de la porte. Mutango ne pense pas un instant le renverser pour prendre la fuite. Il aurait à peine fait un pas vers l'extérieur, que les femmes lui tomberaient dessus. Son œil valide glisse sur le visiteur. Ce n'est pas uniquement parce qu'il est à terre que le chasseur lui paraît plus grand. C'est parce qu'il a de l'avance sur lui depuis le début. Non, il ne l'interrogera pas, ferme l'œil. Cependant, Bwemba a envie de parler. Bras croisés, sourire aux lèvres, il raconte la nuit du grand incendie, décrit l'opération menée par ses hommes, alors que la population mulongo dormait. Il n'a pas été difficile de mettre le feu aux habitations. Elles sont tellement rudimentaires, avec leur toit en feuilles de l<u>e</u>nd<u>e</u> séchées, leurs piliers de bois.

Les Bwele ont bien ri, en voyant leurs voisins prendre la fuite comme des insectes. Lui-même était présent, quand douze mâles mulongo ont été pris. Assoupis dans un coin de la brousse, ils n'ont rien vu venir. On ne les a pas amenés ici, à Bekomo, préférant les conduire sur d'autres voies, leur faisant longer le pays bwele jusqu'à la côte. Il a fallu marcher de longues nuits pour arriver à destination. Le jour durant, les enlevés étaient retenus dans des abris de brousse que les Bwele ont érigés le long des voies menant d'une région à l'autre de leur territoire, jusqu'au pays côtier. Là, les hommes mulongo ont été remis aux princes de la côte, qui les ont, à leur tour, livrés aux étrangers venus de pongo par les eaux. *Nous n'avons pas le choix,* explique Bwemba. *Pour éviter un conflit avec les Côtiers, il nous faut leur fournir des hommes. Un accord a été conclu en ce sens avec eux, parce qu'ils semaient la terreur dans certaines de nos régions, afin d'y faire des captifs pour le compte des hommes aux pieds de poule.*

Il se tait, fait quelques pas dans la pièce. Se tenant près de Mutango, il ajoute, à voix basse : *Ton frère n'a rien fait pour te tirer du pétrin. Rassure-toi, tu seras bientôt vengé. Nous allons le laisser retourner sur vos terres, attendrons quelque temps avant de frapper à nouveau. Si la guerre éclate avec les Mulongo, c'est nous qui en sortirons vainqueurs. Il nous sera alors aisé d'agir à notre guise... En tant que chef, Mukano sera peut-être sacrifié, ce n'est pas encore décidé. Certains sont d'avis qu'il faudrait simplement le livrer aux Côtiers, dans la mesure où il ne nous a jamais attaqués. D'autres considèrent que, justement, une mise à mort rituelle serait une manière de lui rendre hommage : on ne sacrifie pas n'importe qui, tu le sais. Quoi qu'il en soit, tu resteras ici. Après tout, tu as choisi d'y venir.* Le chasseur sourit. *Il faut dire, aussi, que tu es trop gras pour être livré. A toi seul, tu prendrais la place de trois hommes, dans les embarcations des étrangers venus de pongo par les eaux. Tu n'es pas une affaire, mon vieux.* Le chasseur expulse un rire strident qui lui soulève les épaules, avant de conclure : *Nos archères vont t'émasculer ou te couper la langue, si elles sont prises de clémence. Elles manient fort bien le coutelas. Une fois guéri de tes blessures, tu seras à leur service. Une nouvelle vie s'ouvre à toi. Tâche de ne pas la gâcher.*

Bwemba prend congé. La reine va bientôt entendre un homme aux pieds de poule qui s'est aventuré en pays bwele, en compagnie de quelques Côtiers. C'est la première fois qu'une telle chose se produit. Il a hâte de voir cet étranger, dont on a pris soin de colorer la peau afin de lui donner figure humaine. Les Bwele n'ont pas accès à l'océan, mais peut-être pourraient-ils, un jour prochain, traiter directement avec les hommes venus de pongo par les eaux. Il a hâte de savoir ce qui se dira plus tard lors de l'audience, s'esclaffe à l'idée que les Côtiers prennent le risque de perdre leurs privilèges. Mutango voudrait crier, dire qu'il se serait allié avec les Bwele contre son frère... Il voudrait implorer qu'on mette fin à ses jours, ferme les yeux, tente de convoquer les paroles sacrées qui lui permettraient de laisser là son corps, d'envoyer son esprit voguer n'importe où. Il n'y a plus rien en lui, les mots magiques se sont enfuis. L'homme n'est qu'une chair souffrante.

*

Mukano n'en sait pas davantage au sujet des disparus, lorsqu'il foule à nouveau le sol de son village. Ses hommes ont fait le serment de ne pas prononcer le nom de son frère. Nul ne saura qu'ils l'ont abandonné à son sort. Cela ne leur pose aucun cas de conscience. Le clan sera enfin débarrassé d'un être malfaisant, le chef aura les coudées franches pour gouverner. Mukano convoque le Conseil, rend compte de son entrevue avec la reine Njanjo. La souveraine des Bwele a parlé. Elle a déclaré ne rien savoir des fils disparus du clan. Ils ne sont pas passés par ses terres, elle en est certaine. Le pays bwele est parfaitement administré. Il est inimaginable qu'un groupe d'étrangers ait pu le traverser sans être remarqué.

En revanche, Njanjo lui a appris que l'empreinte d'une colonne d'hommes avait bien été détectée au cœur de la brousse, entre les territoires bwele et mulongo. Ces traces, que ses limiers avaient un peu suivies au cas où elles auraient annoncé un danger, s'éloignaient en direction de jedu. On n'a pas cherché à en découvrir plus. *Ma conviction*, affirme Mukano devant les sages réunis, *est qu'il nous faut aller de ce côté-là, pour retrouver nos fils et nos frères. Quelle que soit la force qui les a poussés à prendre ce chemin, elle devra nous les rendre.* Cette fois, les anciens n'émettent pas d'objection. Mutango n'est pas réapparu. En son absence, ses affidés ne se sentent pas le courage de s'opposer au chef.

Les soldats du janea vont préparer une équipée. Les anciens insistent pour que cela ne se fasse pas sans qu'on s'en soit remis aux esprits. Deux jours et deux nuits seront consacrés à des rituels de protection, à des prières. Le chef demande que le fils du guide spirituel, aussi inexpérimenté soit-il, prenne en charge ces opérations. Il faut également informer la matrone et les femmes dont on va rechercher les fils. Elles viendront sur la place du village où la population tout entière sera rassemblée. Ensuite, celles qui le souhaiteront seront invitées à regagner leurs foyers. La séparation n'a que trop duré. *Je veux*, conclut le chef, *que leurs garçons les trouvent sur le seuil de la concession familiale, quand nous les ramènerons.*

Mukano entend prendre part en personne aux recherches. Qui mieux qu'un chef doit incarner la devise du clan ? *Je suis parce que nous sommes*, dit-on en ces terres, depuis les temps où la reine Emene y conduisit les siens pour fonder un peuple nouveau. Pour le janea, cette maxime ne se discute pas. Il s'en veut d'avoir tardé à se mettre à la recherche de ceux que l'on n'a pas revus après le grand incendie. On a tergiversé, comme s'il pouvait être question d'abandonner son propre sang à l'inconnu, au silence. Il se soumettra lui-même à la consigne donnée aux guerriers : ne pas reparaître devant le clan sans une réponse claire, quant au sort des disparus.

Voies d'eau

Le jour où le chef et les hommes de sa garde prennent la route du pays bwele, la femme quitte le village. S'engouffrant dans l'interstice qui sépare la nuit de l'aurore, elle les précède, marche sans crainte sur des sentiers qui n'en sont pas, qui se forment sous la plante de ses pieds, dessinant une voie qui n'appartient qu'à elle, comme un chemin de vie. Elle est sur sa route. Rien ni personne n'a le pouvoir de l'arrêter. Une hotte retenue par une lanière qui lui barre le front, descend dans son dos. Elle y a placé des vivres, un peu d'eau dans une outre scellée. Un sac lui bat le flanc droit, qui contient un pot rempli de terre. Eyabe ne se pose pas la question de la direction à suivre. Quelque chose la pousse, la conduit. L'amour des mères pour leurs fils n'a que faire des astres pour trouver son chemin. Il est lui-même l'étoile.

La femme se sent en paix. En arrivant, elle reconnaîtra le lieu, y dispersera la terre recueillie sous le dikube, saluera dignement l'esprit de son premier-né et de ses compagnons. Cela prendra le temps qu'il faudra. Elle marche. Son souffle se mêle à celui du vent. Elle fait corps avec la nature, ne déplace pas une branche d'arbuste, prend soin de n'écraser aucun des petits habitants des lieux, larves, chenilles ou insectes tapis dans l'herbe. Si par mégarde elle les touche, elle demande humblement pardon, poursuit sa route. Tout ce qui vit abrite un esprit. Tout ce qui vit manifeste la divinité. Lorsque le soir descend, qu'elle n'y voit plus suffisamment pour avancer, elle fait halte, pose sa besace, sa hotte, trouve une souche pouvant faire office d'appuie-tête, s'endort. Dans ses rêves, la voix de son fils lui parle du pays de l'eau.

Il ne s'agit pas d'une terre humide, dit-il. *Ici, l'eau est la terre. Elle est le ciel et le vent.* Eyabe ne met rien de tout cela en doute. Elle a confiance, ne compte pas les jours. Elle marche vers jedu. Les histoires que l'on se raconte au village ne disent pas ce qu'il y a dans cette partie de la Création. On ne parle que du grand voyage de la reine Emene, de pongo jusqu'à mikondo, où se trouvent actuellement les terres mulongo, par rapport au pays d'avant dont nul ne sait plus rien. On ne parle que du territoire bwele, situé à mbenge. Le chemin que prend Eyabe est inconnu de tous, au sein du clan. Il n'est pas inaccessible, elle l'emprunte aisément. Lorsque ses pieds commencent à s'enfoncer dans un terrain boueux, elle songe que c'est pour cette raison que personne ne vient jusque-là. Une odeur d'humidité monte du sol, comme après de fortes pluies. Eyabe sait que ceci n'est pas le pays de l'eau, l'endroit où elle doit répandre la terre qui a vu pousser le double végétal de son garçon.

Maintenant qu'elle y pense, la chute de l'arbre lui apparaît comme un signe de plus, confirmant la fin du passage terrestre de son fils. Le pays de l'eau est-il un au-delà ? Combien y a-t-il d'autres dimensions à même d'accueillir les âmes ayant quitté le monde des vivants ? Est-il possible de se réincarner lorsque l'on repose au fond de l'eau ? Sans doute ne le saura-t-elle jamais. En avançant, elle s'interroge sur l'endroit où passer cette nuit supplémentaire loin du clan. La cinquième ou la sixième, elle ne sait, peu importe. Ecoutant le bruit de succion que font ses pieds dans la vase, elle n'a pas besoin d'examiner le sol pour savoir qu'il est impossible de s'y allonger pour se reposer. Devra-t-elle grimper au faîte d'un de ces arbres aux racines apparentes ? Ce n'est guère envisageable. Le risque de chute est trop important. D'ailleurs, les branches, bien que nombreuses, semblent fragiles, inaptes à supporter le poids d'un corps humain. Eyabe tente de ne pas s'affoler. Il faut garder confiance. La fatigue la gagne. Elle avance. La boue lui couvre les mollets, alourdit les franges de sa manjua, mais elle avance. Une vive démangeaison lui agresse la plante des pieds. Elle n'ose se gratter, n'ayant aucune idée de ce qui vit là, au fond du marais. Afin que l'inquiétude ne la submerge pas, la femme se remémore les derniers instants passés au village.

Celles dont les fils n'ont pas été retrouvés s'étaient endormies, après une nuit de veille. Assises autour de son corps fiévreux, elles ont tendu l'oreille, écouté la voix qui, la traversant, contait une triste histoire. Elle disait l'arrachement, la violence, l'impuissance. Elle disait l'impossibilité du retour, une mort qui n'en était pas une, puisqu'elle ne permettrait peut-être pas la renaissance. Une mort inachevée. Une éternité de solitude. Le silence des esprits pourtant invoqués sans relâche. Celles dont les fils n'ont pas été retrouvés ont juré de ne pas répandre cette parole au sein de la communauté. Même celles qui n'avaient pas le désir de revoir leur progéniture ont senti leur cœur se serrer. Elles n'ont pas davantage aimé l'enfant, mais ont admis qu'il était un morceau d'elles-mêmes.

Pas seulement un corps les ayant choisies comme voie de passage. Pas seulement un morceau de leur chair. Certaines se sont coupé les cheveux. D'autres n'ont pas osé le faire. Toutes se sont couchées, fourbues, épuisées.

Seule la matrone a assisté au départ d'Eyabe. Elles ont marché ensemble jusqu'à l'orée des terres mulongo, prenant soin de ne pas attirer l'attention des gardes sur le point de quitter leur poste. En principe, ils doivent attendre la relève avant de regagner leur concession, mais les choses se déroulent rarement ainsi. Ces hommes s'habituent mal aux mesures de sécurité prises après le grand incendie. Tous les soirs, ils veillent, mais il ne se passe rien. Alors, leur attention faiblit, ils prennent des libertés, s'empressent de rentrer lorsque la nuit arrive à son terme, même si le jour n'a encore élu domicile, ni sur la terre, ni au ciel. Elles n'ont pas échangé une parole. Tout avait été dit. L'ancienne avait apposé sa main droite sur le front d'Eyabe, appelé sur elle la bénédiction des esprits, lui avait remis son bouclier. Elles se sont brièvement étreintes, Ebeise devant se hâter de retrouver les occupantes de la case commune, auxquelles il faudrait annoncer le départ de leur compagne. Pataugeant dans la gadoue, Eyabe se demande dans quels termes la matrone a présenté les choses, comment elle s'y est prise pour s'assurer qu'aucune ne les trahirait, qu'aucune n'irait voir le Conseil pour dire : *Une des nôtres s'en est allée sur les chemins, à la recherche du pays de l'eau, dernière demeure de nos fils…*

Une crampe lui torture la cuisse droite, la poussant à s'arrêter un instant. Elle étouffe un gémissement, essuie du plat de la main la sueur qui lui dégouline sur le front, se croit victime d'une hallucination quand elle la voit,

114

immobile devant elle. A quelques pas, une fillette lui fait face, debout sur un tronc d'arbre jeté en travers du chemin. Elles se fixent un instant du regard, puis, l'enfant détale, disparaît comme elle était apparue. Eyabe ne se sent pas capable d'atteindre le tronc d'arbre qui semble pourtant bien réel. Le sol se dérobe sous ses pieds, la tête lui tourne. Un murmure lui parvient, mais elle n'en est pas sûre.

Tout s'assombrit. Son dernier repas date d'il y a longtemps. Impossible de s'arrêter en plein marais pour poser sa hotte à terre, se restaurer. Ses jambes refusent désormais de se mouvoir. Elle va mourir là, debout dans la vase, sans avoir approché le pays de l'eau. A-t-elle bien interprété les signes ? Les paroles reçues lors de sa transe ? Eyabe porte la main à sa poitrine, referme des doigts tremblants sur l'amulette remise par la matrone. Si ses intuitions ont pu la tromper, elles n'ont pas pu égarer l'ancienne. Eyabe attend. Debout. Elle attend. Quelque chose. Quelqu'un.

*

Le soleil a changé plusieurs fois de nom. Son éclat s'est adouci, lorsque la fillette revient. Toujours silencieuse, elle pointe du doigt la femme dont les pieds sont englués dans la boue. Des visages apparaissent derrière elle, des visages dont Eyabe ne voit pas les corps. Ils émergent de la végétation environnante, comme de gros bourgeons au milieu de la verdure. Une bouche s'ouvre et se ferme, dirait-on. Eyabe n'entend rien. Sans s'en apercevoir, elle étire le cou, se rend compte alors qu'on lui parle. Elle ne comprend pas cette langue, mais c'est bien à elle que l'on

115

s'adresse. Faut-il secouer ou hocher la tête, elle ne sait. Alors, la femme sourit de son mieux, indique des mains ses jambes enfoncées dans la boue, dit, dans sa langue, qu'elle ne parvient pas à bouger.

En face, on ne fait pas un geste vers elle. Les visages se retirent derrière les plantes, disparaissent. Seule l'enfant reste là, sur le tronc d'arbre. Ses grands yeux noirs scrutent l'inconnue. Sans qu'elle ait perçu le moindre mouvement autour d'elle, Eyabe se rend compte que deux hommes sont à ses côtés. Ils sont arrivés par-derrière, ont jeté sur le sol un radeau fait de branches assemblées à l'aide de lianes et de nervures. L'un d'eux manie un long bâton qui fait avancer la plateforme. Son compagnon débarrasse la femme de sa hotte, la dépose sur le radeau. Ensuite, il entreprend d'attirer Eyabe, la tient fermement par les épaules, dit, à voix basse, des paroles qu'elle ne comprend pas. C'est le regard de l'homme qui l'éclaire. Elle imite son geste, éprouve la puissance du corps qui la tire de la vase. Il la serre contre lui, murmurant des paroles dont la musique l'apaise.

Lorsque ses pieds touchent le bois, ses genoux se dérobent sous elle. Ils empruntent le chemin par lequel les hommes sont venus la secourir. La boue laisse place à un ruisseau, puis à une rivière. Eyabe n'a jamais vu de cours d'eau aussi important. Pourtant, son cœur lui dit que ce n'est pas encore le lieu où elle doit se rendre. Lorsqu'elle verra l'endroit, elle saura. Intérieurement, elle remercie l'esprit des ancêtres. C'est parce qu'ils ont intercédé en sa faveur auprès de Nyambe, que ces gens lui ont été envoyés. Elle ne connaît pas leur langage, mais elle ressent leur énergie. Quand ils atteignent la berge de la rivière, la fillette est là. Des femmes sont également présentes. Une communauté vit ici, à quelques jours de marche du territoire mulongo, en prenant la direction de jedu.

Le long de la rive, des radeaux flottent doucement sur les eaux. Ils sont faits de trois couches de branchages superposées, solidement attachées. Certains sont accrochés à un piquet fiché dans le sol boueux qui borde la rivière. Lorsque le ressac fait mine de les entraîner, la corde qui les retient s'étire légèrement, les ramène à terre. Deux petits garçons, agenouillés sur la berge, plongent les mains dans l'eau, extirpent en riant des animaux à peau luisante. Il n'y a rien de semblable en pays mulongo. La nouvelle venue les observe longuement, les regarde lancer leurs prises frétillantes dans un panier, s'étonne en silence à la vue de cette bête dont on n'entend pas le cri.

On la fait descendre à terre. Elle est laissée en compagnie de deux femmes qui l'entraînent. Chacune a passé, autour de son cou, un des bras de l'étrangère. Eyabe sent sa peau contre la leur. Ce contact lui redonne des forces. Le sol n'est pas aussi vaseux que celui qui la retenait prisonnière, mais il est étonnamment détrempé, comme s'il avait plu des jours durant. La marche de ses accompagnatrices demeure prudente. Les cases de ce peuple ont été bâties à quelques pas de la rivière, loin du bord. Les piliers qui les supportent s'enfoncent profondément dans le sol, s'élèvent à une hauteur incongrue pour Eyabe, avant que n'apparaisse le plancher. La femme se demande comment on accède à ces habitations, pourquoi il a fallu les surélever de la sorte.

La marche prend fin devant une maison. Quand une de ses accompagnatrices lui indique une échelle, joignant le geste à la parole pour lui montrer comment pénétrer dans la demeure, Eyabe se dit qu'il n'en est pas question.

Des rires fusent. On l'invite à essayer, elle le comprend aux intonations. On tape des mains pour l'encourager, on improvise un chant. Alors qu'elle commence à se demander si les esprits sont vraiment de son côté, un visage apparaît, à travers la porte de la case. On lui parle dans sa langue : *Femme, l'eau va monter. Bientôt, la terre aura disparu. Si tu restes là, nul ne pourra rien pour toi. La nuit vient...* Eyabe pousse un long cri en reconnaissant Mutimbo, un de ceux qu'on n'a pas retrouvés après le grand incendie, un des hommes d'âge mûr disparus en compagnie de dix jeunes initiés. Trop d'émotions, de mots, s'entrechoquent en elle, la font trembler, perdre connaissance.

*

Mutimbo est là, quand elle ouvre les yeux. Une journée a passé, mais elle l'ignore. C'est le soir. On n'a pas fait de feu pour éclairer les lieux. On se méfie de tout ce qui pourrait révéler l'existence de village, même si le marais le rend difficile d'accès. L'eau est montée, comme toujours, à ce moment de la journée. C'est ce qu'il lui dit, lorsqu'elle s'enquiert du bruit. *C'est l'eau*, fait-il en souriant. *Je t'avais dit qu'elle noierait le monde sous peu...* Les flots éclaboussent les pilotis de la case à une cadence régulière, jusqu'à ce que, ayant atteint un certain niveau, leur clapotis devienne un murmure. Eyabe a l'impression d'entendre le chant de Weya, la terre première. Ceci la trouble quelque peu. Depuis qu'elle s'est mise en route pour trouver le pays de l'eau, elle considère cette dernière comme une puissance hostile, une force néfaste qui lui a ravi son premier-né. L'enfant dont la venue au monde a

118

consacré sa féminité aux yeux du clan. Celui grâce auquel il lui a été donné de se découvrir, de se connaître elle-même telle qu'elle ne s'était jamais envisagée. Inventive : combien de mélodies lui sont venues lorsqu'il fallait le bercer ? Savante : elle avait la réponse à ses questions, pas toujours, mais souvent. Douce : oui, elle dont l'adolescence s'était passée à rivaliser au tir à la fronde avec ses frères, à ne décidément pas comprendre l'intérêt des travaux de vannerie. De cette époque turbulente, elle a conservé un corps svelte, ferme.

Eyabe est restée une femme abritant un esprit mâle. Les amants de sa jeunesse ne lui ont jamais reproché ce trait de caractère, celui qu'elle a épousé non plus. Parfois, lors de leurs ébats, il est arrivé que l'époux dise, avec un sourire : *Tu sais quand même que je suis l'homme ?* A quoi elle répondait : *Autrement, je n'aurais pas consenti à m'unir à toi. Sache, cependant, que moi aussi, je suis l'homme. Lorsque la divinité a façonné l'être humain, elle lui a insufflé ces deux énergies...* Si Eyabe est experte dans l'art du coiffage, c'est qu'il ne lui est jamais apparu comme une tâche dévolue aux femmes seules. Chez les Mulongo, la coiffure est aussi importante pour les deux sexes. Tous viennent la voir, parce qu'on dit qu'elle a *une bonne main*. Comme le visage de Musinga, son mari, vient danser dans sa mémoire, elle le chasse. Il n'est pas venu lui rendre visite dans la case commune. Elle ne veut plus rien savoir de lui.

Le village semble si loin. C'était etina, quand elle a quitté les terres du clan. Au bout d'un moment, elle a cessé de compter les jours, cessé de les nommer. Le temps ne s'est pas évaporé dans l'air, il est toujours là. Simplement, sa signification se dilue. Peu importe la durée, puisque son fils ne lui sera pas rendu, puisqu'elle ne le verra plus tel qu'elle l'a connu. Elle ne le verra jamais prendre femme. Devenir père. Seule une lueur crépusculaire filtre à travers les murs en rondins. Deux autres personnes sont dans la case, mais leur présence est presque imperceptible. Son regard s'habitue à la pénombre, s'accroche à la figure de l'homme. Pour elle, il n'y a que lui, toutes les choses qu'elle voudrait lui demander. Lorsqu'il s'approche de la natte sur laquelle repose Eyabe, elle s'aperçoit qu'il ne porte qu'un eyobo lui dissimulant le sexe, se déplace avec difficulté. Mutimbo a une jambe raide.

On lui a appliqué un cataplasme qui camoufle une plaie importante, gênerait le port de vêtements plus élaborés. Il grimace en avançant vers elle, mais très vite, un sourire fait place à son expression douloureuse. *J'ai tellement prié*, dit-il. *Les esprits m'ont entendu. J'ai cru mourir mille fois, sans avoir l'occasion de revoir personne de chez nous, quelqu'un à qui raconter... Quelqu'un qui le dirait aux autres. Comme tu le vois, il me faudra du temps, avant d'être en mesure de rentrer au village.* Mutimbo parle du grand incendie, de cette nuit où la face du monde a changé. Il dit ce que sait Eyabe, et aussi, ce qu'elle n'imagine pas. Que les ombres nocturnes étaient encore dans le ciel, quand des hommes bwele ont jeté leurs filets de chasse sur eux. *J'étais avec Mundene et nos fils, dans un coin de la brousse.* En moins de temps qu'il ne faut pour le dire, ils avaient été bâillonnés, entravés, traînés loin des terres mulongo. Il ne se souvient pas d'avoir crié. Ni lui, ni aucun de ses compagnons. Ils n'y ont pas songé. Ou peut-être que si. Il ne sait plus. L'accablement leur alourdissait encore le cœur, après l'incendie.

Tout se passait comme dans un rêve. Ce n'était pas réel. Nous ne pouvions pas être en train de vivre cela. Nous allions

nous réveiller. Mesurer le désastre causé par le grand feu.
Nous ceindre la taille avec vaillance pour rebâtir. Honorer
nos ancêtres, car nous ne déplorions pas de pertes humaines.
Le feu avait au moins épargné nos vies. Alors, nous allions
vivre. Nous n'avions pas survécu à l'incendie pour devoir
affronter une épreuve de plus. Ce n'était pas réel. Nous ne
pouvions pas être en train de vivre cela. Nous allions nous
réveiller. Mesurer le désastre causé par le grand feu. Nous
ceindre la taille avec vaillance. Rebâtir. Vivre. Nous étions
vivants.

Depuis qu'il est ici, Mutimbo se demande pourquoi
ses compagnons et lui ont marché. Pourquoi, ne pouvant lutter, ils ont préféré avancer plutôt que se laisser
tuer. C'était déjà parce que cette interrogation l'habi-
tait qu'il avait fait halte, au bout de trois jours et demi
de marche, tentant de pousser ses compagnons à s'arrêter aussi. Il n'a pas eu le temps de les y inciter. Un des
hommes bwele lui a planté une flèche dans l'aine, assez
profondément pour qu'elle lui transperce les chairs. On
l'a détaché, laissé derrière, convaincu qu'un fauve, attiré
par l'odeur du sang, lui règlerait son compte. Il ne savait
où il était, dans quelle direction se trouvait le village. *De*
toute façon, je n'étais pas en état d'y retourner. Je perdais
beaucoup de sang. D'ailleurs, quand je dis que nous avions
marché trois jours et demi, ce n'est pas tout à fait exact...

En réalité, ils avançaient de nuit. Uniquement. La journée, ils demeuraient dans des abris érigés par les Bwele
au cœur d'une brousse de plus en plus épaisse, obscure,
même en plein jour. Au bout d'un moment, ils avaient
oublié l'éclat du soleil, ne connaissaient plus que l'ombre,
les nuits sans lune, terrés au fond de ces gîtes préparés
pour leur réclusion. Il leur était impossible de dire quelle

direction ils avaient prise, sur quelles terres ils se trouvaient. On leur avait rasé la tête, la barbe pour ceux qui en portaient une – les vieux –, afin de leur donner l'allure des captifs de guerre, au cas où ils seraient vus. On les avait dépouillés de leurs amulettes, de leurs parures, de leurs vêtements. *S'ils avaient pu effacer nos scarifications, ils l'auraient fait, je crois...* Leurs entraves consistaient en des cordes leur enserrant les poignets. Deux branches de mwenge, savamment reliées, leur avaient été posées sur les épaules, ne laissant libre que la tête, qu'ils ne pouvaient remuer. Chacun ne voyait que la nuque de celui qui le précédait dans la file. Il était impossible de communiquer. Le mwenge, connu pour sa dureté, leur striait la peau à la moindre torsion du cou.

Mutimbo avait cessé de marcher à un moment précis. Alors qu'il s'interrogeait pour la énième fois sur les raisons pour lesquelles ses compagnons et lui ne résistaient pas davantage, y compris au péril de leur vie, il avait entendu les assaillants bwele chuchoter entre eux. L'un se plaignait des ordres de la reine Njanjo, qui avait formellement interdit que les colonnes de captifs soient conduites de jour. Un autre répondait qu'il y avait à cela plusieurs raisons. D'abord, on évitait de tomber nez à nez avec des importuns. Ensuite, on privait les détenus de tout repère. Pour finir, on les habituait à l'ombre. *Il a dit, je n'oublierai jamais ses paroles : « Là où on les emmène, ce sont les ténèbres. En permanence. Ils doivent y être préparés. »* L'homme n'en savait pas davantage, s'en tenait aux ordres. Mutimbo était le seul à avoir capté cet échange. L'occasion d'en faire part à ses frères ne devait pas lui être laissée. La dernière image que l'homme gardait en mémoire, était celle des siens poussés en avant, invectivés par les Bwele qui les menaçaient, brandissant leurs couteaux de jet, pointant leurs flèches empoisonnées. *Ils étaient armés jusqu'aux dents, n'avaient qu'un geste à faire pour en finir avec nous.* Or, la spiritualité mulongo interdisait que l'on se donne la mort. Tout acte de résistance, dans ces conditions, aurait été suicidaire. Une injure aux ancêtres, aux maloba. Une offense à Nyambe, le Créateur, qui avait fractionné sa propre énergie pour la répandre et, ainsi, vivre dans toute chose.

J'imagine que c'est pour cette raison que nous avons marché. Contre notre volonté. Sans savoir où nous allions. J'imagine. Nous ne parlions pas beaucoup, même lorsque nous nous retrouvions dans les abris. Certains Bwele connaissent notre langue. Nos jeunes initiés murmuraient, s'encourageaient à tenir jusqu'à ce que le moment nous soit favorable. Mundene, notre ministre des Cultes, n'a cessé de maudire nos agresseurs, d'en appeler aux mânes du clan. Notre capture avait été un acte de lâcheté. Elle était, de plus, une transgression : nous n'avions commis aucun crime, aucun délit. Nous n'avions pas eu la chance d'affronter nos ennemis dans un combat loyal. On ne pouvait nous priver de liberté. Nos assaillants ne nous détachaient jamais les poignets, ni pour manger, ni pour faire nos besoins. Le moment ne nous fut jamais favorable... Aurions-nous su le saisir ? Il suffit de quelques jours d'humiliation absolue pour faire reculer la combativité. Plus le temps passait, moins nous étions nous-mêmes. Un de nos fils a commencé à défier les esprits, refusant toute nourriture en dépit des coups. Il est sans doute mort en chemin.

A voix basse, Eyabe demande qui était ce jeune homme : *L'enfant de qui ?* interroge-t-elle. L'ancien répond : *Si ma mémoire est bonne, c'était le fils d'Ebusi.* La femme hoche lentement la tête, chasse le sanglot qui monte en elle à l'évocation de sa compagne d'isolement. La seule autre, parmi les écartées, à avoir osé quitter la case commune. Faut-il y voir un signe ? Son premier-né et celui d'Ebusi sont-ils les uniques trépassés du groupe ? Si l'un a péri pour avoir résisté à ses agresseurs en refusant de s'alimenter, comment l'autre est-il mort ? La parole qui lui est parvenue semblait indiquer que plusieurs des fils du clan avaient pénétré le pays de l'eau. Elle ignore ce qu'il faut comprendre, ferme les yeux quand Mutimbo l'exhorte à retourner au village pour expliquer au chef, au Conseil, que les Bwele sont à l'origine de la disparition de douze mâles mulongo.

Il voudrait qu'elle aille trouver Eleke, son épouse. *Il faut,* dit-il, *qu'elle sache que je suis en vie. Nous n'avons jamais été séparés plus d'une journée...* Eyabe ne sait plus que faire, écoute Mutimbo qui expose la manière dont il est arrivé au sein de cette communauté où on l'a soigné, protégé. Il lui apprend que ce peuple accueillant n'en est pas un, au sens où la chose s'entend habituellement. Ici, les gens n'ont pas de mémoire commune. Leur clan n'a ni fondateur, ni ancêtres tutélaires. Chacun a apporté ses totems, ses croyances, ses connaissances en matière de guérison. Tout cela, mis en quelque sorte dans un pot commun, forme une spiritualité à laquelle tous se conforment. Hommes et femmes se sont réparti les tâches de façon claire et simple : ils chassent, pêchent, préservent l'intégrité physique du clan ; elles cultivent, se chargent de la vie intérieure. Tous joignent leurs forces pour construire les habitations. Il n'y a pas de lignée régnante. La communauté s'est choisi un chef qu'elle congédiera s'il ne se montre pas à la hauteur des attentes.

Quand Eyabe demande pourquoi une telle organisation,

Mutimbo explique : *Les gens d'ici ont fui les attaques des Côtiers et de leurs comparses.* Ceux qui se disent fils de l'eau sèment la terreur sur tous les espaces situés à leur portée, n'épargnant que les villages habités par des communautés sœurs. Ces dernières leur servent d'intermédiaires, lorsqu'il faut faire venir des captifs depuis les terres de l'intérieur. Ils prennent leurs pirogues, tendent des embuscades à qui s'aventure sur l'océan, dans les environs de leur village. Ils parcourent les fiefs de peuplades amies, atteignent ainsi les lieux où la capture s'opère. Il leur faut du temps, parfois une lune entière, pour acheminer leurs prisonniers vers la côte. De fait, l'aide des peuples frères leur est indispensable. Seuls la distance et le terrain impraticable les empêchent de venir jusqu'à Bebayedi, pour déloger les habitants des maisons sur pilotis. Enfin, il s'agit là d'un système complexe, dont Mutimbo ne maîtrise pas les rouages. Il ne peut affirmer qu'une chose : c'est en pays côtier que le sort des personnes enlevées est scellé. *Mais pourquoi ces arrachements ?* suffoque Eyabe, n'en croyant pas ses oreilles. Tout ceci est au-delà de ce que son esprit aurait pu concevoir.

Mutimbo hausse les épaules. Il a entendu dire que les princes de la côte s'étaient alliés avec des étrangers aux pieds de poule. *Ils n'ont pas vraiment des pattes d'oiseaux, mais portent, sur les jambes, des vêtements qui donnent cette impression. On m'a raconté que les Côtiers commercent depuis longtemps avec ces étrangers venus de pongo par l'océan. Jadis, d'après ce que j'ai compris, ils leur procuraient de l'huile rouge et des défenses d'éléphants. Désormais, ils donnent des gens, même des enfants, en échange de marchandises. Il paraît que les Côtiers possèdent maintenant un roseau qui crache la foudre, lance des projectiles mortels. Cette arme,*

fournie par les hommes aux pieds de poule, leur permet de
soumettre aisément leurs captifs.

De peur de se voir décimées par ceux qui, tenant la foudre entre leurs mains, sont en mesure de tuer à distance, les communautés attaquées ont commencé à refluer à l'intérieur des terres, là où une nature indomptée les protège. C'est ainsi que ce village s'est formé. Un cours d'eau et un marais l'entourent. Il n'est pas aisé d'y accéder sans être repéré. Ses habitants viennent d'endroits divers. Certains sont originaires de territoires conquis par les Bwele, mais ne se considèrent pas comme les sujets de la reine Njanjo. On les comprend, quand on sait que cette dernière exige, de la part de ses vassaux, un tribut humain. C'est de cette façon que les Bwele sont devenus les plus importants intermédiaires des Côtiers, dans le commerce des hommes. Le pays bwele est, d'ailleurs, plus vaste que celui des princes de la côte. Ces derniers n'ont su se faire respecter qu'à force d'intrépidité, de ruse et de cruauté. Quoi qu'il en soit, les Bwele n'ont pas envie de s'en faire des ennemis. Seuls les Côtiers sont détenteurs de la foudre.

Eyabe se couvre la bouche des deux mains pour ne pas crier, ne pas hurler que le monde est devenu fou, que des forces obscures sont à l'œuvre, que même un nouveau-né reconnaîtrait sans mal le visage de la sorcellerie, que l'on ne peut avoir besoin d'autant de vies humaines, si ce n'est pour les sacrifier à des puissances maléfiques. Son cœur s'affole dans sa poitrine. Il bat avec tant de fureur qu'elle se sent sur le point de voler en éclats. En cet instant, la désagrégation lui semble une perspective plus réjouissante que l'idée de devoir vivre dans un univers où des histoires comme celle que raconte Mutimbo sont possibles. Elle le laisse poursuivre, ahurie, les yeux débordants de larmes. L'homme dit que la population hétéroclite de ce village perdu au cœur du marais s'y sent à l'abri. Les Bwele ne s'y aventureront pas, une de leurs croyances interdisant d'approcher les terres baignées d'eau. Ils peuvent se rendre sur la côte, mais éviteront les marais comme celui-ci. Le terrain est inconfortable, mais les habitants ont appris à y vivre, savent désormais bâtir leurs cases sur pilotis, pêcher dans la rivière, chasser dans la brousse avoisinante. Les enfants savent débusquer les crustacés, les faire sortir de leurs trous creusés dans la vase. Les adultes connaissent les plantes comestibles ou vénéneuses, certaines herbes médicinales. Leur langue mêle toutes celles qui se sont rencontrées sur ce sol boueux.

Mutimbo sourit faiblement, dit qu'il a ajouté des mots du parler mulongo, notamment pour désigner les pièces de vannerie que les femmes apprennent à confectionner grâce à lui. Son invalidité ne lui permet pas de courir la brousse comme le font les autres hommes. Alors, il reste auprès des femmes. Eyabe l'interrompt. Quelque chose l'a frappée, dans le discours de l'ancien. Jamais auparavant, elle n'avait entendu parler ni de côte, ni d'océan. Elle interroge Mutimbo, qui explique ne pas savoir lui-même ce que recouvrent ces termes. *Je veux dire que je ne le sais pas concrètement, n'ayant pas vu cela de mes yeux. La côte est le lieu où la terre prend fin. L'océan, c'est le territoire qui commence là, en bordure du monde, et qui est entièrement constitué d'eau. — C'est le pays de l'eau, alors, l'océan ?* S'enquiert Eyabe. Mutimbo reste pensif un instant, avant de conclure en hochant la tête : *Oui, je crois qu'on peut le dire ainsi. L'océan, c'est le pays de l'eau. — Et ces étrangers, ces hommes aux pieds de poule, de quel territoire... — Là, ma fille*, répond l'ancien, *tu m'en demandes trop. Tout ce que j'ai entendu dire, c'est qu'ils viennent de pongo, par l'océan.*

*

La nuit tombe d'un coup, comme un fruit trop mûr. Elle s'écrase sur le marais, la rivière, les cases sur pilotis. La nuit a une texture : celle de la pulpe du kasimangolo, dont on ne peut savourer toute la douceur sucrée qu'en suçant prudemment les piquants du noyau. La nuit est faite pour le repos, mais elle n'est pas si tranquille. Il faut rester sur ses gardes. La nuit a une odeur : elle sent la peau de ceux qui sont ensemble par la force des choses. Ceux qui ne se seraient jamais rencontrés, s'il n'avait pas fallu s'enfuir, courir sans savoir où pour rester en vie, trouver une vie. La nuit sent les souvenirs que le jour éloigne parce que l'on s'occupe l'esprit à assembler les parties d'une case sur pilotis, à chasser, à piler, à écailler, à soigner le nouveau venu, à caresser la joue de l'enfant qui ne parle pas, à lui chercher un nom pour le maintenir dans la famille des hommes. La nuit charrie les réminiscences du dernier jour de la vie d'avant, dans le monde d'antan, sur la terre natale. Quand on y pense, on a le sentiment que tout s'est déroulé dans une autre réalité. Quand on y pense, il est possible qu'on ait, en mémoire, bien des attaques. Celle-là n'était pas la première...

Dans tous les cas, la nuit ramène les cris, la peur, le moment où l'on s'est retrouvé seul sur le chemin, l'instant où un être aimé est tombé pour ne plus se relever. On n'a pas eu le temps de l'enterrer. On n'a pas eu le temps d'invoquer les maloba. Ne pas accomplir les rites est une faute. Comme une embûche laissée sur le passage du défunt. La nuit, on revoit le corps inerte. La bouche qui ne sourira plus, qui n'appellera plus. On pense à l'âme qui erre à présent parce que les cérémonies du deuil n'ont pas eu lieu. La nuit, on se souvient qu'on avait un métier, une place au sein de la communauté. On venait d'être initié. On était respecté. On allait prendre femme. On allait nommer son premier-né en le présentant aux ancêtres. La nuit, on se souvient qu'on appartenait à une caste inférieure, qu'on servait à tout, à n'importe quoi, du matin au soir, interminablement. On n'était pas maître de son existence. Fuir vers l'inconnu ne pouvait être pire que cela. On s'est élancé à corps perdu sur les chemins. On y avait si souvent songé. Jamais on n'avait donné, à la liberté, les traits tirés du frère blessé, qu'il avait fallu laisser derrière. On a couru droit devant, sans rien y voir, les yeux noyés de larmes. On a couru avec son regard dans le dos et, dans le cœur, la stridence de son appel, le silence, après que sa voix s'est brisée. La nuit devient une plongée, non plus dans cette obscurité qui protège les gestations, mais bien dans les ténèbres, dans ce que peut produire la folie des hommes.

On a partagé un repas frugal. Du poisson, quelques racines bouillies, des feuilles amères. Eyabe ne connaissait pas le poisson. Elle sait désormais qu'elle n'aime pas cela. L'odeur est trop atroce pour que l'on ait envie d'y goûter. Bien sûr, elle se dissipe avec la cuisson, l'assaisonnement, mais la puanteur du poisson cru est si terrible qu'elle s'imprime en vous, définitivement. D'ailleurs, la femme préfère ne pas consommer de chair animale avant d'avoir accompli sa mission. Mutimbo est toujours dans la case, alors que la nuit s'installe. Il lui est difficile de quitter les lieux. Cette habitation particulière, la toute première quand on arrive sur les terres marécageuses de la communauté, reçoit les nouveaux venus et les malades. Il est fréquent que l'on cumule ces deux statuts. Depuis qu'il est là, Mutimbo n'a jamais logé ailleurs. Il ne lui est pas possible de dire quand on l'a conduit ici. Des hommes étaient allés relever leurs pièges non loin du village. Ils l'ont trouvé gisant en travers du chemin. Il s'était traîné au sol, une trace de sang en attestait. *Je délirais, quand ils m'ont découvert. Ils m'ont porté jusqu'ici.* Ensuite, il avait appris que ce n'était pas la première fois que l'on ramassait un blessé dans la brousse. On savait à quoi il avait échappé.

Eyabe regarde autour d'elle sans distinguer les autres visages. Tout à l'heure, il lui a semblé qu'une femme enceinte reposait dans un coin. Elle n'a pas vu l'autre personne, demande à Mutimbo qui sont les occupants de la case. *Nous étions trois, avant ton arrivée.* Il y a effectivement une femme sur le point d'enfanter. Et aussi, un garçon. Il est muet. Il s'était caché au fond d'un trou lorsque les Côtiers ont attaqué son peuple. Quand il en est sorti, il ne restait que lui et un vieillard qui n'a pas survécu au périple à travers la brousse. Le vieux n'a pas eu le temps d'expliquer d'où ils venaient tous les deux. On ne sait quelle population a engendré le petit. D'après ses scarifications et sa coiffure, certains pensent qu'il est natif du pays côtier, où il devait appartenir à la caste des serviteurs, d'anciens captifs devenus sujets. D'autres affirment qu'il aurait une oreille coupée s'il en était ainsi, cette amputation étant le signe distinctif des soumis, en pays côtier. On n'a pas de certitude. La terre où s'achève le monde est loin d'ici, à pied. Le plus court chemin pour s'y rendre, c'est la rivière Kwa, qui traverse la brousse pour aller se jeter dans l'océan. Et même en suivant ce chemin, il faudrait des jours pour atteindre les limites de la Création.

Chaque fois qu'elle entend ce mot, l'océan, Eyabe a le cœur qui bat. Elle dit : *Homme, je ne peux rentrer chez nous. J'ai bien conscience que les nôtres doivent apprendre au plus vite qu'il faut se garder des Bwele, mais...* Elle se tait. Le moment est mal choisi, pour évoquer l'ombre qui masquait le jour au-dessus de la case commune, les révélations qui lui ont été faites la veille de son départ. Mutimbo hoche la tête, ne se met pas en colère, ne tente pas de la convaincre. Il sait qu'elle n'a pas bravé tous les interdits en quittant le village, sans avoir pour cela une bonne raison. Il attendra qu'elle la lui révèle, priera sans relâche pour que les Mulongo soient épargnés.

*

Eyabe n'est pas certaine d'avoir tout saisi. On vient de lui confirmer que, comme elle l'a toujours cru, le monde ne se limite pas aux Mulongo et aux Bwele, même si elle sait que ces derniers sont très nombreux. Ses pas l'ont conduite en ce lieu appelé Bebayedi, un espace abritant un peuple neuf, un lieu dont le nom évoque à la fois la déchirure et le commencement. La rupture et la naissance. Bebayedi est une genèse. Ceux qui sont ici ont des ancêtres multiples, des langues différentes. Pourtant, ils ne font qu'un. Ils ont fui la fureur, le fracas. Ils ont jailli du chaos, refusé de se laisser entraîner dans une existence dont ils ne maîtrisaient pas le sens, happer par une mort dont ils ne connaissaient ni les modalités, ni la finalité. Ce faisant, et sans en avoir précisément conçu le dessein, ils ont fait advenir un monde. S'ils parviennent à préserver leur vie, ils engendreront des générations. Prenant le statut d'ancêtres, ils légueront une langue faite de plusieurs autres, des cultes forgés dans la fusion des croyances. S'ils survivent à l'horreur décrite par Mutimbo, la chasse de l'homme par l'homme, leurs assaillants survivront aussi. A quoi l'espace habité par les humains ressemblera-t-il, lorsque l'on ne saura plus que la méfiance ? Comment vivra-t-on, la mémoire remplie de souvenirs amers ? Dans cet environnement-là, les Mulongo ne commerceront plus avec les Bwele. Ils ne franchiront pas la distance les séparant du marais, pour trouver, derrière les massifs de tanda, un peuple pacifique. Et s'ils venaient, s'ils se présentaient en nombre, les gens de Bebayedi ne seraient peut-être pas aussi amicaux qu'ils l'avaient été avec une femme seule, épuisée par des journées de marche à travers la brousse.

Elle songe à l'océan, tente de se le représenter, abandonne l'idée. Une certitude se loge en elle, malgré tout : l'humain n'est pas fait pour vivre dans l'eau. C'est bien l'esprit d'un mort qu'il lui faut aller honorer, sur ces rives où la terre s'achève. Mutimbo s'est étendu à ses côtés, ce qui serait considéré comme inconvenant, s'ils se trouvaient dans leur village. Ils sont tous deux mariés, n'appartiennent pas à la même famille. Ici, à Bebayedi, les règles sont autres. Il n'y a pas assez de cases pour séparer les hommes des femmes. Il n'y a pas de raisons de le faire. L'existence épouse une charpente nouvelle. Eyabe entend une plainte sourde dans le souffle de l'homme, comme un gémissement qu'il réprime pour lui parler. Sa plaie le fait souffrir. L'odeur âcre qui s'échappe de sous le cataplasme n'est pas seulement celle du remède appliqué sur la blessure. C'est aussi celle du mal, rétif à se laisser vaincre. Elle voudrait examiner cela de plus près, mais il fait sombre, elle est fatiguée. De plus, en faisant à la va-vite son paquetage pour quitter le village, elle n'a pas pris soin de se munir de plantes médicinales, songeant que la nature y pourvoirait. En y repensant, elle se dit que l'environnement s'est modifié au fil de sa marche. Elle n'aurait pas su quelles herbes cueillir. Peut-être les habitants de Bebayedi en sont-ils encore au stade de la découverte et de l'expérimentation en ce qui concerne les plantes. Peut-être n'a-t-on pas trouvé celles qui soigneraient Mutimbo. La femme bâille, ferme les yeux.

Eyabe est contente de s'endormir auprès d'un homme issu de son clan, même si elle est impuissante à lui venir en aide. Elle ne l'entend pas expliquer que, certains de ne plus revoir les leurs, les habitants du lieu ont constitué des couples. Il n'y a pas eu de mariage dans le sens où la chose s'entend habituellement. Les êtres se sont simplement choisis, acceptés. Un homme pour une femme. Ils ont recréé eux-mêmes un espace où faire éclore la vie. Vivre est un devoir. Lui, est trop vieux pour cela. Son cœur ne battra plus pour aucune autre qu'Eleke. Contrairement aux habitudes de leur peuple, Mutimbo n'a qu'une seule épouse. N'étant pas de la même condition sociale que son aimée, cette restriction a été la condition de leur union. Cela ne lui a jamais posé problème.

Aujourd'hui, son unique désir serait que sa femme sache combien son amour est intact. Eleke habite son souffle, sa pensée, la moindre vibration qui émane de lui. Lorsque ses yeux se ferment comme à présent, il tente de voyager vers elle, de lui parler. La douleur que lui cause sa plaie l'en empêche. Son intensité trouble l'énergie qu'il voudrait diriger vers elle. Les efforts pour se concentrer l'épuisent. Il a tenté de sculpter un appuie-tête pour s'assurer de bien rêver. Malheureusement, il n'a pas assez de force pour y parvenir. Par ailleurs, il aurait fallu tailler l'objet dans du bongongi. Or, il ne s'en trouve pas dans cette zone. Il y a surtout du tanda, un arbuste fait pour vivre dans les marais. Avant de venir ici, il n'avait jamais vu cet arbre dont les racines plongent dans la vase, puis s'élèvent, telles des échasses au-dessus de l'eau. De petits poissons et des crustacés s'y accrochent, que les enfants pêchent à main nue. Enfin, il lui faudrait du bongongi. Non seulement cela hâterait-il sa guérison, mais son esprit pourrait voyager sans encombre vers Eleke. Là où elle est en ce moment, que reçoit-elle de lui ? La tête de l'homme repose sur une calebasse retournée.

En d'autres circonstances, cela le ferait rire : dormir sur une calebasse. Mutimbo ne s'amuse pas de la situation. Il est capital de faire les rêves adéquats. Le rêve est une réalité. Quand le sommeil le prend, comme maintenant, le cœur de Mutimbo se serre. Il n'aime pas les nuits qui lui sont données depuis qu'il vit à Bebayedi. Il ne pénètre qu'à moitié dans l'obscurité, garde malgré lui un œil ouvert, tandis que des élancements, lui déchirant l'aine, amènent la fièvre. Toutes ses nuits se déroulent ainsi. Lorsque s'ouvre l'aurore, il ne sait plus de quoi il a rêvé, ni même s'il a rêvé. Il lui semble n'avoir fait que lutter pour ne pas crier. Parfois, il voudrait s'éteindre, laisser tout cela derrière lui. La mort l'affranchirait des souffrances de la chair, il pourrait délivrer son message, s'adresser à Eleke, lui dire qu'il l'attend de l'autre côté.

*

Ce ne sont pas les premières lueurs de l'aurore qui réveillent Eyabe, mais le râle de Mutimbo à son côté. Elle

134

se retourne, se penche vers lui. L'homme a les yeux ouverts. Ses lèvres remuent, mais elle n'entend aucune parole distincte. La femme enceinte et le garçonnet mutique sont encore endormis. C'est donc à elle de descendre pour chercher de l'aide. Avant de le laisser, elle voudrait inspecter la plaie. Il s'en dégage une odeur indiquant qu'elle aurait besoin d'être nettoyée. Le cataplasme tombe, alors qu'elle l'a à peine effleuré. La pâte semble s'être asséchée, comme si quelque chose en avait retiré tout le liquide. Dessous, la chair est aussi noire que du limon.

Eyab_e recule, certaine qu'un ver, peut-être même plusieurs, prospère dans la blessure. Cela sent la viande avariée. S'approchant à nouveau de l'homme, elle chuchote quelques mots, les premiers qui lui viennent : elle sera vite de retour, qu'il ne s'inquiète pas. Comme elle fait mine de s'éloigner, l'ancien la retient par le poignet. Sa main est froide. Il murmure : *Je n'en ai plus pour longtemps. C'est mieux ainsi. Chante pour m'accompagner. Comme on fait chez nous.* Eyab_e hoche la tête. Elle s'assied, pose la tête de Mutimbo sur ses cuisses, commence.

Les chants destinés à rythmer le passage d'un monde à l'autre sont nombreux, chez les Mulongo. Elle ne pensait pas en choisir un avant d'avoir atteint le pays de l'eau, mais cela ne la dérange pas de devoir chanter ici. Il est bon que le départ s'effectue devant témoin, que les ancêtres soient invoqués. Lorsque tout sera fini, elle demandera une veillée pour Mutimbo, avant sa mise en terre. Les membres de la communauté bebayedi ne pourront interpréter les chants requis. Cela n'aurait pas de sens de les leur enseigner, s'ils n'en comprennent pas les paroles. Eyab_e pense néanmoins être en mesure d'apprendre aux femmes comment exécuter la danse des morts.

Elle demandera aussi que soit préparé un repas auquel tous prendront part, après l'enterrement. Puis, n'ayant plus rien à faire en ces lieux, elle poursuivra sa route en quête du pays de l'eau.

Eyabe se remémore ce que l'homme lui a dit de cette côte qu'il n'a jamais vue, dont elle ne soupçonnait pas l'existence. Il lui a appris que la rivière, baptisée Kwa par le peuple du marais, suivait son cours pour aller se mêler à une étendue plus vaste. Alors, elle marchera le long des berges, jusqu'à l'océan. La route est peut-être longue, mais elle sait à présent quel chemin emprunter. Mutimbo n'aura vécu que le temps de porter cela à sa connaissance. Ceci renforce sa détermination. Si la mission qu'elle s'était assignée n'avait pas été louable, les esprits et l'Unique ne lui auraient pas permis de le revoir. Grâce à lui, elle sait, en partie, ce qu'il est advenu des douze mâles disparus. Il lui importe de fouler, elle-même, le dernier territoire qu'ils aient connu. La limite du monde terrestre.

La femme voudrait quitter Bebayedi sur-le-champ, mais la chose n'est pas envisageable. S'il lui a été permis de revoir Mutimbo, d'assister à ses derniers moments, ce n'est pas pour abandonner à d'autres la responsabilité de le mettre en terre, de veiller au bon déroulement de son entrée dans la mort. Lorsqu'il aura exhalé son ultime soupir, elle devra compter au moins neuf jours et nuits supplémentaires de présence dans ce village. Préférant ne pas songer à ces obligations qui retardent son départ, Eyabe laisse s'élever sa voix, sans se soucier des autres occupants de la case. Elle caresse doucement le front de Mutimbo, qui a maintenant fermé les yeux. Le chant l'apaise, la renforce. La femme n'a pas entonné une des nombreuses mélopées qui, chez les Mulongo, accompagnent la traversée des mourants. C'est un autre chant qui lui est venu, un air inconnu qui se forme en elle, pour affronter cette situation inédite.

Ce n'est pas uniquement au-dessus de la case de celles dont les fils n'ont pas été retrouvés, que l'ombre s'est un temps accrochée. L'ombre est sur le monde. L'ombre pousse des communautés à s'affronter, à fuir leur terre natale. Lorsque le temps aura passé, lorsque les lunes se seront ajoutées aux lunes, qui gardera la mémoire de toutes ces déchirures ? A Bebayedi, les générations à naître sauront qu'il avait fallu prendre la fuite pour se garder des rapaces. On leur dira pourquoi ces cases érigées sur les flots. On leur dira : *La déraison s'était emparée du monde, mais certains ont refusé d'habiter les ténèbres. Vous êtes la descendance de ceux qui dirent non à l'ombre.*

Eyabe lève les yeux vers la porte de la case. Le jour est là, tranquille, presque radieux. Il y a quelque chose d'étrange à se sentir si seule malgré tout, à chercher le moyen d'ouvrir, pour une âme en train de passer, les portes de l'autre monde. Les paroles des mélopées funéraires lui échappent. Elles sont tapies quelque part au fond de son esprit, mais elle ne les trouve pas. Trop d'autres choses s'y sont accumulées. La femme tressaille à l'idée que le vieux Mutimbo soit condamné à l'errance, tout simplement parce qu'elle se sera montrée défaillante. Intérieurement, elle demande pardon à Nyambe. Il lui est impossible de se concentrer. Ce n'est même pas vers son fils que vont ses pensées. Elles voguent vers les terres du clan mulongo où les femmes, en ce moment, se préparent à se rendre au champ ou à la source. Elles ont veillé à ce que le repas soit servi, confié la maisonnée à leurs filles aînées.

Chacune sort de sa concession familiale. Celles qui

vont à la source se retrouvent sur la place du village, non loin de la case du Conseil, bâtie au centre. Lorsque toutes seront présentes, elles se mettront en marche, se tairont en passant devant l'habitation de celles dont les fils n'ont pas été retrouvés. Eyabe se demande si ses compagnes d'infortune vivent toujours à l'écart de la communauté. Le souvenir de cette injustice lui hérisse les poils, d'autant qu'elle sait désormais, ayant entendu le témoignage de Mutimbo, combien il est impossible de faire peser le moindre soupçon sur ces femmes. Elle pense aussi à Ebeise. Avant la nuit passée ensemble dans la demeure commune, jamais elles n'avaient échangé plus que des paroles d'usage. Des politesses souvent inaptes à dissimuler la méfiance. Pourtant, la matrone lui est devenue aussi chère qu'une mère. Eyabe caresse l'amulette remise par l'ancienne, entend à nouveau les paroles prononcées quand elles se sont quittées, à l'orée du village : *Ta marche sera longue, ma fille. J'ignore si tu me trouveras à ton retour. Ne te soucie pas des hommes, j'en fais mon affaire...*

Alors que les yeux d'Eyabe fixent le lointain, ce jour paisible qui ne semble pas fait pour le malheur, un visage apparaît dans l'ouverture. Une femme pénètre dans la case, sans doute attirée par le chant. Eyabe ne bouge pas, n'abaisse pas le regard. L'inconnue s'approche d'elle, constate l'état de Mutimbo. Les paupières closes du vieux, sa respiration désormais faible. Il n'en a plus pour longtemps. Avant le crépuscule, l'homme aura rendu l'âme. Le cri de la femme libère Eyabe de ses angoisses. Elle ne sera pas la seule à porter le deuil de l'ancien, à le pleurer comme il sied, avant de remettre ses restes à la terre. Tout se passe très vite. Bientôt, d'autres habitants de Bebayedi sont là. On transporte Mutimbo à l'extérieur. Un des nombreux radeaux servant à se déplacer est installé au centre du village, pour faire office de lit funéraire. Une natte y est déposée.

En silence, les villageois s'avancent, entourent le mourant. Eyabe ne comprend pas la langue de Bebayedi. Seuls quelques mots lui semblent familiers par leur sonorité, mais ils ont manifestement une signification différente de celle qu'elle leur aurait donnée. Elle n'a pas le temps de s'interroger sur le mystère qui permet que deux langages entretiennent des liens évidents, tout en restant imperméables l'un à l'autre. Elle n'en a pas le temps, car la femme dont l'appel a fait venir toute la population, s'est mise à chanter. Comme les autres voix féminines de la communauté se mettent à l'accompagner, répondant en chœur aux phrases qui ponctuent les couplets, Eyabe sait que Mutimbo sera dignement conduit vers l'autre côté. Les épaules qu'elle avait raides s'affaissent. Elle pleure. Ses sanglots s'amplifient à mesure que croît sa gratitude : Nyambe et les esprits ne l'ont pas abandonnée à sa solitude. Les Bebayedi, venus au monde dans la douleur, savent, mieux que quiconque, ce qu'est l'entrée dans la mort. S'ils n'ont pas quitté cette terre, ils sont passés d'un monde à l'autre.

Les voix masculines se joignent à celles des femmes. Le garçonnet mutique, assis à terre près d'Eyabe, lui prend la main. Elle ne sait pourquoi, mais ce geste simple rend ses pleurs plus intenses. Deux instruments de musique accompagnent les chants. L'un comporte huit cordes fixées sur une sorte de canne sculptée. L'autre n'en a qu'une, attachée à un arc. A l'instar des voix, ils se répondent l'un l'autre, sont porteurs d'une parole. Ce qu'ils disent est accessible à qui sait écouter. Une pensée traverse Eyabe, qui lève les yeux vers la case qu'elle a quittée pour rejoindre le groupe sur la place du village. Elle s'inquiète de la femme enceinte, là-haut, dans la maison. Elle est vite rassurée : deux jeunes filles sont devant la porte, prêtes à porter secours si nécessaire. Tout est bien. Mutimbo ne marchera pas seul vers l'autre côté.

*

Conformément à la décision du chef, celles dont les fils n'ont pas été retrouvés ont quitté la case commune. Les villageois se sont soumis à trois jours et trois nuits de rituels visant à écarter le mal. Ces femmes y ont été associées, même si le ministre des Cultes a fait en sorte, contre l'avis du chef, qu'elles soient placées à part. A quelques pas derrière les autres femmes de la communauté, elles ont participé à la cérémonie précédant le départ de Mukano. Les tambours elimbi et ngomo ont tonné durant trois jours, trois nuits, ne se taisant que pour laisser s'élever les voix des habitants. La parole a circulé, incantatoire, plaintive, porteuse d'espérance. On a dansé pour expulser de soi les mauvaises énergies. On a dansé pour se dire les choses que les mots sont impuissants à véhiculer. Ensuite, les anciennes écartées ont été autorisées à regagner leurs concessions familiales, où les retrouvailles n'ont pas toujours été chaleureuses. Si chacun a pu s'exprimer au cours du rassemblement, afin que les pensées les plus acides ne macèrent plus au fond des cœurs, le climat ne s'est pas apaisé.

Le regard des coépouses les cherche toujours par en dessous. Les repas qu'elles préparent, quand vient leur tour de cuisiner, sont dédaignés. Leurs époux ont toujours mieux à faire, lorsqu'ils doivent venir passer la nuit auprès d'elles, se souciant peu de la faute que constitue ce manquement : chez les Mulongo, l'étreinte charnelle est une obligation conjugale. Les mères de disparus pourraient en référer au Conseil, faire sanctionner les mâles défaillants. Elles ne disent rien, regrettent presque les temps de l'éloignement. Au moins la situation était-elle claire. Seules dans leurs cases, elles appréhendent le moment de sortir pour se rendre au champ. Elles savent qu'il ne sera plus question, comme ce fut le cas il n'y a pas si longtemps, de se soutenir dans l'effort, de partager ensemble le mbaa pilé, la sauce aux feuilles. On les laissera à leur solitude. On ne leur viendra pas en aide quand elles en auront besoin.

Avant son départ, Mukano a fait le serment de ramener les garçons. Elles prient à chaque instant pour qu'il en soit ainsi. Que tous voient qu'elles n'ont commis aucun crime, qu'elles ne sont pas une coalition de sorcières regroupées pour dévorer leurs propres fils. Pourquoi l'auraient-elles fait ? Même celles qui ne portaient pas ce premier-né dans leur cœur n'ont jamais voulu sa perte. Elles n'ont pas cherché à lui nuire. Cet enfant est un morceau d'elles-mêmes, pas forcément celui qu'elles préfèrent, mais elles savent le lien qui les unit. Celles pour qui le jeune homme est un être précieux, aimé, pleurent sans arrêt. L'idée qu'on les soupçonne d'avoir attenté à ses jours les déchire. Elles n'ont pas, comme leurs compagnes, la force d'opposer aux autres femmes du village un visage fermé. Ebusi est de celles-là. De plus en plus, elle doute de la mort de son fils. Si l'enfant d'Eyabe a disparu dans le pays de l'eau, le sien est toujours sur la terre. Autrement, elle le sentirait. Autrement, elle aurait clairement entendu les paroles qui ne lui sont parvenues qu'étouffées, le jour où l'aurore a noirci.

Ce matin, au lieu de prendre la route que suivront bientôt les femmes pour aller à la source, elle se dirige vers la case d'Ebeise. Sur le chemin, elle se parle à elle-même, ne semble voir personne. Cela fait plusieurs jours qu'elle ne s'est ni lavée, ni coiffée. A quoi bon ? Nul ne désire l'approcher. Ses enfants – elle en a deux, en plus de l'aîné – la traitent en étrangère. C'est ce qui lui est le plus intolérable. Il lui a tant tardé de les retrouver. Trois semaines et quelques jours d'absence ont suffi pour qu'elle ne représente plus rien à leurs yeux. Alors, elle voudrait que la matrone lui permette de retourner dans la case commune. Là, elle attendra, le temps qu'il faudra, le retour du fils perdu. Désormais, l'espoir de le revoir est tout ce qui lui reste. En marchant, elle récite les propos qu'elle tiendra à l'ancienne.

Lorsqu'elle atteint la concession d'Ebeise, une pluie drue s'abat brutalement sur le village. Ce n'est pas la saison. Elle ralentit un peu, lève les yeux au ciel, poursuit sa route. Cela ne change rien à ses résolutions. Elle ne craint pas l'orage. Pour un peu, elle y verrait l'approbation, par les esprits, de la fureur qui l'anime. La femme avance sous cette pluie battante, le buste légèrement incliné vers l'avant, pour résister à la puissance des éléments. Ses lèvres s'agitent, dans la répétition de la parole qui ne devra pas toucher terre, mais s'élever puissamment pour être entendue. Bientôt, elle atteint la concession où réside l'accoucheuse. Dans la cour, une des coépouses d'Ebeise va de-ci, de-là, se hâtant de mettre à l'abri des calebasses pleines de tubercules, de légumes divers. Occupée à sa tâche, elle ne voit pas la nouvelle venue qui, prise d'une soudaine timidité, hésite à pénétrer là.

La terre mouillée rend sa démarche malhabile. Jamais

elle n'était venue ici. Pour chacun de ses accouchements, la matrone s'était déplacée. Par ailleurs, le guide spirituel ne donne pas ses consultations là où il vit avec sa famille. Pour cela, il dispose d'une case située hors de sa concession, un lieu qui lui permet de contenir les mauvaises énergies. La femme ne sait donc vers quelle case se diriger. Elle s'arrête un instant au milieu de la cour, peu soucieuse de la pluie qui lui frappe le crâne, écrase sa chevelure. Tandis que son regard examine les alentours, elle réfléchit. En pays mulongo, l'ordonnancement des choses est précis. Aussi la demeure de la première épouse se trouve-t-elle toujours immédiatement à droite de celle de l'homme. Cette dernière occupe également une position immuable, en fonction de laquelle les autres cases sont érigées. Joignant le geste à la pensée, Ebusi se met en mouvement.

Une voix féminine interrompt son avancée. Elle se retourne, fixe du regard la femme qui serre, contre sa poitrine, une calebasse pleine de légumes. *Tu es Ebusi, n'est-ce pas ? Bonne arrivée chez nous. En quoi puis-je t'être utile ?* Le martèlement de l'orage sur le sol rythme la parole qui lui est adressée. On dirait deux voix chantant à tue-tête, simultanément, sur des airs différents. Ebusi répond qu'elle souhaite s'entretenir avec l'ancienne. On lui apprend que la matrone s'est absentée il y a déjà deux jours. Elle n'a pas remis les pieds dans la cour familiale, ce qui signifie que les nouvelles sont mauvaises. Ebusi tape une fois dans les mains, présente ses paumes ouvertes. Par ce geste, elle pose plusieurs questions : où se trouve Ebeise, et de quelle situation lui parle-t-on. Baissant les yeux vers les feuilles qui prennent la pluie, son interlocutrice lui fait signe de la suivre dans sa case.

Les deux se précipitent vers une habitation. La calebasse est déposée dans un coin, près d'autres récipients sauvés des eaux. Alors seulement, Ebusi apprend-elle de quoi il retourne : *La mère du foyer s'est rendue auprès de la vieille Eleke. Cette dernière est au plus mal, et pourrait ne pas passer la nuit... Je ne crois pas que tu puisses la voir dans ces conditions.* Ebusi toise du regard celle qui lui parle, s'étonne de ne ressentir aucune animosité chez cette femme, quand le village entier s'est détourné de celles dont on attend les fils. Ceci ne change rien à ses sentiments. Retourner parmi les siens est hors de question. Hochant la tête, elle dit : *Bien. Si Nyambe retire le souffle à Eleke, je ne serai sans doute pas conviée aux obsèques. Tu diras à l'ancienne que je suis retournée dans la case commune.*

*

Lorsque descend le soir, Ebusi est assise devant l'habitation où dix femmes logeaient encore, il y a peu. Elle se sent presque en paix. Bien plus qu'au milieu d'une famille méfiante. Elle n'a pas faim, ne désire rien. Son garçon doit rentrer à la maison, voilà tout. Il reviendra, puisqu'elle l'attend. Puisqu'elle l'attend vraiment. Ses pensées s'accrochent au souvenir, à l'espérance. Cette femme résidera désormais dans le souvenir et l'espérance. Jusqu'au retour de son premier-né, elle en fait le vœu, elle continuera de tisser un lien entre eux. Toute son énergie doit tendre vers ce but. Son esprit doit se fixer sur l'objet de son amour, de façon à le visualiser, à l'atteindre. Elle veut le convoquer dans ses rêves, percer l'ombre venue la visiter à l'aube, il y a quelques jours. Si elle parvient à refaire ce rêve, s'il lui est possible de voir le visage de celui qui s'adresse à elle, il rentrera. C'est ce qu'elle pense. Dans cette solitude choisie, la femme invente une mystique de la mémoire où le sentiment est un acte, quelque chose de plus puissant qu'une force créée par la nature. Ce qui existe naturellement ne devient bon ou mauvais qu'au contact d'une volonté. Il n'y a que de rares exceptions à cette règle.

Or, ce qui est en elle à présent, c'est précisément de vouloir, comme cela ne lui était jamais arrivé. Elle regarde la terre encore humide après la pluie, ce déluge qui a bien failli noyer misipo. Sur le sol détrempé, elle voit les empreintes de son petit. L'enfant commence à se déplacer à quatre pattes. Il va si vite qu'il faut sans arrêt le surveiller. Il a la bougeotte. Sa mère a dû manger du singe alors qu'elle était grosse, voilà pourquoi le petit ne tient pas en place. C'est ce que disent les autres femmes, avec espièglerie. Il faut le laisser déambuler sans le perdre de vue, mais voilà, ce jour-là, il échappe à sa vigilance. Elle réprime ses pleurs, suit fébrilement les traces. On remarque le dessin de deux petites mains, le creux laissé par un genou volontaire. En réalité, il ne met à terre que le genou droit, garde tendue la jambe gauche, tendue ou légèrement fléchie, fonce.

C'est à l'arrière de la case qu'elle le trouve, en train de se barbouiller le visage de boue, riant aux éclats. Ebusi sourit, comme cette scène lui revient en mémoire. Elle se met à chanter la comptine fredonnée en prenant son fils dans ses bras. Elle chante, prononce le nom du garçon, à plusieurs reprises : *Mukudi*, c'est ainsi qu'il s'appelle. Prononcer ce nom l'apaise. Pas un instant, elle ne songe que des forces occultes puissent s'emparer de la vibration de ce nom. Cette croyance, parmi les plus ancrées dans la communauté, lui apparaît subitement comme une bêtise. C'est d'être nommé qui fait exister ce qui vit. En énonçant le nom de son fils aîné, elle le ramène chez lui, y consolide sa présence. C'est ce que devraient faire toutes les mères, toutes celles dont on attend les fils.

Ebusi se concentre, refuse de se laisser distraire par quoi que ce soit. Les bruits de la nuit qui s'installe ne lui parviennent pas. Lorsqu'une clameur endeuillée dévale la colline sur laquelle se tiennent les habitations de la famille régnante, la femme ne cille pas. Le clan n'a pas besoin d'elle pour pleurer la vieille Eleke. Elle n'a pas le sentiment de manquer à ses devoirs, songe que son absence ne sera pas remarquée. Et peu lui importe. Que l'on vienne la trouver ici, elle dira ce qu'il en est. Bientôt, elle ira s'étendre sur l'unique natte restée dans la case, comme si son retour avait été prévu. Ebusi se sent à sa place, pour la première fois depuis le grand feu. Elle s'oblige à ne pas lever la tête, ne pas tourner les yeux vers la colline d'où émanent des cris. Il lui est difficile de les ignorer. Leur intensité ne cesse de s'accentuer. La femme mobilise ses forces intérieures pour ne pas se laisser happer par la tristesse collective. Sa peine à elle, nul ne s'en soucie.

Eleke n'a jamais dû souffrir l'arrachement d'un fils. L'ancienne a vécu longtemps, sans qu'aucune épreuve de cette sorte ne vienne la frapper. Elle a épousé l'élu de son cœur, marié sa progéniture, vu naître et grandir ses petits-enfants. Le clan satisfera avec soin aux rituels visant à accompagner le passage de son âme. Compte tenu de son rang et de sa fonction de guérisseuse, Eleke est de ceux dont la dépouille sera exhumée au bout d'un certain temps. Ses restes, empaquetés dans un reliquaire en bois recouvert d'une peau, seront conservés dans un sanctuaire.

On y fixera un gardien, une sculpture dont les quatre visages, tournés vers les points cardinaux, veilleront sur son repos. Sa mort ne sera pas une fin, son ancrage au sein du clan demeurera. Il n'y a donc pas lieu de s'émouvoir. C'est ainsi qu'Ebusi voit les choses, alors qu'elle scrute le ciel où gonflent des nuages couleur de cendre. Mbua, la pluie, s'annonce à nouveau. La femme se lève, s'étire un instant, pénètre dans la case.

L'appel des tambours éclate au même moment que le tonnerre, pour annoncer la nouvelle. Une oraison commence, rappelant, dans chaque roulement des percussions, qui était la défunte, ce que lui doit le clan. Ebusi n'entend déjà plus. Elle parle à son fils, dans une conversation à sens unique. La femme ne se laisse pas impressionner par le silence qui lui répond. Son enfant lui parlera. Il lui reviendra.

*

Nul n'ose approcher, dire à la matrone que ce n'est pas à elle d'accomplir ces gestes. Le chaos a pris place au sein de la communauté depuis le grand incendie. Rien ne se fait plus selon les règles. En principe, c'est aux sœurs et aux filles de la défunte qu'il revient de laver sa dépouille, de lui passer des onguents sur la peau. Dans la case où Eleke s'est éteinte, Ebeise occupe tout l'espace. Alors, les femmes de la famille se concentrent sur autre chose, arrangent les lieux pour la veillée, s'attellent à la préparation du repas. Lorsque l'une d'elles fait mine de pénétrer dans la case pour y choisir une natte qu'on enroulera autour du corps avant de l'enterrer, la voix de la matrone l'interrompt : *Laisse, je le ferai. Celle-ci était plus que ma sœur.*

L'impudente hoche la tête, quitte la pièce à reculons, en

signe de déférence. Ebeise n'appartient pas à la lignée des chefs mulongo, mais tous connaissent les liens qui l'unissaient à celle qui vient de passer. Il faut dire aussi qu'on n'a pas la force de s'opposer. On n'en a pas envie. Le chef Mukano est absent. Le gros Mutango a mystérieusement disparu le jour où l'ombre s'est fixée au-dessus de la case commune. Le guide spirituel non plus n'est pas là. Son fils, Musima, n'aura aucune autorité sur la matrone, qui est aussi sa mère.

Lorsque la pluie a cessé il y a peu, une des coépouses d'Ebeise, qui n'avait jamais gravi la colline, s'est présentée pour lui parler. Elle avait à lui délivrer un message de la plus haute importance. Devant la situation, elle n'a pu que se taire, poser son postérieur sur un tabouret qui lui a été indiqué, devant la case. Elle attend toujours. La matrone et elle n'ont pas échangé une parole. Toute conversation paraît compromise, à présent. Ebeise est en deuil. On ne la dérangera pas. Il faudra attendre que tout soit fini pour lui apprendre que l'une des dix, la dénommée Ebusi, a pris sur elle de retourner dans la case isolée, sans dévoiler les mobiles de son acte.

Occupée aux soins qu'elle prodigue à son unique amie, l'ancienne a conscience des présences qui l'entourent. Elle sait que quelqu'un s'est déplacé jusqu'ici pour la voir. Elle sait que les hommes du Conseil, une fois informés de ses agissements, feront entendre leur désapprobation. Ils lui ont déjà reproché le départ d'Eyabe, *Une violation extrêmement grave de nos lois*, ont-ils rugi. En l'absence de Mukano, ils n'ont pas osé la sanctionner, ne sachant si le chef avait été informé, s'il avait donné son aval. Lorsqu'ils se présenteront ici, elle aura terminé. Aucune offense ne sera faite aux enfants d'Eleke, qui prendront leur juste place lors des cérémonies. D'ailleurs, ils l'ont compris, c'est pourquoi ils la laissent opérer. Pendant les jours qui viennent de s'écouler, alors que tous avaient pressenti que Nyambe retirerait son souffle du corps de la malade, les occupants de la colline ont bien vu cette dernière ne tolérer que la présence d'Ebeise. Les actes de la matrone sont justes et loyaux.

Comme elle plonge les doigts dans une coupelle contenant de l'huile de njabi, l'ancienne se remémore les dernières paroles audibles de son amie. Eleke disait entendre Mutimbo, distinctement cette fois. Elle souriait, ajoutant qu'il n'y avait pas de souci à se faire pour Eyabe : *Notre fille est en sécurité. Sa tâche n'est pas encore achevée, mais tout est bien.* L'ancienne ignore ce qu'il faut comprendre. Les derniers mots de la défunte sont restés mystérieux pour elle. Le nom des Bwele y revenait souvent, mais Eleke était trop faible, déjà sur le départ. L'ancienne est en proie à une profonde lassitude. Elle voudrait se retirer dans un endroit tranquille. Ne plus voir tous ces gens. Ne plus courir de-ci, de-là pour faire naître des enfants dans un monde qui part en lambeaux. *Tout est bien,* a dit Eleke, avant de fermer les yeux. Peut-être. Dans ce cas, personne ne verra d'inconvénient à ce qu'elle s'éloigne un moment.

Après l'enterrement, elle ira s'installer dans la case laissée vide par les femmes dont on attend les fils. Là, elle pourra se reposer, méditer, tenter de comprendre. Des larmes lui viennent aux yeux. Pour les obsèques qui vont se tenir, c'est Mundene, son époux, qui aurait dû officier. Leur fils est plein de bonne volonté, mais comme tout le monde au sein de la communauté, il est perdu, ne sait que faire. Il manque d'autorité. Seul le chef Mukano, lui aussi détenteur des pouvoirs spirituels du clan, aurait pu valablement remplacer le ministre des Cultes. *Tout est bien…* Elle n'en est pas certaine, mais voudrait, de tout son cœur, accorder du crédit à la parole d'une mourante. Lorsqu'une âme s'apprête à se défaire de la chair, elle voit, sait ce que les autres ne peuvent percevoir.

Les premiers roulements des tambours elimbi et ngomo se font entendre. Le tonnerre éclate. Un éclair illumine brièvement le visage d'Eleke. Elle semble apaisée, on dirait qu'elle sourit. La matrone enroule une natte autour du corps qui refroidit, la fixe à l'aide de solides lanières, ne laisse dépasser que la tête. Lors de la veillée, la population verra le visage de la morte, la tranquillité de ses traits. Une pluie drue commence à tomber. C'est la deuxième fois aujourd'hui. Ce n'est pas la saison. Ebeise, maintenant assise près de la dépouille, regarde à l'extérieur. Elle voit à peine ceux qui se tiennent là, ceux qui vont la rejoindre pour que commence la veillée. Ses yeux se fixent sur le déluge. Cette pluie-là durera plusieurs jours.

L'ancienne se demande si ces eaux, comme l'ombre qu'on avait vue noircir l'aurore, ne s'intéressent qu'aux terres du clan. Pleut-il également hors du village ? Si tel est le cas, la communauté, qui ne s'y était pas préparée, va se retrouver isolée pendant quelque temps. Il ne faudra compter que sur soi. La vie sera difficile, pour une population privée de ses chefs. Sa retraite dans la case commune ne sera pas comprise. On fustigera son égoïsme. On parlera de désertion. On oubliera que, jamais auparavant, elle n'avait fait défaut aux siens.

*

Mukano et sa garde marchent vers jedu. Depuis leur départ, ils font de leur mieux pour avancer rapidement, dorment peu, se nourrissent à peine, mâchent du nyai, cette noix blanche, particulièrement amère, qui éloigne la fatigue. Est-ce le jour de kwasi ou celui de mukosi qu'ils ont quitté le village pour s'enfoncer dans la brousse ? Ces hommes, pourtant entraînés à demeurer alertes, ne sont pas en mesure, à la fois d'être aux aguets et de tenir le décompte précis des jours. Il leur faut atteindre une destination qu'ils ne sauront reconnaître qu'en y trouvant leurs frères disparus. Tous voudraient avoir la détermination du chef, qui a pris la tête de la colonne. Comme s'il savait où aller. Il tranche des branches pour faciliter le passage. Son geste est malhabile, il n'a pas l'habitude. L'avancée est plus lente qu'elle ne le devrait.

La vérité, c'est qu'il n'y a pas de certitude, s'agissant de la direction. Le choix de la voie à emprunter s'est déterminé selon les dires de la reine des Bwele. Et si elle avait menti ? Mille questions s'agitent, se bousculent dans les esprits. Il n'y a pas de raison objective pour mettre en doute la parole de Njanjo, mais certains s'interrogent. Jedu, c'est vague. Surtout quand il est difficile de se repérer grâce aux étoiles. La végétation empêche de bien les distinguer. On se fie uniquement à l'astre du jour. Il est capital d'être éveillé peu avant l'aube, quand le soleil réapparaît sous le nom d'Etume, avant de devenir Ntindi, Esama, Enange... Sa quatrième appellation, associée au féminin, correspond à la forme qu'il prend en fin de journée.

Les hommes ne pipent mot, mettent un pied pesant devant l'autre, se grattent la nuque et les tempes laissées nues par leur coiffure de soldats. Ils arborent une coupe appelée ngengu, qui les distingue des autres mâles du clan et même des autres guerriers. Ils sont l'élite. La garde du chef. Il ne leur est pas permis d'expliquer qu'ils auraient aimé explorer le terrain avant de voir Mukano s'y engager. Ils ne sont pas autorisés à se plaindre pour dire qu'à présent, leurs jambes sont aussi lourdes que des branches de njum, qu'ils voudraient faire halte un instant. Manger. Les deux qui transportent les vivres ferment la marche. Ceux qui les précèdent ne se retournent pas vers eux, mais la loyauté interdit de plonger la main dans les hottes, pour en extirper un bout de viande, des graines torréfiées. Ce qui gêne le plus ces porteurs en ce moment, ce n'est pas tant de marcher sans savoir vers où. C'est de trimbaler ces paniers que, d'ordinaire, seules les femmes manipulent.

Pour eux, une mission au cours de laquelle des hommes sont contraints de se donner la silhouette gibbeuse de femmes en plein travail champêtre, est vouée à l'échec. Jamais une telle chose ne s'était produite, de mémoire de Mulongo. Bien sûr, il est arrivé que les guerriers séjournent au cœur de la brousse. Pour s'alimenter, ils chassaient comme doivent le faire des hommes. La chose n'est pas possible, compte tenu des circonstances. Il ne faut pas s'arrêter. Ordre du chef. On ne cesse d'avancer que pour dormir un peu, lorsque les ombres nocturnes sont trop épaisses. La veille, il leur a été ordonné de les défier, de progresser vaille que vaille, on avait déjà perdu plus de trois semaines.

Finalement, Mukano a dû entendre raison, consentir à la pause. Il n'a pas fermé l'œil de la nuit. Les hommes s'en sont aperçus en se relayant pour prendre leur tour de garde. Le chef, adossé à un arbre, son mpondo lui couvrant les épaules, n'a fait que scruter l'obscurité, pensant peut-être y déceler des signes. Parfois, on a cru le voir converser avec quelqu'un, une présence invisible. Puis, on s'est dit que non, il ne faisait que mâcher des racines ou des écorces. Dès l'aube, la marche a repris, silencieuse. Mukano a avalé quelques rasades d'un jus de feuilles de bongongi, rien de plus. Depuis qu'ils ont quitté les terres du clan, il ne s'est presque pas alimenté, comportement jugé inquiétant. Par respect et par affection pour leur chef, les hommes se sont, là encore, abstenus de s'exprimer. Cependant, si les choses doivent durablement suivre ce cours, il faudra agir. Le vague à l'âme n'a pas sa place, lorsqu'il s'agit de conduire une mission telle que celle-ci.

A l'avant de la colonne, le janea est le premier à constater le changement du terrain. Le sol, sous ses pas, se fait marécageux. Assez vite, il a de l'eau jusqu'aux mollets. Face à lui, des arbustes tels qu'ils n'en a jamais vus se dressent sur des racines adventives qui plongent dans une vase noire. Une nuée d'insectes bourdonnent dans l'air étouffant, qu'il tente vainement de chasser en les menaçant de son bâton d'autorité. Le crépuscule arrive. Des nuages aux flancs lourds s'apprêtent à crever, pour libérer une pluie malvenue dans un endroit comme celui-ci. Mukano baisse les yeux, observe la terre étrange, mouvante, sur laquelle il faut continuer à progresser. Si même ils prennent la pluie de vitesse, atteindront-ils de nouveau un milieu sec ? Fronçant les sourcils, il tente de se déplacer.

La vase le déleste de l'une de ses mbondi, qui se perd dans la boue. Levant son pied dénudé, il l'examine comme s'il le voyait pour la première fois. Comme si le membre appartenait à un autre. Le chef des Mulongo voit défiler les jours écoulés depuis le grand incendie. A quel moment a-t-il failli ? Il doit avoir commis une faute, pour que Nyambe l'abandonne. Alors, il cherche. Fallait-il passer outre à la couardise du Conseil, faire rechercher les disparus sitôt la situation constatée ? Fallait-il révéler le crime de Mutango, ce viol incestueux le soir même du feu ? Mukano revit chaque évènement, se reproche, un instant, d'avoir laissé son frère aux mains des Bwele. Puis, il secoue la tête, songe que les criminels, en pays mulongo, sont bannis pour être confiés à la vengeance ou à la mansuétude de l'invisible. On ne les met pas à mort parce que la vie humaine est sacrée, mais ils sont chassés.

Son acte revenait simplement à éloigner un être malfaisant. Alors, quoi ? Fallait-il que celles dont on cherche les fils demeurent dans la case commune ? Fallait-il aller les voir lorsqu'un cri s'est fait entendre à l'orée de la nuit ? Fallait-il attendre le retour des hommes manquants pour imposer une cérémonie au clan ? Avant de quitter le village, il a pris soin de s'adresser aux esprits. Il a lui-même interrogé le ngambi, qui ne lui pas fourni de réponse précise. Il a dû se contenter d'une parole : *Fils de Mulongo*, a dit l'oracle, *rien ne sera plus comme avant. Voici venu le règne de Mwititi.* La parole ne lui a pas donné les instructions attendues. La décision lui revenait, il l'a prise, afin d'honorer son rang. Le Mal, son père le lui a enseigné, n'existe que pour être combattu. Il ajoutait aussi, quelquefois, ces mots que Mukano avait oubliés : *Il faut lutter, sans être certain de voir, soi-même, le jour du triomphe.* Le chef des Mulongo pose à terre son pied nu, pousse un hurlement que le tonnerre écrase. Il pleut.

Terres de capture

Eyabe a repris la route une lune après la mise en terre de Mutimbo. Le temps du deuil, puisqu'elle était, d'une certaine façon, l'unique famille du défunt. Le temps aussi d'apprendre la langue de Bebayedi, de se faire clairement comprendre. L'enfant mutique, qui s'était attaché à elle, l'a suivie. Il a été impossible de le contraindre à rester à Bebayedi. Alors, il a marché à ses côtés, sa petite main dans celle de la femme. Des hommes de la communauté les ont aidés à remonter le cours de la rivière, à bord d'un radeau précaire. Chaque instant de ce lent parcours a été une torture. Peu habituée à l'eau, elle a cru cent fois y tomber, s'y perdre pour toujours. Nyambe n'a pas permis cela. Leurs accompagnateurs les ont laissés à la limite de leur territoire, là où la terre ferme reprend ses droits. Au retour, il lui faudra attendre leur passage, plusieurs jours durant. Ils viennent rarement jusque-là, de peur de rencontrer des Côtiers, de révéler l'existence de leur village. La femme est prête. Elle attendra, c'est ce qu'elle dit tout bas à son interlocuteur. A partir de Bebayedi, elle rebroussera chemin jusqu'au village mulongo. Celui qui l'écoute la presse de poursuivre le récit de son voyage. Hochant la tête, elle raconte.

La lanière de sa hotte lui striait le front. Parfois, il lui prenait l'envie de la poser, de souffler un peu. Dans ces moments-là, elle s'adressait à l'enfant qui ne répondait pas. Ce n'était pas grave, elle savait qu'il écoutait, qu'une partie de lui comprenait ce qu'elle disait. Ils avaient marché deux jours, trois plus certainement, quand elle s'est tenue face à lui, comme elle l'avait déjà fait à Bebayedi. Posant la main sur sa propre poitrine, se frappant le buste à plusieurs reprises, elle a dit : *Eyabe*, répété son nom, jusqu'à ce qu'il hoche la tête. *Eyabe*, a-t-il fait, pointant le doigt vers elle. La voix rocailleuse du petit lui a tiré des larmes. Elle avait le regard embué en appliquant la paume de sa main sur le torse de l'enfant. Il a répondu : *Bana*, la femme a ri parce que ce mot, en langue mulongo, signifie *les enfants*. Elle a pensé qu'il confondait ce terme avec *muna*, qui veut dire *l'enfant*. C'était ainsi qu'elle l'appelait là-bas, à Bebayedi. Ils se sont remis en marche. Ensuite, il n'a plus prononcé une parole pendant longtemps, mais son visage s'était éclairé, ouvert, se laissant colorer par des expressions variées. La femme n'en demandait pas davantage. Lorsqu'il serait en mesure de lui parler, il le ferait.

Le long du chemin, elle a continué de lui enseigner le parler mulongo, nommant, une fois de plus, les éléments présents dans la nature : bois, feuilles, terre. Les parties du corps. Les actions : marcher, manger, boire, dormir… Cela lui a procuré un sentiment d'apaisement. Partager, transmettre. Faire à nouveau exister le monde pour un être. Quelquefois, elle s'est lancée dans des diatribes sur des sujets compliqués, la cosmogonie et la spiritualité mulongo, qu'elle a eu besoin de se remémorer. Il lui fallait se souvenir que son identité n'était pas d'être une femme isolée, perdue dans l'immensité de misipo.

Elle était issue d'un peuple qui possédait une langue, des usages, une vision du monde, une histoire, une mémoire. Elle était fille d'un groupe humain qui, depuis des générations, enseignait à ses enfants que le divin se manifestait à travers tout ce qui vivait.

Un matin, elle a senti qu'ils atteindraient bientôt un espace habité. Pour chasser son appréhension à l'idée de croiser des personnes hostiles, Eyabe s'est mise à réciter : *Nyambe est le créateur de toute chose. C'est en scindant sa propre force, en la dispersant, qu'Il a enfanté le monde. Il est la totalité au sein de laquelle tout se rassemble, ne fait qu'un. Puisque les humains ne peuvent supporter de Le voir ni même L'imaginer, Il a choisi de se montrer à eux à travers des divinités secondaires appelées maloba. Chaque loba représente une partie de l'énergie vitale.* Elle s'est interrompue, ayant oublié les noms de certaines de ces entités, celui de leurs manifestations terrestres. Après un moment de silence, elle a précisé que le monde était divisé en quatre parties : *Dikoma, la demeure de Nyambe. Sodibenga, où résident les maloba, et les défunts honorables. Wase, où vivent les humains. Sisi, que le soleil traverse durant la nuit avant de reparaître à l'aube, est l'habitat des ancêtres ordinaires et des génies.*

Eyabe parlait avant tout pour elle-même. Son propos n'était d'ailleurs pas aussi structuré que d'habitude. Elle se perdait en digressions, ne savait plus trop si les quatre éléments étaient nés des épousailles d'Ebase et de Posa, s'ils avaient plutôt été engendrés par Ntindi et Ndanga-Dibala. Riant nerveusement, elle a tendu l'oreille lorsqu'il lui a semblé percevoir un bruit, ralenti, fait mine de s'arrêter. Cette entreprise lui paraissait subitement insensée. Une femme n'avait rien à faire sur les routes. S'il lui arrivait quoi que ce soit, nul ne le saurait. L'enfant lui a tiré la main, l'a incitée à avancer. Elle l'a regardé sans savoir quoi faire. Les mauvaises rencontres, avec des humains malintentionnés ou des bêtes affamées, leur avaient été épargnées. Tout au long du périple, la nourriture n'avait pas manqué, les lieux où s'abriter de nuit non plus, même s'ils avaient parfois dû se contenter de dormir sous un arbre. En renonçant à trouver le pays de l'eau, elle risquait d'offenser l'invisible qui l'avait protégée.

Eyabe savait cela. Pourtant, elle n'arrivait plus à marcher, se retournait sans cesse, se parlait à elle-même : *Et le pays de l'eau, cet océan dont on m'a parlé, appartient-il à wase ou à sisi ?* La parole des anciens ne le mentionnait pas. Soudain apeurée, elle s'est posé les mains sur la tête, se demandant pourquoi la matrone avait accepté de couvrir sa fuite, pourquoi elle ne l'avait pas retenue. Depuis toujours, au village, on lui reprochait ses comportements peu féminins. Ebeise avait-elle voulu se débarrasser d'une femme gênante pour une communauté frappée par le malheur ? L'avait-on bannie sans le lui dire ? L'avait-on sacrifiée à l'invisible dans l'espoir de faire revenir l'harmonie au village ?

Celui qui a dit s'appeler Bana, a touché, du bout des doigts, la gibecière qui, contenant un pot de terre, battait le flanc gauche d'Eyabe. Les traits de l'enfant portaient, en cet instant, une maturité, une gravité, qui n'étaient pas de son âge. La femme a compris qu'il ne l'avait pas suivie par hasard. Peut-être même l'attendait-il là-bas, à Bebayedi. Elle s'est tue. C'est lui qui a parlé : *Inyi*, a-t-il déclaré, *nous allons arriver*. Elle n'est pas certaine qu'il ait ouvert la bouche pour énoncer cette parole, mais elle l'a clairement entendue, aurait voulu lui dire que ce nom ne

158

lui convenait pas, puisqu'il était celui de Nyambe, sous sa forme féminine. Inyi est gardienne des liens souvent cachés qui unissent les éléments de la Création. Elle est le principe féminin, la puissance qui incarne le mystère de la gestation, la connaissance de ce qui doit advenir.

Eyabe aurait donc voulu s'offusquer humblement, refuser de devenir, en quelque sorte, la matrice suprême. Il était trop tard, cependant, pour s'opposer au sort qu'elle avait elle-même choisi. Qu'il s'agisse d'un bannissement ou pas, elle avait souhaité quitter les terres de son clan. Alors, ses motivations étaient plus puissantes qu'aucune crainte. Alors, il lui semblait commettre une faute en restant sourde à l'appel de son premier-né. Alors, elle avait pris la responsabilité d'agir au nom de toutes celles dont les fils n'avaient pas été retrouvés, toutes celles qui avaient vu, en rêve, une ombre les pressant de lui ouvrir la porte.

La femme s'est aussi souvenue de la pluie, comme on venait de confier Mutimbo à la terre. L'orage avait été si terrible qu'elle avait cru ne jamais pouvoir sortir de Bebayedi. La rivière Kwa, sortant de son lit, avait envahi les terres de la communauté confinée dans ses habitations sur pilotis. Il lui avait fallu déployer des trésors de persuasion pour convaincre les hommes de l'accompagner le long du cours d'eau, à la faveur d'une accalmie. Et quand ils les avaient laissés, Bana et elle, il s'était remis à pleuvoir. De manière étrange, le déluge semblait courir derrière eux, ne s'abattant toujours qu'à quelques pas, leur frôlant à peine les talons. Au milieu de cet orage, la foudre était tombée, fendant en deux un arbre qui poussait non loin de là. Ce jour-là, ils avaient marché de l'aube au crépuscule, à toute vitesse, sans prendre le temps de se restaurer, sans boire.

Puis, la nuit était venue. Ils s'étaient glissés dans une case de fortune, une habitation rudimentaire, probablement un abri de chasse. Là, serrés l'un contre l'autre, ils avaient attendu plusieurs jours le passage de la pluie, craignant de voir débarquer à tout moment le propriétaire de la cabane. Ce dernier n'avait jamais pointé le bout du nez. *Tu as raison,* a-t-elle laissé échapper, les yeux plongés dans ceux de Bana. *Nous allons arriver.* Elle ne s'est pas interrogée sur la rapidité avec laquelle il avait assimilé ses leçons de langue mulongo. Elle ne lui a pas demandé s'il voulait dire Ina au lieu de Inyi, la première étant un loba féminin dont elle lui avait conté l'histoire, non pas la matrice primordiale, mais la mère de toutes les mères. Ce n'était plus le temps des interrogations.

Ils sont effectivement arrivés, puisqu'elle se trouve ici en cet instant. Jamais elle n'aurait cru ceci possible, s'estimant déjà heureuse d'avoir pu recueillir les dires de Mutimbo. Lorsque Bana et elle ont franchi le seuil de ce pays, ils se sont étonnés que l'accès n'en soit pas gardé. Là où elle s'attendait à découvrir une cité aussi importante que Bekombo, la capitale des Bwele dont elle avait tellement entendu parler, il ne semblait y avoir qu'un village ordinaire. Aucun signe d'opulence, nulle magnificence comparable à ce qu'évoquaient ceux qui avaient visité le pays bwele. D'abord, Bana et elle se sont arrêtés, pour mieux observer ce qui se déployait devant eux. Puis, faisant prudemment quelques pas, ils ont vu qu'on ne leur accordait pas d'attention. Occupés à courir de-ci, de-là, les habitants du lieu ne les voyaient tout simplement pas. Le gros de la troupe convergeait vers un même point. Sans réfléchir au fait que sa coiffure ou les scarifications lui marquant le buste la désigneraient comme étrangère,

Eyabe a songé que la foule les protégerait. Silencieux au milieu de la masse, ils ne seraient pas repérés. Elle aurait ainsi le temps d'élaborer un plan. *Alors,* explique-t-elle, *nous avons couru comme tout le monde. C'est de cette façon que nous sommes arrivés là où tu nous as trouvés.*

La population s'était rassemblée pour assister à l'enterrement d'un notable, un certain Itaba, d'après ce qu'elle avait compris. Des hommes aux pieds de poule étaient présents, la mine grave, l'air de souffrir de la chaleur humide qui sévissait. Il ne pouvait s'agir que d'eux, d'après la description de Mutimbo, même s'il ne les avait jamais vus. Ils avaient effectivement de drôles de jambes, avec leurs vêtements. D'autres dignitaires étrangers étaient également là, qui avaient pris place sur des tabourets disposés à leur intention. Au-dessus de leurs têtes, d'étranges fleurs en tissu luisant, dont des serviteurs agrippaient la tige de bois, les maintenaient à l'ombre. C'était parmi ces convives de haut rang, ou plutôt, à côté d'eux, qu'elle l'avait reconnu.

Alors qu'elle portait une main à la bouche pour réprimer un cri devant le spectacle qui se déroulait devant elle, un visage avait attiré son attention. *Je voulais m'empêcher de hurler en voyant les épouses du mort dégringoler au fond de la fosse devant recevoir la dépouille. C'est là que j'ai vu Mutango.* Elle aurait pu ne pas le reconnaître, tant il était amaigri. Il était en train d'éventer une femme, apparemment noble, qui siégeait parmi les notables étrangers. L'homme qui l'écoute dit : *C'est la princesse Njole des Bwele, la sœur de la reine Njanjo. D'après ce que j'ai compris, Mutango est désormais à son service. J'ignore comment la chose s'est produite.*

Eyabe reprend la parole. Mutango a disparu du village, le jour où Mwititi s'est fixée au-dessus de la case commune.

161

La dernière fois qu'elle l'a vu, avant de l'apercevoir ici, il se tenait devant l'habitation où dix femmes mulongo avaient été regroupées. Ensuite, elle ne peut dire ce qui s'est passé, comment l'imposant notable, tellement craint dans son village, a pu devenir le serviteur docile d'une princesse bwele. Il faudra tirer l'affaire au clair, mais ce n'est pas ce qui lui occupe l'esprit, en ce moment. Bana s'est endormi, la tête posée sur les genoux de celle qu'il appelle Inyi. La femme regarde son interlocuteur. Il sait ce qu'elle voudrait lui demander, devance calmement la question : *Nous parlerons demain. Cette nuit, essaie de dormir.* Pour le moment, il ne se sent pas capable de raconter cette histoire. Il la croyait enfouie dans sa mémoire pour toujours, sans la moindre possibilité de l'inscrire dans celle de son peuple.

La femme lui prend la main. Lui dira-t-il au moins quel est ce territoire ? Est-ce bien le pays de l'eau à la recherche duquel elle s'est mise en route ? Et qui sont ces têtes rasées qu'elle a croisées ? L'homme hausse les épaules, répond simplement : *Je suis comme tous ces gens. Nous sommes ceux que l'eau n'a pas emportés. Ceux à qui la terre a tout retiré. On nous a dérobé le chemin qui nous aurait permis de rentrer chez nous. On nous a arraché nos noms. A l'inverse du peuple de Bebayedi dont tu m'as parlé, nous n'avons pu nous échapper, nous recréer nous-mêmes quelque part...* Il se tait, abaisse le regard vers le profil de Bana, qui dort la bouche ouverte, abandonné, sur les jambes de la mère qu'il s'est choisie. L'homme scrute longuement le visage de l'enfant. Un frisson le parcourt, quand il reprend : *Comme tu le vois, ce pays appartient bien à wase. Cependant, la terre s'arrête ici. Au-delà, il n'y a que l'eau. Si l'endroit que tu cherches est la bordure de notre monde, tu es arrivée à destination. Mère... Repose-toi, à présent. Et serre*

Bana dans tes bras. Je vous parlerai demain. La femme est trop épuisée pour protester. Elle caresse du regard celui qui est devenu un homme en si peu de temps.

Il étend sur le sol une étoffe usée. Eyab<u>e</u> s'allonge, attire à elle le corps fragile de Bana, ferme bientôt les yeux. Les derniers évènements de son aventure viennent tournoyer dans son premier sommeil. Elle les voit sous plusieurs angles, comme si son esprit surplombait la foule. Les détails apparaissent clairement. C'est bien Mutango là, tenant des deux mains une large feuille de dikube, dont il se sert pour éventer une femme qui ne lui accorde pas un regard. C'est lui, le crâne désormais rasé. Ses scarifications rituelles continuent d'indiquer son rang, mais un bracelet de métal lui enserre la cheville droite, pour signifier qu'il ne s'appartient plus. Eyab<u>e</u> comprend cela, parce que certains des habitants de Bebayedi en portaient, jusqu'à ce que le forgeron ne les en débarrasse. L'homme a revêtu un simple dibato en écorce battue. Ses amulettes protectrices lui ont été retirées. Lorsque ses bras faiblissent, la princesse Njol<u>e</u> le couvre d'un regard froid, qui ramène sa vitalité. Il en a peur, cela se voit. Cette femme le terrifie. Comment est-ce possible ? Sa maîtresse lui adresse quelques mots. Il y répond par des gestes pleins de déférence. Quand elle lui pique le pied avec une flèche, sans doute pour lui redonner de l'énergie, il ouvre grand la bouche, tout en luttant pour garder, au fond de ses tripes, le cri qu'il voudrait pousser. Eyab<u>e</u> voit, au milieu des dents, la langue sectionnée dont il ne reste qu'un minuscule morceau. Elle tressaille, détourne le regard.

Tout près, une femme très entourée. C'est peut-être la reine Njanjo. Sa coiffe lui dissimule les cheveux, les tempes, le menton, si bien qu'on ne distingue que son visage anguleux. Comme sa sœur, elle garde les yeux fixés droit devant, là où les rites s'accomplissent. Un homme de haut rang s'adresse à la foule. Il parle du défunt, dont le corps, que l'on a installé sur un tabouret, est enveloppé dans une étoffe épaisse. L'orateur nomme à présent les épouses du mort, récite leur généalogie. Elles approchent. La foule les acclame, se met à chanter. Les femmes s'alignent, font face à la fosse devant accueillir la dépouille. Un colosse attend à leur droite. Après quelques mots de l'orateur, il s'avance, se place derrière la première, la soulève de terre, la jette au fond de la tombe. Son geste est parfaitement maîtrisé. Il le répétera avec chacune des veuves. Aucune ne cherche à s'enfuir. Certaines poussent un cri qui s'éteint lorsqu'elles touchent le fond.

L'une d'elles, cependant, se montre rétive. Eyabe comprend, en voyant se lever la princesse Njolе, qu'il s'agit d'une femme bwele, donnée en mariage à Itaba. Njolе lui intime l'ordre de se calmer, rappelant que, chez les Côtiers, l'épouse est le bien de son mari. Elle doit se soumettre aux usages de sa communauté par alliance. Il ne lui sera pas pardonné d'humilier, par son comportement, le peuple qui l'a engendrée. Eyabе ne comprend pas la langue de Njolе, mais il suffit d'être attentive à la scène pour savoir de quoi il retourne. Quand la princesse archère bande son arc, y glisse une flèche, vise, tous dans la foule saisissent le message. La veuve récalcitrante tombe à genoux. Pleure. Implore. Njolе lance une ultime mise en garde. L'épouse rebelle se lève, défie l'archère du regard, se débarrasse lentement de sa coiffe, de ses bijoux, de ses vêtements. Une fois dévêtue, elle donne le dos à Njolе. Ce faisant, elle oblige les dignitaires bwele et les autres à contempler son postérieur dénudé. Chez les Mulongo, ce geste est une des pires injures qui soient. Il appelle une malédiction. Apparemment, c'est le cas, ici aussi. Depuis l'assemblée, un grondement se fait entendre, si puissant qu'on le croirait jailli des profondeurs de la terre.

Eyabe tremble, se demande si les enfants des veuves sacrifiées assistent aux évènements. La vue de celles qui attendent leur tour lui est intolérable. La septième perd connaissance, s'écroule dans le trou, sans l'aide de personne. Sans ciller, le colosse passe à la suivante. C'est à ce moment-là qu'Eyabe porte la main à la bouche pour étouffer un cri. C'est à ce moment-là que quelqu'un l'approche par-derrière, lui couvre les épaules d'une étoffe colorée comme certains en portent ici. Lui tenant fermement les bras pour éviter les mouvements désordonnés, il l'attire à lui en douceur, chuchote *Mère, ne bouge pas. Ne te retourne pas. Prends l'enfant avec toi, sortez du groupe. Je serai derrière le buma.*

Combien de temps lui faut-il pour s'assurer qu'on vient de lui parler dans sa langue ? Prenant Bana par la main, elle obéit en tremblant, cherche des yeux le buma, se fige à sa vue. C'est l'enfant qui, une fois de plus, l'incite à avancer. Ils contournent l'immense tronc de l'arbre. L'homme est là. Seul. Le crâne rasé. Un bracelet de métal autour de la cheville droite. Il ne l'étreint pas, ne sourit pas, ne demande pas ce qu'elle fait là, comment elle a trouvé le chemin. D'un regard éteint, il dévisage Bana. Tous trois restent silencieux un instant. C'est lui qui prend la parole, les yeux toujours rivés sur l'enfant : *Mère, permets que je ne te souhaite pas bonne arrivée… Suivez-moi tous les deux, vous n'êtes pas en sécurité ici.* Eyabe n'assiste pas à la fin de l'enterrement. Elle en a assez vu.

Les chants de la population emplissent l'espace, se

mêlant à la frénésie des tambours. La femme et l'enfant s'éloignent sans attirer les regards. Eyabe fixe des yeux le dos de leur guide. Elle ne lui a pas adressé une parole, attendant, pour cela, de vérifier qu'il est bien celui qu'elle croit avoir reconnu. S'attardant sur le bracelet qu'il porte à la cheville, elle songe que cet objet n'entrave pas ses mouvements, ralentit à peine la cadence de ses pas. Pourquoi ne s'échappe-t-il pas ? Elle a bien vu, en pénétrant dans l'enceinte du village, que l'accès n'était pas gardé. Pas aujourd'hui, en tout cas. S'il se glissait à l'extérieur, personne ne le remarquerait. Cet homme est peut-être un Bwele. Une engeance dont elle se méfie, après ce que lui a appris Mutimbo. Certains Bwele connaissent la langue mulongo. Pour préparer leur attaque nocturne, ils ont, sans doute, pris le temps d'observer les habitudes de leurs proies. L'individu l'a peut-être vue, à plusieurs reprises même, lorsqu'elle se rendait à la source avec d'autres femmes du clan. Eyabe songe à tout cela, le suit malgré tout.

Ils traversent une bonne partie du village, s'éloignent de la place où se tiennent les obsèques, de la sortie également. S'il lui tend un piège, elle n'en réchappera pas. La femme serre plus fort la main de Bana. Ils marchent sans approcher les cases, le long d'une voie les contournant à dessein. Les habitations désertes ressemblent à s'y méprendre à des maisons mulongo. Seuls manquent les totems familiaux plantés près des portes d'entrée, les ustensiles des femmes préparant le repas du jour. Une vieille impotente est assise devant l'une des demeures. Les voyant passer, elle marmonne quelque chose d'inaudible, envoie un long crachat dans leur direction. Le jet glaireux s'écrase au sol, manque de peu les passants. Eyabe détourne les yeux, resserre les pans de l'étoffe qui lui couvre les épaules. Bientôt, ils atteignent un quartier séparé du reste des constructions. Là, les maisons, moins nombreuses, semblent avoir été bâties à la hâte. Toutes, à l'exception d'une bâtisse telle qu'elle n'en a jamais vu, presque aussi haute qu'un jeune buma, avec des murs blancs qu'on dirait taillés dans la roche. Eyabe s'arrête. Quelque chose la trouble. Ce bâtiment l'effraie. L'unique ouverture qu'elle distingue porte des barreaux. La femme ignorait qu'une telle chose puisse exister.

Son guide se retourne. De la main, il lui fait signe de se dépêcher. L'endroit où il la conduit se trouve tout près de ces hauts murs. Autour d'eux, dans cette partie du village, des dizaines de personnes sont là, qui n'assistent pas aux obsèques. Tous ont un bracelet à la cheville, même les enfants. Tous ont le crâne rasé. Pour Eyabe, cela ressemble à une communauté de personnes endeuillées. Elle n'ose songer que c'est leur propre disparition qui les accable. Chacun est né d'une femme. Chacun a été nommé, situé dans une lignée. Chacun a eu sa place au sein d'un peuple. Chacun était dépositaire d'une tradition. Le savent-ils encore ? Depuis combien de temps sont-ils là ? L'émotion est trop forte pour se répandre. Eyabe demeure sans voix. Les paroles de Mutimbo lui reviennent, elle pense comprendre ce dont il s'agit. C'est une évidence. Pourtant, dans son obstination à trouver le pays de l'eau pour accomplir un geste sacré, elle n'avait pas imaginé se retrouver face à ces figures. D'une certaine façon, elle avait oublié que l'ombre s'était emparée du monde.

Un bruit d'eau se fait entendre. Elle pense à une rivière, comme celle qui court près de Bebayedi, reconnaît l'odeur qui l'incommode depuis qu'elle est ici : cela empeste le poisson. Elle a un haut-le-cœur. L'homme revient sur ses pas, lui fait face : *Mère*, dit-il, *allons. Suis-moi là où je reste. Ce n'est plus loin.* Cette fois, elle scrute son visage, laisse glisser ses yeux le long de son torse. Les scarifications qui lui barrent la poitrine sont celles d'un jeune initié mulongo. Celles qui lui courent sur les tempes renseignent sur sa lignée. Et ce visage. Il ressemble tellement à sa mère... Elle ne s'est pas trompée. Pourquoi cette froideur ? L'attitude de l'homme interdit les effusions. Elle voudrait crier, l'embrasser comme le ferait celle qui l'a mis au monde. Il lui donne à nouveau le dos, elle ne peut que le suivre.

La femme entend l'eau, de plus en plus présente. Des gémissements émanent de la bâtisse rocheuse qu'ils dépassent avant de pénétrer dans une case aussi précaire que les autres. A l'intérieur, il n'y a rien. Que le sol nu, les murs faits de branches mal assemblées. C'est ici qu'il reste. Seul. Personne ne souhaite partager avec lui cet espace. On le craint parce qu'il ne parle pas. Cela lui convient. Il ne désire aucune compagnie. *Fils,* dit Eyabe, *nous ne te dérangerons pas longtemps.* L'homme baisse la tête : *Ce n'est pas ce que je voulais dire... S'il m'est impossible de fêter ton arrivée ici, je ferai de mon mieux pour rendre ton séjour supportable.* Maintenant qu'ils sont loin des regards, va-t-elle lui expliquer comment une femme a pu trouver le bout du monde ? Il connaît sa réputation, mais la route est longue, depuis leur pays. Eyabe le gratifie d'un sourire triste : *Je te le dirai, bien entendu. Pour le moment, peux-tu nous trouver de quoi manger ? J'ai laissé ma hotte dans les fourrés avant d'entrer dans ce village. L'enfant n'a rien pris depuis...* L'homme l'interrompt : *Mère, celui-ci est une multitude. Tu le sais bien.*

Ce sont ces derniers mots qui ouvrent, pour Eyabe, l'entrée dans le deuxième sommeil. Le plus profond. Comme elle s'y enfonce, ce ne sont pas les images de la journée écoulée qui viennent à elle, mais des questions sans réponse. Où est l'eau dont elle a entendu le murmure ? Qui loge dans la bâtisse blanche ? Pourquoi les têtes rasées semblent-elles accepter leur sort ? Pourquoi son hôte est-il ici et seul ? Quelle raison lui a-t-elle fait dire que Bana était une multitude ? Aura-t-elle la force de refaire le chemin en sens inverse ? Que se passe-t-il au village ? L'homme voudra-t-il rentrer avec elle ?

Sa nuit est agitée. Elle s'y débat comme un insecte pris dans une toile d'araignée. Bien des épreuves sont encore à venir, elle le sait. Si sa présence est découverte, on lui rasera peut-être le crâne. On lui passera le métal à la cheville. Elle saura alors ce qui retient les captifs en ce lieu. Ce qui les empêche de s'élancer sur les chemins, n'importe lesquels, pourvu qu'ils reprennent possession d'eux-mêmes. La rumeur de l'eau se mêle aux interrogations. Des cris venus de la bâtisse rocheuse s'y associent. Le repos d'Eyabe n'est qu'un long tremblement.

*

Le sol s'est asséché, mais la vie n'a pas repris son cours habituel, sur les terres du clan mulongo. Réunis dans la case dévolue à leurs débats, les anciens ne parviennent pas à s'entendre. Ils ne sont d'accord que sur un sujet : Mukano reste le chef du village, mais en son absence déjà longue, il faut un remplaçant. Qui assurera l'intérim ? C'est bien là le problème. Mutango ayant disparu, ses affidés ne peuvent proposer son nom. Bien sûr, le chef a des fils, mais le plus âgé n'a pas encore atteint l'âge d'homme. Il n'a pas été circoncis. Lui confier cette charge serait une faute, même si le Conseil l'assistait. De son côté, Mutango, dont la progéniture est encore plus nombreuse que celle de son frère, n'a engendré que des filles. S'il avait régné sur le clan, seul un de ses petits-fils aurait pu lui succéder, à condition d'avoir été initié, débarrassé de son prépuce. On en est loin. Ils tètent encore leurs mères.

Les vieux sont assis là depuis l'aurore. Le soleil va bientôt quitter le ciel, pour entreprendre sa traversée du monde souterrain. Leurs estomacs ne sont même plus en mesure de gargouiller, tant la faim les oppresse. Ce n'est pas le nyai, qu'ils partagent dans cette enceinte, qui les rassasiera. Or, sans solution, ils sont contraints de discuter jusqu'à la nuit tombée. Autant dire que tous ne sont pas certains de trouver un repas chaud qui les attende. Les femmes n'acceptent plus de veiller trop tard, y compris lorsqu'il s'agit de nourrir leurs époux. Tout va à vau-l'eau depuis le départ de Mukano. Le désordre s'installe.

Plus tôt dans la journée, l'un d'eux a tenu ces propos, qui lui ont valu l'ire de ses pairs : *Nous aurions bien besoin d'entendre Ebeise, dans un moment pareil. Puis-je la faire demander ?* Les autres lui ont vivement rabattu son caquet. La matrone a choisi de se retirer des affaires du village. Pour une fois qu'elle prend une décision raisonnable, il ne peut être question de lui manquer de respect. Celui qui avait émis cette proposition s'apprête, une fois de plus, à prendre la parole. Habituellement, il n'est pas de ceux qui se font remarquer, au sein de cette assemblée. Il n'y siège, bien malgré lui, qu'en raison de son grand âge. Jusqu'ici, il s'est montré d'une fidélité sans faille à

Mukano. Ce n'est pas cette situation, aussi exceptionnelle soit-elle, qui le fera dévier de sa ligne.

Il se racle la gorge pour signaler son désir de s'exprimer. Une fois les regards rivés sur lui, il prend le temps de présenter la calebasse contenant le nyai, la tendant à chacun d'un geste lent. Il se sert le dernier, mord dans une noix, mâche difficilement parce qu'il n'a plus toutes ses dents, soupire quand il a fini, le moindre geste étant un acte de bravoure, pour un homme de son âge. Le vieillard sent monter la tension. Il sait quelles injonctions ses compagnons retiennent avec peine : *Mulengu, qu'attends-tu donc pour parler ? Hein, Mulengu, ce n'est pas comme si tu avais quelque chose d'intéressant à dire.* Oui, il sait ce qu'ils pensent. Cependant, les règles de la vie ensemble sont précises, chez les Mulongo. Non seulement les autres sages lui doivent-ils l'écoute la plus attentive, mais s'ils ne partagent pas son avis, ils sont contraints de lui opposer des arguments fondés. Ensuite, les membres du Conseil se prononceront, à tour de rôle, pour ou contre sa suggestion. La voix du vieux est claire, quand il commence :

Nous sommes dans l'impasse. Le père de Mukano et de... Mutango n'a donné que deux fils. Tous ses autres enfants sont des filles. Certaines ont mis au monde des mâles, la chose est vraie. Cependant, toutes sont des femmes mariées, soumises à l'autorité de leurs époux. Si nous allons voir l'une d'elles pour lui annoncer que son fils doit entrer à la chefferie, comment le père réagira-t-il ? Il n'est pas aisé de devoir soudain obéir à sa progéniture, même de façon temporaire. Et cet homme à qui le bâton de commandement sera provisoirement confié, saura-t-il abandonner le tabouret de chef après y avoir posé les fesses ?

Ensuite, comment pourra-t-on l'empêcher de posséder les

171

femmes du janea ? Ce ne sera pas simple. Je vous le dis, mes frères, nous n'avons guère le choix, si nous voulons préserver les nôtres. La communauté a été durement éprouvée. La décision que nous prendrons sera inhabituelle, c'est une certitude. Pour être comprise de la population, elle doit épouser une certaine logique. C'est pourquoi je pense, étant donné la situation que nous connaissons tous et que nul parmi nous n'aurait imaginé voir advenir, qu'il n'y a, pour nous tirer de cette difficulté, qu'une seule et unique solution : l'intérim doit être assuré par l'aînée des filles de Mukano. Son mari ne pourra s'en offusquer. Lorsque son père reviendra, elle lui restituera sans mal la place. Et s'il ne rentre pas au village, le pouvoir ira au fils aîné de notre chef, qui sera alors prêt à l'exercer. Coupant court aux protestations, l'ancien termine en disant : *Souvenez-vous que ce clan a été fondé par une femme. Nous n'agirions donc pas en contradiction avec l'histoire de notre peuple.*

Le silence qui s'abat sur la case du Conseil est aussi écrasant qu'un tronc de bongongi. La plupart de ceux qui sont là se voient mal faire allégeance à une femme, exiger que les mâles du village en fassent autant. Même s'il s'agit d'une mesure d'exception. La génération actuelle des Mulongo n'a pas connu le temps de la reine Emene, qui devait d'ailleurs être habitée par un esprit mâle. Autrement, elle n'aurait pas connu une telle destinée. Les dispositions qu'on leur propose sont inacceptables, remettraient en cause tout le fonctionnement de la société. Les sages n'y sont pas favorables. Tous gardent le silence, cherchant des arguments plus valables que la simple crainte de perdre leurs prérogatives masculines. Sans se concerter, ils décident de remettre la discussion au lendemain. Il commence à se faire tard.

Le vieux Mulengu, tapant des mains, ajourne la séance. *Frères,* dit-il, *nous reprendrons demain. Il n'est pas bon que le peuple se doute de nos difficultés à résoudre ce problème. Rentrons auprès de nos familles. Et surtout, je vous en conjure, pas un mot à vos épouses. Je vous déconseille, d'ailleurs, de passer la nuit avec elles.* Les membres du Conseil approuvent d'un hochement de tête. En leur for intérieur, ils lui en veulent de les acculer ainsi, de les pousser dans leurs derniers retranchements. Après tout, il est normal de chercher à maintenir ses privilèges. Si Mulengu ne s'en soucie guère, c'est qu'il a déjà un pied dans la tombe. Les honneurs, les plaisirs de ce monde, ne lui disent plus grand-chose.

Plus vite qu'il ne faut pour le dire, ils quittent les lieux, se cognent la tête contre le plafond bas de la case, s'égratignent les bras le long des parois de la porte étroite. A voir leurs visages, on croirait qu'ils viennent de recevoir un coup de pilon sur la tête. Un feu a été allumé sur la place du village, mais ils s'habituent mal à l'obscurité naissante. Battant des paupières, se frottant les yeux, étirant leurs carcasses ankylosées, ils s'attardent près de la case du Conseil, le temps de mieux distinguer ce qui remue là, quelques pas plus loin. Abîmés dans leurs échanges, les bruits du village leur ont échappé. Aussi ignorent-ils que les hommes chargés de garder l'accès du territoire ont été assommés. Les anciens du clan ont à peine le temps de comprendre que les silhouettes qui se dirigent vers eux sont celles de chasseurs bwele, emmenés par un individu bref, vêtu de peaux de bêtes. D'un geste vif de la main, ce dernier commande à ses hommes de se déployer en silence dans le village. Quelques-uns restent à ses côtés. S'adressant dans leur langue aux sages mulongo qui n'ont pas eu l'occasion de se mettre en mouvement, il dit : *Nous ne vous ferons aucun mal. Si vous restez calmes, tout se passera bien.* Alors que ses soldats attachent, bâillonnent les vieux, le courtaud lance : *Ceux-ci ne valent rien. Nous allons les laisser ici.*

Cette fois, les Bwele ne recourent pas au feu. Ils sont venus en assez grand nombre, pour mener à bien un projet mûri de longue date. Rien n'a été laissé au hasard. Plutôt que d'annexer le territoire mulongo pour y prélever son tribut de captifs, la reine Njanjo, conseillée en ce sens, a opté pour une autre solution. Ce sont les récentes pluies qui l'ont convaincue. Durant le déluge inopiné qui a duré plus d'une semaine, la souveraine des Bwele a songé qu'il serait absurde de soumettre une région inaccessible lors des saisons pluvieuses. Peu désireuse de renoncer à ce qu'elle pourrait tirer de cette population, elle a tout simplement choisi de la déplacer. Cette nuit est celle où le clan mulongo cesse d'exister.

Les guerriers mulongo ne savent rien du combat à mort, tel que le pratiquent les Bwele. Les plus téméraires sont envoyés dans l'autre monde. Les autres se rendent, sans être certains que ce soit mieux. Ils capitulent parce qu'il n'est pas permis aux humains de s'exposer sciemment à la mort. Des cris fusent çà et là. Des injures sont lancées, des malédictions proférées, des marmites d'huile chaude jetées en pleine figure, des pilons envoyés dans les parties intimes. Les armes de la résistance sont dérisoires. Elle ne l'emportera pas cette nuit. On sait dorénavant d'où venait le grand incendie. C'est pour annoncer, cette nuit, la disparition du monde connu, que l'ombre a siégé au-dessus de la case des femmes dont on n'a pas revu les fils. Cela, on ne l'avait pas compris.

Chacun cherche un coupable. Pour les uns, ce sont ces dix femmes. Celles dont on n'attend plus les fils. Jamais il n'aurait fallu les autoriser à reprendre leur place dans la communauté. Elles sont probablement les complices directes des agresseurs bwele. C'est ainsi que l'on explique l'absence d'Eyabe : elle est allée prévenir ses comparses, leur dire comment opérer. Pour les autres, le chef Mukano est le seul responsable. Quelle que soit la situation, un janea n'abandonne pas son peuple. Il incarne ceux qui l'ont précédé. Ceux dont la figure stylisée est sculptée sur son bâton d'autorité. Ceux dont les restes sont précieusement conservés dans le sanctuaire aux reliquaires. Un village privé de son chef est comme une volaille qu'on vient d'égorger : bon pour être plumé. C'est ce qui est en train de se produire.

Aux yeux de quelques-uns parmi les anciens, ce sont les inepties énoncées par Mulengu, qui ont appelé le malheur. Alors qu'on les attache, qu'on les bâillonne avant de les jeter les uns sur les autres au fond de la case du Conseil, ils lui lancent : *Tu vois ce que c'est que de vouloir inverser les choses ! Sais-tu seulement quelles énergies tu as mobilisées ?* Le vieillard soutient leurs regards courroucés, étend les bras pour qu'on lui entrave les poignets, répond : *C'est tout le contraire. Nous avons trop tardé à remettre les choses en place. C'était Mukano qu'il aurait fallu écouter, depuis le début. Il avait compris que nos fils nous avaient été arrachés. Si notre confiance l'avait accompagné, lors de sa visite à la reine des Bwele, jamais elle n'aurait pu le tromper.* Leurs assaillants n'étaient pas venus leur rendre une visite de courtoisie. Njanjo les avait mandatés, après avoir pris soin d'éloigner le chef du clan mulongo. Ce que tentait de faire Mulengu, en toute modestie, c'était de préserver symboliquement la figure de Mukano. Choisir un remplaçant hors de la lignée du chef absent, c'était désavouer ce dernier. *Or, nous n'avions à lui reprocher que sa droiture. Prenez vos responsabilités, pour une fois.* Le bâillon qu'on lui applique sur la bouche le fait taire.

Les sages mulongo vont mourir entassés dans la case du Conseil. Ils en ont conscience. Déjà, les hommes bwele les ont laissés, certains qu'ils ne pourraient dénouer leurs liens. Il leur est impossible, à présent, d'échanger une parole, un regard. Tout ce qu'ils peuvent faire, qu'ils le veuillent ou non, c'est entendre les cris, la fureur un temps, puis le silence. La reddition des survivants. Sans vraiment le vouloir, ils imaginent ce qu'ils ne voient pas. La population entravée, conduite par petits groupes dans la brousse. Les Bwele évacuent le village, séparent les habitants, préparent différents convois qu'ils achemineront vers divers points de leur territoire. Il n'est pas question de reconstituer le clan mulongo. Ce serait courir le risque d'une rébellion. Les mâles, surtout les plus jeunes, prendront, dès cette nuit, la route de la côte. Les femmes n'ayant pas encore enfanté les suivront à l'aube. La formation des groupes les occupe une partie de la nuit. Le temps du repos n'est pas pour maintenant.

Bwemba, l'homme de petite taille qui supervise les opérations, va d'un endroit à l'autre, dispense ses consignes. Des torches flambent au cœur de l'obscurité. Pourtant, elles n'éclairent pas les lieux. La nuit est devenue plus qu'un moment. Elle est la durée, l'espace, la coloration des ères à venir. Arrivé devant la colonne d'hommes mulongo que ses chasseurs sont en train d'entraver, le commandant des Bwele hoche la tête en silence. Puis, il sursaute, comme piqué par une abeille : *A-t-on pensé à détruire leurs sanctuaires ? Vous,* ordonne-t-il à deux soldats, *allez mettre le feu aux reliquaires et à la chefferie. Assurez-vous qu'il n'en reste rien. Leur case du Conseil ne sera bientôt plus qu'un tombeau, inutile de vous y attarder.*

Ceux qui viennent de recevoir cet ordre se détachent du groupe. On leur fait tenir des torches. Ils n'ont aucune hésitation devant le lieu où sont gardés les reliquaires. Il ne faut pas longtemps pour réduire en cendres l'âme, la mémoire du peuple mulongo. Méticuleux, ils attendent de voir toute la structure s'embraser, avant de gravir la colline sur laquelle se dressent les habitations des plus hauts dignitaires du clan. Ils ne sont pas pressés. Leurs compagnons ne les abandonneront pas. Il n'y a plus personne ici. Rien à craindre des vieillards qui, entassés dans la case du Conseil, rendront, tôt ou tard, leur dernier souffle. Bâillonnés, pieds et poings liés, ils ne feraient que s'épuiser plus vite en essayant de se libérer.

Alors que les Bwele traversent le village, tenant à la main des branches enflammées, leur ombre s'étirant sur le sol, ils n'ont pas un regard vers la maison bâtie à l'écart, là-bas, au fond du village. Lorsque les Mulongo étaient délogés de leurs demeures, cette case, tapie dans un coin broussailleux, à la lisière d'un champ, n'a pas attiré l'attention. Deux femmes sont pourtant là. L'une d'elles, la plus âgée, a ingéré une décoction de plantes qui la fait dormir. Elle est si fatiguée. Elle n'a pas ouvert les yeux depuis que l'idée lui est venue de préparer cette potion. Cela faisait plusieurs jours qu'elle n'avait pas fermé l'œil. Plusieurs jours que le chagrin lui triturait le cœur. Elle dort enfin, d'un sommeil sans rêves. L'autre est abîmée en elle-même, descendue au plus profond d'abysses intimes. Accroupie au fond de la pièce, les yeux fermés, elle se balance d'avant en arrière, récitant des paroles audibles d'elle seule : *Mukudi, réponds. N'entends-tu pas ? Mukudi, celle qui t'a mis au monde t'appelle. MU kU Diiii… Au nom puissant d'Ina. Au nom de Nyambe. Mu…* Depuis qu'elle s'est installée dans cette case, la femme s'est clôturée, fermée à tout ce qui vit au-dehors. Voyant arriver la matrone, elle ne lui a pas adressé une parole.

S'appliquant fermement les mains sur les oreilles, elle se coupe en permanence de la rumeur du monde alentour. Aussi n'a-t-elle pas entendu les cris, les bruits de lutte, de course. Aussi ignore-t-elle le passage de deux hommes bwele en cet instant, le feu qui prend la chefferie, épargnée lors du grand incendie. Ebusi a la gorge sèche, mais peu importe. Son esprit est tendu vers son premier-né. Elle doit lui parler, prononcer son nom. S'il était mort, elle le saurait, le sentirait. On sent ces choses-là. *Mukudi ooo A MUKUDI eee… Je t'attends. Je ne bougerai pas d'ici. Ne crains rien. Je serai là quand tu reviendras. Mukudi, celle qui t'a donné au jour t'appelle. Au nom puissant d'Inyi…*

*

Je sais, dit l'homme, *qu'une telle chose est interdite, mais ce que nous vivions était déjà une inversion de tous les principes. Nous ne connaissions qu'eux et nous-mêmes. Cela n'avait pas de sens. Pourtant, nous étions là, marchant de nuit le long de voies improbables, crâne rasé, poings liés, nus comme les enfants que nous avions cessé d'être, le cou pris entre des branches de mwenge, si bien que nous ne pouvions que regarder devant, fixer la nuque de celui qui nous précédait dans la colonne. Nous passions tant de temps à nous efforcer d'avancer d'une même foulée, que bientôt, ce fut le seul objectif. Durant les haltes, nous pouvions songer à autre chose. Avoir autre chose à l'esprit que la crainte de perdre* la cadence, de tomber, d'entraîner la chute de nos frères. Nous devions naïvement penser que maintenir le rythme, dans de telles conditions, était une démonstration de force. La preuve que tout n'était pas fini. Nous leur ferions rendre gorge le moment venu. Très vite, nous avons compris qu'il n'en serait pas ainsi.

Nos agresseurs étaient nombreux, armés, en permanence sur notre dos. Impossible de nous parler, de nous faire un signe, sans éveiller les soupçons. Alors, j'ai cessé de manger. Sans oser convoquer la mort à voix haute, je l'ai ardemment souhaitée. Lorsque, le troisième ou le quatrième jour, je ne sais plus, notre oncle Mutimbo s'est arrêté de marcher, un guerrier bwele lui a planté une flèche dans l'aine. Il s'est écroulé. Nous l'avons laissé derrière. Avant d'entendre de ta bouche ce qui lui est arrivé, je me suis imaginé que les hyènes avaient fait un festin de son cadavre. Cette vision m'a longtemps poursuivi. Nous ne pouvions même pas nous retourner pour le regarder une dernière fois. Je ne parle pas de lui rendre les hommages dus à un homme, mais d'un simple regard. Ces gens nous ont tout arraché. Tout. Chemin faisant, certains d'entre eux devisaient tranquillement. Nous comprenions un peu leur langue, puisque nous étions habitués à ce que les notables de notre clan reçoivent des commerçants bwele, mais l'essentiel nous échappait. Nous venions d'atteindre l'âge d'homme, n'avions encore jamais quitté nos terres. Je pensais déjà, et tu me l'as confirmé, que notre oncle Mutimbo s'était mis à regimber parce qu'il avait entendu quelque chose. Il n'a pas eu le temps de nous parler.

Les jours passant, je m'affaiblissais. La colonne ralentissait par ma faute, sans s'arrêter, toutefois. La mort m'opposait un refus catégorique. Elle m'a laissé arriver, avec mes frères, au terme de cette longue route. Les Bwele nous ont remis à

179

ceux d'ici, après des discussions houleuses. On nous a examinés, comptés. Nous devions être douze, il manquait donc un homme. De plus, j'étais trop faible, notre oncle Mundene trop âgé. Les Bwele voulaient pourtant recevoir l'intégralité de ce qui leur avait été promis, arguant qu'ils prenaient tous les risques. Cette protestation a déclenché un fou rire chez leurs interlocuteurs. Apparemment, c'était a leur propre demande, que les opérations de capture avaient été confiées aux chasseurs de la reine Njanjo. Le vieux Mundene nous a expliqué les choses, une fois qu'on nous a laissés seuls.

C'était la première fois, depuis notre enlèvement, que nous nous retrouvions entre nous. Il était trop tard pour que cela nous serve. Nous avons été retenus dans la bâtisse blanche que tu as vue tantôt. Au fond de notre geôle, nous traînions maintenant des liens de métal aux chevilles. Si nous avions voulu nous échapper, nous ne l'aurions pas pu. Parce qu'il y avait ces entraves. Parce que nous ne savions quelles voies emprunter pour retourner en sécurité chez nous. Il n'aurait pas été difficile à nos geôliers de nous reprendre. Ils se tenaient à proximité. Ce n'étaient plus les Bwele, dont la langue nous était accessible. C'étaient ceux d'ici, les Isedu, qu'on appelle aussi les Côtiers.

Tu t'étonnais d'avoir pu si aisément pénétrer dans cette contrée. C'est qu'ils n'ont nul besoin de gardes. Leur cruauté est un rempart suffisant. La vie humaine ne leur est pas une chose sacrée, comme c'est le cas chez nous. Pour eux, comme pour les Bwele d'ailleurs, si la guerre est un rituel, il s'agit d'une cérémonie macabre. Tu as bien vu de quelle manière se déroulent les obsèques de leurs dignitaires. Il paraît que celles des princes se tiennent dans le secret. Là, ce ne sont plus seulement les femmes, mais aussi plusieurs notables qui sont jetés vivants dans la fosse. C'est un honneur. Comme nous, ils croient que la mort n'est qu'un voyage, même si nul ne souhaite la rencontrer trop tôt…

Un jour, on nous a fait sortir du cachot, pour marcher, respirer le grand air. Ils profitaient de ces moments pour nous verser de l'eau sur le corps. Cette fois, il ne s'agissait pas d'une simple promenade. Nous avons été conduits sur une place, près de l'océan. Des hommes aux pieds de poule nous ont examinés d'une façon que la décence défend de décrire. Puis, ils se sont détournés, se sont mis à parlementer avec le prince Ibankoro, souverain de la côte. Nous ne comprenions pas leurs échanges, mais nous savions qu'ils nous concernaient. D'après ce que je sais aujourd'hui, les étrangers venus de pongo par les eaux se plaignaient d'avoir dû attendre trop longtemps la livraison. Ils avaient pris du retard, exigeaient de nous emmener le soir même, refusaient de fournir certaines des marchandises réclamées en échange. Nous n'étions pas tous des prises de choix. Mundene était trop âgé. Quant à moi, on ne savait si je vivrais. En plus, il manquait un homme, puisqu'on l'avait abandonné aux charognards.

Enfin, on nous a ramenés dans la bâtisse blanche. L'océan rugissait en se jetant sur le sable, y déversant une mousse dont nous craignions qu'elle nous touche les pieds. Nous bondissions sur le côté. Jamais nous n'avions imaginé une telle étendue d'eau. Depuis notre geôle, nous en observions la reptation, les cabrements, à travers une crevasse. Je n'ai regardé qu'une fois. Les autres se relayaient devant cette minuscule trouée, tentant de cerner cette étendue mouvante. Ton fils, Mukate, était l'un des plus assidus. L'océan lui était devenu une obsession, depuis qu'il avait aperçu « le bateau », l'embarcation des hommes aux pieds de poule. Au bout d'un moment, il s'est convaincu que l'océan était un passage vers

181

sisi, le monde souterrain que traverse le soleil dans la nuit.
Et si les étrangers aux pieds de poule venaient sur terre par
l'océan, alors, ils devaient être des esprits, les habitants du
monde d'en bas. Je gardais le silence, lorsqu'il exposait sa
vision des choses. Pour moi, il était loin de la vérité : le
monde d'en bas, il était inutile de sonder le ponant pour
l'appréhender. Nous y avions basculé.

Eyab<u>e</u> sursaute. L'homme vient de prononcer le nom
de son fils pour la première fois. Jusqu'ici, il n'a nommé
aucun des mâles de sa classe d'âge, comme si le fait de
prononcer leurs noms l'exposait à un danger. Elle tend
l'oreille, s'efforce de ne pas l'interrompre, espérant qu'il en
vienne à la partie de l'histoire qu'elle souhaite entendre.
La femme a besoin de savoir pour quelle raison un appel
lui est parvenu, en provenance du pays de l'eau. Que
s'est-il passé exactement ? Où sont les autres fils du clan ?
Pourquoi celui-ci est-il demeuré seul en cet étrange pays ?
Au sortir de sa nuit agitée, elle l'a trouvé assis devant la
porte de la case, le regard tourné vers mbeng<u>e</u>, d'où pro-
viennent les rumeurs de l'eau. On aurait dit qu'il conver-
sait sans paroles avec cet espace qui était, pour la femme,
l'orée de la dimension ténébreuse de l'univers.

Eyab<u>e</u> s'était retournée vers la couche où Bana reposait, dormant à poings fermés, dans un abandon qu'elle ne
lui avait jamais vu auparavant. L'idée qu'il ne s'éveillerait
plus l'avait traversée, poussée à se rapprocher de lui, dans
un mouvement de panique. C'était alors que la voix de
l'homme s'était fait entendre : *N'aie crainte, mère. Ils ne*
s'en iront pas sans nous saluer. Laisse-les se reposer. Sans formuler la demande d'explications qui lui brûlait les lèvres,
elle l'avait rejoint, s'était assise près de lui, les yeux tournés vers la même direction. L'eau restait invisible, mais

on la savait proche. Ne semblant connaître le repos, elle passait du murmure au rugissement, grondait, soufflait, soupirait, faisait entendre, au mitan de la nuit, comme un chœur d'âmes en peine. D'ailleurs, sans la voir, on prenait conscience de son influence sur tout ce qui vivait alentour. Même l'air de ce lieu était différent, imprégné de senteurs inconnues de la femme mulongo, dont le clan vivait tapi au fond de la brousse.

D'abord, l'homme avait commencé à parler de ceux qui habitaient cette dernière région du monde. On les appelait Isedu. Ce peuple se présentait comme ayant été enfanté par l'eau, qu'il révérait. En réalité, c'était une dispute avec leurs frères Bwele, qui les avait repoussés, bien des générations en arrière, vers les limites du domaine des vivants. C'était en cheminant vers la côte, qu'ils avaient attaqué les communautés peuplant la brousse située entre le pays bwele et ce qui devait devenir leur territoire. *Ces populations pacifiques ont dû leur faire allégeance, pour avoir la vie sauve… Si tu avais suivi le même chemin que nous pour venir ici, tu aurais traversé la contrée où vivent encore certains de ces gens.* Aujourd'hui, on pensait que les Bwele et les Côtiers n'étaient que de simples alliés. En réalité, ils descendaient d'un ancêtre commun, Iwiye, qui avait eu deux fils. Lorsqu'ils avaient atteint l'âge d'homme, le père avait exigé que chacun se donne une terre, y fonde un clan.

L'aîné, Bwele, avait conquis un vaste territoire incluant celui laissé par l'aïeul. Son cadet, Isedu, se plaignant que les plus mauvais espaces lui aient été abandonnés, avait affronté son frère, perdu la bataille. C'était ainsi qu'il avait dû refluer vers la côte. De nos jours, ses descendants n'étaient pas encore plus puissants que les Bwele. Ils

183

étaient, en revanche, animés d'un désir mal dissimulé de se venger du passé. Afin d'éviter d'incessants conflits avec eux, les souverains bwele avaient, à travers les époques, conclu des accords avec ces frères vénéneux, pour contenir leur amertume, les empêcher de nuire.

Puis, les étrangers venus de pongo par l'océan étaient apparus. En ce temps-là, c'était Ikuna, le grand-père d'Ibankoro, qui régnait sur le pays. Son fils, Ipao, lui succéderait plus tard. Les Côtiers avaient rapidement pris conscience des avantages à tirer de relations avec les hommes aux pieds de poule. Ces derniers leur procuraient des marchandises étonnantes contre de l'huile, des dents ou des défenses d'éléphants. Ils avaient été les premiers à se vêtir d'étoffes tissées par les étrangers. Ces tissus à motifs imprimés faisaient fureur, chez les Isedu. Leurs princes étaient, par ailleurs, entrés en possession d'armes qui crachaient la foudre, faisaient un bruit de tonnerre. Quand leurs associés avaient réclamé des personnes humaines en échange de ces équipements, les Côtiers leur avaient d'abord remis quelques-uns de leurs soumis ou des individus ayant gravement contrevenu aux lois du clan. En échange, ils n'acceptaient que les fameux instruments de combat.

Au fil du temps, la demande en hommes avait crû. Les soumis ou les fauteurs de trouble n'étaient plus assez nombreux, en pays isedu, pour satisfaire les hommes aux pieds de poule. Les princes de la côte, souhaitant doter leurs bataillons d'élite de ces nouvelles armes, n'avaient pas hésité à aller faire des prisonniers chez les Bwele. Opérant de nuit, ils s'attaquaient principalement aux villages les plus proches de leur territoire. Il avait fallu du temps, avant que l'information soit connue des rois bwele installés à Bekombo, la cité capitale, située bien plus bas. Un conseil s'était tenu, réunissant les dignitaires des deux communautés. Les Côtiers avaient été rappelés à l'ordre. Ils ignoraient quel sort les hommes aux pieds de poule réservaient à ceux qu'on leur amenait. C'était pour cette raison qu'ils prenaient soin de ne pas livrer des personnes issues de leurs rangs. On leur avait dit que les captifs iraient travailler pour les étrangers, mais ils ne pouvaient le vérifier.

Une fois, les hommes venus de pongo avaient pris des otages au sein de la communauté isedu, dans l'attente de recevoir des individus pour lesquels ils avaient déjà fourni ce qui leur avait été demandé, voire davantage. Pour se conformer à la coutume en vigueur lors de leur arrivée sur les terres isedu, s'acquitter aussi du droit de jeter l'ancre dans les eaux bordant le village, ils avaient offert étoffes, vêtements, bijoux, ustensiles divers, denrées alimentaires et boissons. Le tout, selon les goûts des princes et de leur entourage, qu'ils commençaient à connaître. En toute bonne foi, ils avaient ensuite remis les métaux, puis les armes, seuls éléments acceptés en échange de captifs. Ces derniers ne leur ayant pas été livrés comme promis, ils s'étaient servis dans la population isedu.

Les otages avaient été restitués après plusieurs lunes. A leur retour, ils avaient raconté des périples dans d'autres contrées où se rendaient les hommes aux pieds de poule le long des rives de l'océan, afin de remplir le ventre de leur embarcation. Ils avaient mentionné des luttes sans merci avec certains peuples, lesquels ne voulaient à aucun prix commercer avec les étrangers venus de pongo. Lorsqu'il en était ainsi, ces derniers capturaient de force les récalcitrants, enchaînaient même les personnes de haut rang. Ces récits avaient convaincu les Côtiers de la nécessité, pour eux, de ménager des relations paisibles avec les hommes arrivés par les eaux. Ils n'avaient, de toute façon, nulle intention d'agir autrement. Face aux Bwele, ils avaient prétendu sans ciller n'avoir d'autre choix que celui de satisfaire leurs partenaires commerciaux, de tout mettre en œuvre pour trouver des personnes à leur livrer. Or, on le comprenait aisément, ils n'allaient pas, pour ce faire, arpenter misipo tout entier. Il était normal qu'ils aillent se fournir chez leurs plus proches voisins, des gens dont ils connaissaient parfaitement les mœurs, et pour cause.

Entendant ces paroles, les Bwele avaient vigoureusement protesté. Les relations avec leurs frères isedu s'étaient apaisées. Pourquoi tout gâcher ? N'auraient-ils pas pu leur envoyer des émissaires pour exposer leurs difficultés, trouver ensemble des solutions ? Pourquoi traiter leurs frères en ennemis ? Le temps n'était plus, des brouilles ancestrales, lorsque les fils d'Iwiye s'affrontaient pour constituer leurs territoires respectifs. Dorénavant, on pouvait se parler. C'était alors qu'un pacte avait été conclu. Les Isedu refusaient de perdre les avantages du commerce avec les étrangers. Pour les Bwele, il était exclu qu'on les attaque en permanence, même si les populations malmenées n'étaient que des peuplades soumises par le fondateur du clan, toujours méprisées de ceux qui pouvaient se revendiquer d'une ancestralité bwele indiscutable. *Ce sont nos personnes,* avaient-ils clamé. *Nous avons ajouté aux nôtres leurs divinités, langues et usages culinaires. Ils font partie de nous.*

Cette déclaration de fraternité à l'égard des peuples conquis signifiait une chose : prélever un tribut humain au sein de ces communautés, était l'apanage des souverains bwele. Ils exerçaient ce droit chaque fois que cela s'imposait, c'est-à-dire fréquemment, pour cultiver les champs, servir dans les habitations des dignitaires. Ces travailleurs étaient bien traités. On ne leur coupait pas l'oreille, comme c'était le cas pour les soumis des Côtiers. Certaines activités comme le travail de la forge ou le métier de tisserand leur étaient inaccessibles, mais leur participation au bien-être du groupe était reconnue. S'il était maintenant question de les priver de ces serviteurs, qu'on songe à les dédommager, d'une manière ou d'une autre. Pour finir, la reine Njanjo et les siens ne voyaient pas pour quelle raison se passer des nouveaux objets venus de pongo par l'océan, lesquels conféraient du prestige à la gent côtière.

C'étaient donc les Bwele qui avaient proposé d'officier en tant que pourvoyeurs de prisonniers. Ils se chargeraient de la capture, recevraient, en échange de ce service, les produits qui les intéressaient. Les Isedu avaient consenti à cela, insistant tout de même sur le fait que les armes cracheuses de foudre, comme la poudre servant à les alimenter, leur seraient exclusivement réservées. Les prouesses guerrières des Bwele étaient bien connues. Ils avaient mis au point diverses sortes de couteaux, qu'ils maniaient avec une dextérité peu commune. Ils pouvaient également compter sur leurs archères, dont la vue perçante, les flèches empoisonnées, ne laissaient pas une chance à l'ennemi. Cependant, munis de leur nouvel armement, les Côtiers pensaient prendre bientôt l'avantage. C'était ainsi qu'ils avaient ouvertement tenu tête à leurs frères, les contraignant à accepter les termes de l'accord tels qu'ils les envisageaient. Leurs relations avec les étrangers aux pieds de poule s'étaient renforcées, au point que ces derniers jugent utile d'ériger, en pays isedu, une bâtisse dévolue

187

à la réclusion des captifs. On disait que, sous peu, les premiers-nés des grandes familles isedu seraient envoyés chez les hommes aux pieds de poule. Là-bas, ils s'instruiraient, de façon à asseoir la domination de leur peuple. Les Isedu pourraient se venger de leurs frères, leur ravir le territoire convoité depuis la naissance des deux clans.

Déjà, les étrangers venus de pongo par les eaux passaient de plus en plus de temps parmi les Côtiers, qui les emmenaient se promener dans la brousse. Auparavant, ils ne descendaient à terre que pour effectuer leurs transactions. Désormais, certains étaient accueillis au sein de familles nobles, se voyaient offrir des femmes, parlaient de mieux en mieux la langue locale, tandis que des mots de leur langage à eux venaient enrichir le parler isedu, notamment quand il s'agissait de nommer les denrées qu'ils transportaient dans leurs vaisseaux. Pour éviter une trop grande dépendance vis-à-vis de leurs frères ennemis, les Isedu de cette génération prenaient des risques. Ne pouvant se contenter de leurs soumis ou de contrevenants à leurs lois, ils avaient commencé à remonter l'océan. Suivant le tracé de la côte à bord de leurs pirogues, ils avaient repéré des populations inconnues avant le retour des otages, qui les avaient mentionnées dans leur compte-rendu.

Contrairement à ce que faisaient les hommes aux pieds de poule, ils ne s'aventuraient pas à les attaquer sur leur sol, préférant leur tendre des embuscades sur l'eau. Ces opérations périlleuses ne pouvaient réussir qu'avec l'emploi des nouvelles armes. Elles imposaient aussi de la rigueur, exigeaient de n'être menées que par les meilleurs piroguiers, les plus fins archers, les tireurs les plus habiles. On disait que, sous peu, les Isedu iraient prospecter le long ou de l'autre côté d'un fleuve bordant leur territoire.

Le cours d'eau se jetait dans l'océan. L'homme ne pouvait l'affirmer, mais il pouvait bien s'agir de la rivière qu'Eyabe avait dû remonter pour sortir de Bebayedi. Il fallait espérer que la distance et le marais continuent à protéger ce territoire.

La capture battait son plein. Les Mulongo, comme d'autres, s'étaient trouvés mêlés à quelque chose qui les dépassait. La nuit du grand incendie, lorsque les Bwele avaient jeté leurs filets sur douze mâles de cette communauté, ces derniers étaient loin de se douter que leur mésaventure n'était qu'une parmi les mille péripéties émaillant une histoire complexe. Combien d'hommes, de femmes, d'enfants, issus de combien de peuples, seraient eux aussi arrachés aux leurs, jetés sur des voies souvent inconnues pour aboutir ici, à l'extrémité de wase ? La situation était facile à comprendre : Ibankoro, le prince isedu en titre, avait décidé d'aller encore plus loin que ses aînés, dans la production et le commerce des captifs. Avant le décès de son père, il avait su convaincre les anciens du bien-fondé de certaines demandes formulées par les hommes aux pieds de poule. C'était à lui que les étrangers venus de pongo par les eaux devaient d'avoir pu faire bâtir une structure en pierre blanche. Elle servait d'entrepôt, non seulement pour conserver les vivres dont ils chargeraient leurs embarcations, mais aussi pour garder les personnes enlevées.

Il se racontait que Son altesse Ibankoro, éblouie par la majesté de la bâtisse, avait demandé à ses amis aux pieds de poule de lui faire construire, sur le même modèle, une demeure digne de son rang. Ce prince était de ceux qui, parmi les dignitaires isedu, avaient été subjugués par tout ce que leur fournissaient les étrangers aux pieds de poule.

Les femmes de cette caste n'en finissaient plus de s'admirer dans des objets leur renvoyant leur propre reflet. Beaucoup ne toléraient plus de sortir sans ces énormes fleurs dont la corolle avait été taillée dans une étoffe luisante. Des serviteurs en agrippaient la tige de bois, tenaient, au-dessus de ces illustres figures, les pétales artificiels qui les protégeaient des ardeurs du soleil. Dédaignant les mabato en fibres ou en écorces, les femmes de haut rang n'arboraient plus que des étoffes imprimées, dont on disait que les étrangers aux pieds de poule les créaient exclusivement pour le plaisir des dignitaires isedu. On constatait, d'ailleurs, qu'ils ne portaient pas eux-mêmes ces tissus bariolés.

Ibankoro ne mettait plus le nez hors de sa concession familiale sans s'être, au préalable, coiffé d'un couvre-chef brodé de fils luminescents, une rassade d'un rouge brillant pendant à son oreille droite. Plusieurs rangées de colliers tintaient à son cou, rythmant ses pas, signalant sa présence avant même qu'elle ne se soit manifestée. Il était particulièrement friand de parures offertes aux notables par les hommes aux pieds de poule, mais ce n'était pas tout ce qui lui plaisait. Outre l'arme cracheuse de foudre qui ne le quittait jamais – il se réjouissait d'en faire résonner à tout propos les deux coups –, le noble isedu goûtait particulièrement les alcools venus de pongo par les eaux. Tous ces nouveaux produits conféraient, à la société isedu, un prestige capable de supplanter le raffinement des arts de vivre bwele. Il allait sans dire que les Isedu n'abandonneraient pas de sitôt un commerce leur permettant de prendre, un jour prochain, l'ascendant sur les communautés issues de l'ancêtre Iwiye.

C'est seulement après ce long exposé, que l'homme a entamé le récit des événements survenus la nuit du grand incendie. A présent, il s'est tu. Eyabe ne sait comment l'inciter à poursuivre. Timidement, elle l'interroge : *Comment as-tu découvert tout cela ? Je veux dire, l'histoire de ces gens ?* Il hausse les épaules : *Mère, ce serait trop long à raconter. Comme d'autres crânes rasés, j'ai été, un temps, mis au service d'un noble isedu. Je n'ai guère donné satisfaction. On m'a ramené ici, c'est tout ce que je peux t'apprendre... Il s'est écoulé plus de temps que tu ne l'imagines, depuis que mes frères et moi avons été enlevés.* L'homme fait silence à nouveau, fixe l'horizon, l'invisible océan. Eyabe improvise une digression, espérant le toucher, susciter sa parole. Il est si froid, paraît quelquefois absent de son propre corps, comme privé de force. Peut-être a-t-il besoin de se remémorer le village, ce qu'il y a laissé, pour s'enraciner à nouveau dans la vie.

La femme songe que le souvenir de sa mère lui donnera l'envie, le pouvoir de lutter contre ses humeurs atrabilaires. Alors, elle dit : *Ebusi pense fort à toi. Rentreras-tu avec moi ? Songe à sa joie.* L'homme écarquille les yeux, darde sur elle un regard au fond duquel elle voit défiler une colonie d'émotions, sans être en mesure d'en identifier aucune. Sa voix n'est qu'un souffle rauque, lorsqu'il lâche : *Ne prononce plus ce nom en ma présence... Je n'irai pas avec toi. Je ne pourrais plus vivre parmi vous, à présent. Peu importe ce qu'il me faudra encore subir, en demeurant ici.* Eyabe ne sait quoi dire. *Mukudi*, laisse-t-elle faiblement échapper, cherchant les mots pour lui parler. L'homme ne lui en laisse pas le loisir. *Ne m'appelle plus ainsi*, dit-il. *Ce nom était le mien dans un autre monde. Dans celui-ci, je ne suis ni un fils, ni un frère. La solitude est mon logis et mon seul horizon.*

Comme les autres crânes rasés qui traînent alentour,

attendant que leur sort soit scellé, il considère n'avoir plus de passé. Il remercie les maloba de lui avoir permis de revoir Eyabe, mais cette chance ne lui a été donnée que pour une raison : relater, avant de se taire à jamais, les événements survenus la nuit du grand incendie, les jours qui ont suivi. Pour lui, c'est en permanence l'obscurité, il s'y est habitué. Eyabe et Bana, bien qu'il ne montre pas sa gratitude de les avoir un temps auprès de lui, apparaissent comme des étoiles au cœur de l'opacité. Cependant, ils devront s'en aller. Lui, restera ici, afin que quelqu'un se souvienne. Eyabe ne peut davantage dissimuler son impatience. Pourtant, son intuition l'invite à ne pas poser frontalement la question : *Qu'as-tu à me dire de Mukate, mon premier-né ?* Elle annonce simplement *: Je suis venue accomplir un acte sacré. Quand irons-nous voir l'océan ?*

L'homme hausse les épaules. Les crânes rasés n'ont pas le droit de s'approcher des eaux. Cela leur est interdit, car beaucoup, mus par une force inconnue, s'y sont laissés sombrer. Ici, dans la section du village qu'ils habitent, leurs mouvements sont libres. Toutefois, pour s'aventurer au-delà, ils doivent être accompagnés. *Je n'aurais même pas dû aller sur la place, voir les obsèques d'Itaba.* Il avait profité de ce que la population entière était contrainte de se rendre à la manifestation, pour se glisser hors du quartier des captifs. Personne ne lui a prêté attention. Se rendre sur les berges de l'océan serait une tout autre affaire. Les notables côtiers y ont bâti leurs demeures, afin de rester proches des esprits de l'eau. C'est dans ces parages que se trouve « le bateau », comme on dit, pour nommer l'énorme embarcation des hommes aux pieds de poule. Une quarantaine de ces étrangers résident dans cette zone, où se déroulent les transactions entre eux et les princes de la côte. Impossible d'aller là. Ce serait s'exposer à des périls sans nom.

Eyabe hoche la tête : *Je t'ai entendu, fils. Cependant, je n'ai pas fait tout ce chemin pour rien.* Etendant le bras en direction de l'habitation branlante qui abrite les jours sans joie de son interlocuteur, elle ajoute : *J'ai là quelque chose à déverser dans l'océan. Les maloba m'ont fait entendre la voix de Mukate. Je dois faire cela, pour le libérer, lui permettre de cheminer vers l'autre monde.* Elle fixe des yeux le visage de l'homme, espérant, par ces paroles, le décider à lui en apprendre davantage. Qu'il sache, s'il craint de lui annoncer le décès de son premier-né, qu'elle a déjà compris cela. Seuls les détails manquent. Des éléments permettant de comprendre ce qui s'est déroulé. Il lui faut connaître, avec précision, la destinée des mâles mulongo arrachés à leur peuple. En ces matières, rien n'est plus terrible que l'ignorance. Celles dont les fils n'ont pas été retrouvés doivent savoir.

La femme déclare qu'il lui est impératif de se rendre sur les rives où la terre prend fin, si elle souhaite rentrer au village avec des réponses. Que l'imagination n'emporte pas trop loin les esprits. Que l'égarement ne devienne pas, en pays mulongo, un nouveau mode de vie. Que celles dont on n'a pas revu les fils soient lavées de tout soupçon, pleinement réhabilitées. Tant que le doute persiste, l'harmonie est compromise. L'homme se ferme à ses paroles. Il n'a plus envie de parler, ne compte pas l'accompagner au bord de l'eau. *Indique-moi la direction, j'irai sans toi,* déclare-t-elle simplement. *Et si tu me le demandes, je ne dirai pas à Ebusi que je t'ai vu. Ta mère ne comprendrait pas ta décision de rester ici.* Approuvant de la tête, il murmure : *Nous devons te raser la tête... Opérer de nuit, pour ne pas nous faire remarquer.* L'homme hésite, puis conclut : *Je ne suis pas certain de trouver en moi la force d'approcher l'océan.* La voix de Bana, qui s'est réveillé, vient interrompre la conversation. Un sourire sur les lèvres, l'enfant plonge les yeux dans ceux de Mukudi : *J'irai avec Inyi.*

*

La matrone se frotte les paupières, se retourne sur sa couche, peu désireuse d'ouvrir les yeux. Elle tente de se rendormir, mais les effets de la potion se sont dissipés. Ses efforts sont vains. L'ancienne s'assied à contrecœur sur sa natte, balaie la pièce d'un regard confus. Ebusi s'est endormie dans un coin de la case, accroupie, les mains plaquées sur les oreilles. Lorsque son corps s'affaisse, elle se redresse par un mouvement réflexe, continue de marmonner, même en plein sommeil, la litanie de ses supliques au fils absent. Ebeise la fixe un instant des yeux, se demandant s'il faut l'inciter à s'allonger. Cette femme fait tout l'inverse de ce qu'il faudrait, pour qui entend converser avec l'invisible. Il convient, certes, de se concentrer. Cependant, il faut également bannir la fébrilité. Ensuite, il est capital de pénétrer dans la nuit, d'accueillir le repos, qui favorise le rêve.

Si Ebusi souhaite parler à son premier-né, le voir, elle doit se mettre en situation de rêver. La vieille le lui expliquera le moment venu. Pour l'instant, elle ne désire communiquer avec personne. Elle se lève, s'étire, fait quelques pas hors de l'habitation. La chose n'a pas vraiment d'importance puisqu'elle a pris sa retraite, mais par curiosité, elle voudrait savoir quel jour on est. Elle sait, compte tenu de la dose de plantes sédatives utilisées pour préparer sa potion, qu'elle a dormi au moins deux jours. Elle n'a pas fait de rêve, telle était sa volonté. L'activité onirique est parfois porteuse de questionnements, de troubles. Elle a eu son lot d'épreuves.

Debout devant la case, les mains sur les hanches, l'ancienne scrute l'horizon. Le soleil est haut dans le ciel. Le village baigne pourtant dans un silence nocturne. On n'entend pas, comme d'habitude, les voix des enfants en train de jouer. Leurs mères sont également muettes, quand elles devraient, en ce moment, les houspiller, promettre de les punir s'ils ne se tiennent pas mieux que ça. Et les hommes ? Où sont les hommes, dont les chants de force devraient résonner, pendant qu'ils s'attellent à la reconstruction du village ? Quelque chose ne tourne pas rond. Un temps, la vieille se croit encore endormie. Elle pensait s'y être prise de son mieux pour ne pas rêver, mais son esprit est décidément trop agité.

C'est donc une vision, comme on peut en avoir dans le troisième sommeil, celui qui permet de visiter d'autres dimensions. Peut-être ferait-elle mieux d'aller se recoucher pour mettre un terme à ce voyage qu'elle ne désire pas entreprendre ? Comme elle s'apprête à le faire, quelque chose attire son attention. A dix ou douze pas de là, une poule picore, avec acharnement, ce qui ressemble à une tête humaine. Sa vue perçante ne l'a jamais trahie. L'ancienne est assez sûre de ce qu'elle voit. A mesure que le bec du volatile s'enfonce dans les orbites, plonge dans les narines, Ebeise ne peut s'empêcher de songer que, rêve ou pas, il faut aller inspecter cela de plus près.

La matrone des Mulongo se dirige à pas lents vers la scène, pestant contre cette existence qui lui refuse toute tranquillité. Elle se plaint que les rêves, même les rêves, ne soient plus ce qu'ils étaient. Dans un songe digne de ce nom, elle n'aurait pas à marcher comme elle le fait. Il lui suffirait de vouloir se rendre là-bas, près de la case de Musima, son fils, pour s'y projeter instantanément. Elle se déplace en maugréant, tandis que la terre lui picote la plante des pieds, sensation dont elle se passerait bien, là aussi, puisqu'elle est en train de rêver. L'air charrie une odeur fort désagréable, qu'elle ne parvient à qualifier. Ce n'est pas tout à fait une fragrance putride, mais cela s'en rapproche. Ebeise s'étonne de ne rien entendre et de sentir pourtant les choses avec cette intensité, dans l'atmosphère, sous ses pieds. Jamais, auparavant, elle n'avait rêvé de cette manière. A l'avenir, il faudra se montrer prudente avec ce breuvage sédatif. Elle n'en avait pas mesuré tous les effets.

Bientôt, ses pas la rapprochent de la poule qui lève la tête, la dévisage, retourne à sa tâche. Son bec heurte, à une cadence régulière, le crâne qui roule de-ci, de-là. Ebeise s'arrête. Cet oiseau n'est pas ce qu'il paraît, c'est l'évidence. Ce qu'elle voit ne peut être qu'un message. En l'absence de Mundene, comment l'interpréter ? Inutile de recourir à Musima, il n'a pas la carrure pour l'éclairer. Elle s'interroge. Si son rêve la confronte à une telle situation, c'est qu'il lui faut agir. Il serait absurde qu'on la conduise ici pour ne rien faire d'autre que constater, puis tourner les talons. Sans grande conviction, la femme lève les bras, les agite devant la poule censée comprendre qu'on la chasse, qu'il n'est pas convenable de dépouiller un crâne humain de sa peau, d'en arracher ainsi des lambeaux de chair. Les gestes de la matrone laissent l'animal sans réaction.

Ebeise doit faire un pas de plus, se pencher pour sauver cette tête privée de corps. Elle s'exécute en rouspétant. Le destin est injuste, qui veut que certaines ne connaissent pas le répit, même en plein sommeil. Elle jure, lorsque la mort la prendra, de ne pas se réincarner. Que la communauté le veuille ou non, elle ira siéger parmi les bienheureux qui n'ont d'autre obligation que d'apparaître de temps en temps, afin de venir en aide aux vivants. Ses apparitions s'effectueront avec parcimonie, elle en fait le serment. S'emparant de la tête à la peau déchiquetée, aux yeux vides, elle envoie un pied dans la direction de la poule, pensant ainsi la contraindre à reculer. Au contraire, l'oiseau lui plante son bec dans le mollet, s'y agrippe si violemment qu'on la croirait équipée d'une véritable mâchoire. Ebeise se met à tournoyer sur elle-même, aussi vite que possible, mais le volatile s'accroche, n'entend pas lâcher prise. Les yeux baissés vers sa jambe, tenant des deux mains le crâne, elle remue, sautille, trépigne, le souffle court, les dents serrées, les yeux rougis par la colère, la douleur, déterminée à ne pas émettre le moindre gémissement, car, il faut voir les choses comme elles sont : il ne s'agit que d'une poule.

L'ancienne voudrait lui tordre le cou, lui montrer qui commande. Un esprit qui élit domicile dans un corps de poule, ne trouvant rien de mieux pour se manifester, ne saurait avoir le dessus. Il lui faut libérer ses mains, si elle souhaite se défendre comme il se doit. La femme s'apprête à adresser ses excuses à ce crâne qui n'a pas mérité qu'elle le laisse choir. C'est dans un rugissement d'horreur qu'elle le voit rouler à terre. Nul besoin de le ramasser pour regarder à nouveau. Ebeise en a la certitude, en cet instant où l'absurdité le dispute à l'épouvante, c'est la tête de Musima, son premier-né, qui vient de lui échapper des mains. Les pires cauchemars ayant une fin, bien que généralement abrupte, c'est ici qu'elle devrait ouvrir les yeux, se demander, en haletant, ce que tout ceci peut bien signifier. Elle devrait se trouver dans la case, aux côtés d'Ebusi. S'empresser de faire brûler des écorces pour éloigner l'angoisse. Tenter de comprendre.

Le corps à corps avec la poule ne lui est pas épargné. C'est en tremblant de rage, des larmes dans les yeux, qu'elle parvient enfin à s'en débarrasser, à la jeter au loin. Un filet de sang lui coule le long du mollet, mais elle n'y accorde pas d'importance. Son regard cherche la tête, qui s'en est allée heurter le pied d'un arbre, se couvrant de terre dans sa course. L'ancienne prend une profonde inspiration. L'odeur qu'elle n'avait pu nommer lui emplit les poumons, ne laissant plus de doute. C'est la mort que cela sent, et il ne s'agit pas d'un présage. A-t-elle commis une faute en décidant de se retirer ? Doit-elle le payer d'un prix si élevé ? Ebeise tente d'ordonner ses pensées. Même l'horrible Mutango n'aurait pas mis son fils à mort de cette manière. En dehors de lui, personne ici ne ferait une telle chose. Les Mulongo sont peu enclins à faire couler le sang. Avant de tuer un animal pour se nourrir de sa chair, on lui demande pardon. Et depuis que le janea Mukano a pris ses fonctions, les sacrifices sont devenus rares. Quelque chose de grave s'est produit pendant qu'elle dormait. Quelque chose de suffisamment grave, pour qu'elle mette sur-le-champ un terme à sa retraite, demande audience au Conseil. Comment est-il possible que l'on n'entende pas les cris des veuves de Musima ? Où sont les habitants du village, quand une poule se repaît des restes de son enfant ? Ebeise n'a vécu que pour la communauté. Une absence de deux jours ne peut suffire à expliquer ceci.

En pleurs, la matrone ramasse à nouveau la tête de son premier-né, se dirige vers la concession de Musima. En peu de temps, elle y est. Il n'y a pas âme qui vive. L'odeur est atroce. Ce n'est pas la mort que cela sent, mais l'anéantissement. Une mort dont on ne renaît pas. Elle inspecte une à une les cases. Toutes sont désertes. Dans l'une d'elles, un indescriptible désordre règne. Ce ne sont que jarres brisées, calebasses renversées, résidus de repas répandus. Tenant toujours le crâne de son fils, elle contourne la dernière habitation, débouche sur l'arrière-cour. Le corps de Musima est là, étendu sur le ventre, le poing droit serré. Une fois de plus, elle lâche la tête, se dit qu'elle n'aura jamais la force de marcher jusqu'à la place du village, où se tient la case du Conseil. En principe, elle y trouvera les sages. Ils ne doivent pas encore avoir résolu l'épineuse question de l'intérim. Elle connaît bien ces hommes. La plupart voudront faire passer leur intérêt avant celui de la communauté. Les pourparlers seront longs.

C'est le cœur battant que la matrone découvre, à mesure qu'elle avance, un territoire vidé de sa population. Çà et là, totems familiaux et ustensiles renversés témoignent d'une fureur qui s'est abattue sur le village. Devant certaines habitations, des corps sans vie commencent à pourrir. Les visages sont crispés en un masque de douleur. Des yeux grands ouverts disent l'effroi, l'incompréhension. Une fois de plus, la matrone pense voyager dans une autre dimension. Ces scènes ne peuvent être que des visions. A l'idée que des images encore plus insoutenables lui soient montrées si elle se dérobe, Ebeise renonce à retourner sur ses pas comme elle en a pourtant le désir. Il n'est pas bon de fuir devant l'épreuve. Ceci est son châtiment pour avoir voulu se retirer du monde, tourner le dos au chagrin. Elle avance, s'efforçant, malgré tout, de ne pas laisser errer son regard. Il faut atteindre la case du Conseil. Marcher sans regarder sur les côtés. La matrone tente de réfléchir, mais son esprit ne se fixe que sur l'instant où elle a reconnu, entre ses mains, la tête mutilée de son enfant. Elle ne voit que ces orbites creuses, la chair perforée, la peau déchiquetée.

Devant la case du Conseil, c'est le silence. On ne les entend pas se disputer comme d'ordinaire. Ebeise reste un moment figée là. Il faut entrer. Elle hésite, voudrait qu'on lui tienne la main. Que quelqu'un soit là. L'ancienne suffoque. Passant la tête à travers la porte étroite, elle manque défaillir. C'est ici que s'est concentrée la puanteur qui baigne le village. L'odeur est étourdissante. La vieille ne saurait dire, avec les mots de sa langue, ce qu'elle voit là-dedans. Prise de vomissements, elle tombe sur les genoux. Il faut quitter le village, coûte que coûte. Aller chercher Ebusi. Partir. Auparavant, il leur faudra trouver la force d'enterrer les défunts. Deux femmes seules peuvent-elles entreprendre cela ? Elles ne sont même pas deux. Là-bas, dans la case où étaient rassemblées celles dont les fils sont perdus, il n'y a plus qu'une moitié de femme.

Ses sanglots sont inaptes à briser le silence. Après une vie passée à faire naître les enfants de son peuple, sa seule récompense sera de mettre en terre tous ces morts. Soit. Elle le fera. Et s'il lui faut porter Ebusi sur son dos pour la faire sortir de ce qui fut un village, elle y est prête. Il n'est pas bon de fuir devant l'épreuve, au risque de devoir en affronter une plus accablante. C'est ce qu'elle se dit. Lorsque ses yeux se posent sur le tas de cendres qui se tient en lieu et place du sanctuaire aux reliquaires, Ebeise se demande où trouver les ressources pour accomplir son devoir, une dernière fois.

Derniers temps

Bana est en proie à une excitation sans nom. Aujour-d'hui, lorsque le soleil entamera sa traversée de sisi, l'homme les conduira, Eyabe et lui, sur les rives de l'océan. Sans faire le chemin jusqu'au bout, il les mènera tout près. Tapi dans l'ombre, il montera la garde. La femme s'est rasé la tête. Pendant plusieurs jours, l'enfant et elle se sont faits discrets, quittant rarement la case chétive de leur hôte. Parmi les crânes rasés qui vivent alentour, certains ne sont pas fiables. Dans une situation comme la leur, on est prêt à tout pour améliorer son quotidien. La délation se révèle une option valable. Les captifs rassemblés dans cette section du village isedu, sont souvent en proie à la culpabilité. Capturés avec d'autres membres de leur communauté, ils n'ont pas été échangés. Les hommes aux pieds de poule n'en ont pas voulu. Soit parce qu'ils étaient trop malades, soit parce qu'ils étaient trop révoltés, voire suicidaires. Quelquefois, à leur arrivée en terre isedu, ils n'ont pas été proposés lors des opérations de traite, les dignitaires locaux préférant les garder à leur service.

Certains, comme Mukudi, ont embarqué à bord du bateau, mais le sort les a ramenés à terre. A plusieurs reprises, l'homme a songé tout dire à Eyabe. Expliquer

201

pourquoi les autres ont disparu, quand lui demeure ici. Dire ce qui l'attache désormais au pays isedu, à cet océan qui le terrifie autant qu'il lui est nécessaire. Il n'a pas trouvé les mots. Cela ne l'aurait guère apaisé, au contraire. Revivant sans arrêt le moment où il s'est retrouvé seul, il se reproche sa grève de la faim, la faiblesse physique qui s'est ensuivie. C'est pour cette raison qu'il lui a été impossible de se libérer comme l'ont fait ses frères. A l'instant de l'ultime pacte, il leur a fait défaut. Initiés ensemble, ils avaient vécu une seconde naissance. L'expérience avait été si forte qu'ils ne se quittaient plus, une fois rentrés au village. Certes, le guide spirituel avait préconisé qu'ils restent en groupe le jour durant, ne les autorisant à se séparer que le soir, pour rejoindre leurs familles. Désireux de préserver le plus longtemps possible les émotions éprouvées au sein du sanctuaire forestier, ils n'avaient eu aucune difficulté à lui obéir.

Ses frères et lui étaient ensemble, la nuit du grand incendie, lorsque les Bwele avaient jeté sur eux leurs filets. Ils ne s'étaient quittés depuis, que par sa faute. Son refus de s'alimenter avait, d'ailleurs, commencé à distendre les liens l'unissant à ceux de sa classe d'âge. Alors qu'ils espéraient encore le moment d'affronter leurs agresseurs, lui avait déjà renoncé. Aucun reproche ne lui avait été adressé. Quand il ne mangeait pas, ses frères continuaient de lui laisser sa ration. C'était leur manière de lui parler, dans ces abris de chasse où ils étaient reclus la journée, sous la surveillance de leurs assaillants. Les rares fois où il avait ingéré de la nourriture, cela avait été de force. Les chasseurs bwele, mis en rage par son comportement, lui ouvraient la bouche, y enfonçaient des racines ou des fruits. Un jour, il avait mordu la main qui allait plonger dans sa gorge, ce qui lui avait valu d'être battu. Il se rappelle le regard douloureux de ses frères. Les remontrances du vieux Mundene, incapable de garder le silence devant ce spectacle. A quoi lui avait-il servi de se rebeller ? En agissant comme il le faisait alors, il s'imaginait préserver sa dignité. Protester contre l'injustice. Ne pas se faire le complice du crime dont il était la victime. De ces actes, il ne restait que l'image de neuf corps jetés par-dessus bord. Une ennéade de jeunes gens volontaires, unis. Lorsque le sommeil le prenait, cette scène venait hanter ses rêves. Il entendait, en fond sonore, le chant qu'avaient entonné ses frères, dans le ventre du « bateau », pour se passer le mot.

C'était Mukate, le fils d'Eyabe, qui avait commencé. Sa voix profonde avait empli l'espace, atteignant ses compagnons. Les hommes aux pieds de poule avaient pris soin de les séparer. Ils avaient été installés à tour de rôle, près d'autres captifs déjà présents dans les entrailles de l'immense embarcation. De cette façon, pensait-on, ils ne pourraient communiquer, fomenter quelque complot. Il se racontait des histoires de détenus qui, s'étant emparés des barils de poudre conservés dans la prison mouvante, l'avaient fait exploser, précipitant geôliers et séquestrés dans l'autre monde. Il se disait aussi que des embarqués de force avaient mis à mort leurs tortionnaires, pensant rentrer à terre par leurs propres moyens. Ne sachant manœuvrer le vaisseau, ils s'étaient condamnés à une longue errance sur les eaux. Jusqu'à la folie. Jusqu'à la mort.

On parlait beaucoup, parmi les crânes rasés. L'homme écoutait sans prendre part aux échanges. L'aventure de ses frères, il la connaissait, n'avait aucun désir de la partager avec quiconque. Elle était son fardeau, s'étirait dans sa mémoire pendant les six périodes fractionnant la journée des vivants. Cela le poursuivait en permanence. Le chant. La chute des corps dans l'eau. Les sanglots rauques du vieux Mundene. Et lui. Lorsque tous ces événements se produisaient, il était trop faible pour ressentir quoi que ce soit. Tout ce qu'il savait alors, c'était son handicap physique. L'impossibilité de se concentrer. Le corps avait dominé l'esprit. Le comble pour un nouvel initié.

Aux prises avec ces souvenirs, l'homme se demande ce qui l'a poussé, non pas à manifester son refus du sort, mais à se singulariser autant. Pourquoi briser la fraternité ? Pourquoi piétiner la solidarité ? Quel résultat pouvait-il espérer ? Le trépas n'était pas une extinction. Les défunts habitaient simplement une autre dimension. Oui. Néanmoins, il lui était difficile de se voiler la face. S'il avait si ardemment désiré la mort, c'était avant tout pour que cesse l'épreuve. Ne plus souffrir. Peu lui importait la possibilité de se réincarner. La mort, telle qu'il l'envisageait, devait être une fin. Ses frères s'étaient, quant à eux, tenus du côté de la vie. Jusqu'au bout. Le choix qu'ils avaient fait était empreint de noblesse. Le guide spirituel, entendant le chant de Mukate, les avait mis en garde. Tout en désapprouvant leur acte, il l'avait compris. Etendu sur le dos, l'homme promène un regard vide sur les branches qui forment la toiture de sa case. Mal assemblées, elles ouvrent maintes trouées vers le ciel, permettent d'en capturer l'éclat changeant, de mesurer le passage du temps. Cette journée lui semble interminable.

Observant Bana qui examine lui aussi le ciel, traquant la plus petite mutation, il lui lance : *Il faut parler à notre mère.* L'enfant se retourne : *Sur la rive.* Eyabe feint de ne pas entendre cet échange. Pour la énième fois, elle visualise l'instant attendu. Après avoir déversé la terre dans l'eau, recommandé son fils et ses frères à Nyambe, il lui faudra vite se remettre en route. Elle songe au trajet qui doit la ramener à Bebayedi. Elle devra suivre, non pas les voies empruntées par les captifs et qui lui feraient traverser le pays bwele, mais le chemin par lequel elle est arrivée. La femme doit se rappeler la direction à prendre, pour trouver la rivière Kwa. Là, elle attendra ses passeurs. Intérieurement, elle refait le parcours, tente de se remémorer les détails qui l'aideront à ne pas se tromper. L'arbre fendu par la foudre. L'abri de chasse. Quoi d'autre ? Elle est trop anxieuse. Il lui semble avoir pris de l'âge depuis son départ, traversé des époques. Son voyage ne s'est pas limité à franchir la distance d'un lieu à l'autre. Tout d'un coup, elle se sent faiblir. Seul Bana, l'enfant, marchera avec elle jusqu'au bord de l'eau.

Elle coule un regard vers celui qu'elle prenait, à l'origine, pour un garçonnet frappé de mutité après avoir été témoin d'horreurs, privé des siens. En réalité, nul ne sait rien de ce qu'il a vécu, du lieu d'où il vient. On lui a dit qu'il s'était présenté aux abords du territoire bebayedi, en compagnie d'un vieillard qui n'avait pas survécu. On a supposé qu'ils avaient quitté le même pays, mais on n'en était pas sûr. Ce n'est qu'en arrivant ici, sur le sol isedu, qu'elle a commencé à s'interroger. Bana n'a rien fait de plus étrange que d'habitude. Il se nourrit toujours aussi peu, ne parle qu'en cas d'absolue nécessité. C'est l'attitude de leur hôte vis-à-vis de l'enfant, qui le lui fait voir différemment. Le jour même de leur arrivée, l'homme, parlant de Bana, a dit : *Mère, celui-ci est une multitude.* Sans comprendre, elle ne l'a pas questionné. Aurait-il répondu ? L'esprit d'Eyabe repasse en boucle ces paroles : *Celui-ci est une multitude.* Plus elles lui reviennent, plus leur lien avec le nom que s'est donné l'enfant apparaît. Il est *Bana*, non parce qu'il a trop bien assimilé les leçons de langue mulongo qu'elle lui a prodiguées, mais parce qu'ils sont plusieurs à loger dans ce corps. Et ils sont venus pour elle.

Les mains tremblantes à présent, Eyabe lâche l'étoffe usée qu'elle examinait, tente de se raisonner. Depuis qu'ils cheminent ensemble, Bana ne s'est jamais mal comporté à son égard. Il n'a rien fait qui indique, avec certitude, qu'il n'est pas un enfant comme les autres. Alors, qu'a-t-il à lui dire lorsqu'ils seront sur la rive ? Pourquoi seulement là ? La femme décide de se fier aux maloba, qui l'ont protégée jusqu'ici. Le crépuscule finira par descendre sur le monde. Alors, elle se rendra au bord de l'eau, y déversera la terre prélevée sous le dikube abritant le placenta de son premier accouchement. Ensuite, ce qui devra arriver arrivera. Assis près de la porte, en retrait pour ne pas attirer l'attention, Bana scrute le ciel. Des crânes rasés vont et viennent au-dehors, feignant de ne pas chercher à voir l'intérieur de l'habitation. La cabane se trouve au fond du quartier. Elle est la dernière demeure avant de pénétrer dans la section habitée par les nobles isedu, près de l'océan. Il faut donc une bonne raison pour déambuler par là. Or, l'homme n'adresse pas la parole aux autres captifs.

Eyabe chasse les pensées désagréables qui menacent de s'insinuer dans son esprit. Comme elle va s'étendre sur l'étoffe tenant lieu de natte, elle aperçoit, à quelques pas de la porte, une femme au crâne rasé qui la fixe des yeux, puis, la pointe du doigt. Le geste de l'inconnue est lent Son regard s'accroche à celui d'Eyabe. En moins de

206

temps qu'il ne faut pour s'en rendre compte, deux hommes isedu, appartenant sans doute à la milice du prince Ibankoro, s'engouffrent dans l'habitation. Eyabe n'entend pas leurs voix, seulement les bruits de cet océan qu'elle ne verra jamais. Ses yeux cherchent Bana. A l'endroit qu'occupait l'enfant il y a encore quelques instants, il ne reste qu'une flaque d'eau.

*

Vingt-sept corps. Il y en avait vingt-sept. Elle les a tous enterrés. Comme elle a pu, mais elle l'a fait. Ebeise n'a pas négligé un coin du village. Elle a gravi la colline pour n'y trouver que les ruines de la chefferie, des habitations qui l'entouraient. Elle s'est rendue aux portes du village, pour y découvrir un des gardes. On lui avait asséné un coup sur la tête, sans doute pour l'assommer. Cela lui a brisé le crâne. C'est seulement face à ce corps, après avoir arpenté le territoire en long et en large, que la vieille a vraiment compris. Une attaque. Bien sûr. Rien de mystique. Rien de mystérieux. Simplement la folie des hommes. Qui étaient les agresseurs ? En vérité, la question ne lui a pas longtemps occupé l'esprit. Ils n'avaient qu'à revenir, si le cœur leur en disait. Que pourraient-ils faire de plus ? Les jours ont passé, les nuits aussi, sans que l'on sache lesquels précédaient les autres, lesquels enfantaient les autres, lesquels auraient le dessus, en fin de compte.

Perdue au fond d'elle-même, Ebusi n'a pu lui venir en aide. La vieille a travaillé seule. Nul ne dira aux générations futures qu'une femme a eu le souci de confier à la terre les derniers des Mulongo. Nul ne contera ces faits, car l'avenir a pris fin. Ce peuple n'est plus. Il n'aura pas de descendance. Un ultime tombeau a été refermé aujourd'hui. Les restes d'un nourrisson rongé par les vers y ont été déposés. Alors qu'elle exécutait sa tâche, Ebeise a tout fait pour chasser la question : *Où est ta mère, où sont-ils tous ?* L'enfant était méconnaissable. Si elle ne l'avait pas trouvé dans une concession précise, elle n'aurait pu connaître son identité. Sur les terres qui furent celles de Mulongo, la mort a cessé de n'être qu'une traversée, un passage entre les dimensions.

Afin que les trépassés reviennent parmi les vivants, pénètrent le corps des femmes grosses, il faut une communauté. Qui chante leur nom, raconte leur histoire, se souvienne de leurs goûts, des sonorités de leur rire. Il faut que des gens pensent à eux, leur laissent, après le repas du soir, leur ration de nourriture. Pour ceux qui sont morts ici, il n'y aura que la terre. Les sépulcres ne sont pas profonds. Ebeise n'a pas eu la force de creuser des fosses décentes. Alors, le sol lui-même finira par recracher ces corps. Le vent chassera au loin des débris d'ossements. Les eaux de pluie les entraîneront, les disperseront. Nul ne les réclamera. Faut-il demeurer ici pour veiller sur les tombes ? Le moment venu, qui la mettra en terre ? Et qui prendra soin d'Ebusi dont l'esprit s'est égaré ? La vie n'est pas une chose attrayante. La vie est la première obligation. Même après tous ces bouleversements, Ebeise reste attachée à la philosophie des siens. C'est tout ce qu'elle sait. Elle s'y cramponne. On a voulu effacer cela. C'est pour cette raison que le sanctuaire aux reliquaires a été brûlé.

Les agresseurs, quels qu'ils soient, n'ont pas ménagé leur peine. Le sort a pourtant voulu qu'elle soit là, avec ses souvenirs. Il faut quitter les lieux. D'abord, l'ancienne songe faire route vers le pays bwele. Elle connaît le chemin, même si elle n'y a pas remis les pieds depuis son jeune temps. Ce serait le plus simple. Elle comprend un peu leur langue. Ils savent que le peuple mulongo a vécu. Oui, les Bwele seraient un bouclier contre l'oubli. Les relations entre les deux communautés ont toujours été cordiales. Quoi de plus naturel que d'aller chercher refuge chez des amis ? La vieille exhale un long soupir, pensant entrevoir une lueur dans l'obscurité. Aussi vite que possible, elle se dirige vers la case où Ebusi passe ses journées. Il ne sera pas aisé de l'en déloger, puisqu'elle a fait le vœu d'y demeurer jusqu'au retour de son premier-né. Impossible de la laisser là. Aucun fils ne reviendra au village. La matrone a sa petite idée, sur le langage à tenir pour décider Ebusi à la suivre.

Alors qu'elle prépare mentalement son discours, quelque chose l'arrête. Le temps passé à enfouir des corps dans la terre a bien failli lui brouiller la mémoire. Toute à sa tâche, s'imposant les gestes les plus rigoureux, elle a presque oublié certains événements. Elle se revoit soudain dans la case d'Eleke, le jour où elle a enfin pu lui rendre visite, après le grand incendie. Son amie était mal en point, mais la raison ne l'avait pas quittée. Or, elle avait laissé entendre que les Bwele savaient quelque chose. A propos des douze mâles disparus. La matrone sent une colère froide la traverser des pieds à la tête. Un sentiment dû à la compréhension des faits, autant qu'à l'impuissance. Elle pense au nom de Bwele, que son amie mourante avait sur les lèvres. Ce sont les derniers mots qu'elle a prononcés. Si les mobiles des agresseurs lui demeurent inconnus, l'ancienne est maintenant certaine de connaître leur identité. C'est donc sur une autre route qu'il faudra entraîner Ebusi.

Peut-être qu'en marchant vers jedu, elles trouveront Mukano et ses hommes. Peut-être qu'en prenant cette direction, elles reverront Eyabe. Peut-être que, par malheur, elles tomberont nez à nez avec des guerriers bwele en faction dans les parages. Quoi qu'il en soit, il faut partir. Il n'y a plus rien ici.

*

Ce n'est pas la place principale du village isedu, où se sont déroulées, il y a quelques jours, les obsèques d'un homme. Ici, l'océan chuchote à l'oreille de la terre, la caresse langoureusement, la désaltère de vagues nimbées d'écume. A le voir ainsi, Eyabe l'imagine mal se repaissant de corps humains. Et pourtant. Toutes les fibres de son corps lui crient que c'est là. C'est bien là, le pays de l'eau. Le tombeau d'où s'est élevée la voix de son premier-né. Ce qu'avait à dire Bana, elle ne le saura pas. Les miliciens venus l'arrêter l'ont conduite où se déroulent les transactions entre dignitaires isedu et hommes aux pieds de poule. L'espace est circulaire, occupé comme suit : face à l'eau, assis sur des tabourets disposés en arc-de-cercle, ce sont les notables isedu, au nombre de sept ; quelques pas plus loin, tournant le dos à l'océan pour regarder leurs interlocuteurs, trois étrangers venus de pongo ont empilé, sur des nattes, les pièces à échanger plus tard.

Les captifs sont alignés à gauche. Des chasseurs bwele les entourent. A droite, se tiennent des soldats isedu, armés comme il se doit. C'est de ce côté que la femme est arrivée, poussée en avant par les miliciens du prince, ce qui l'a

210

aussitôt confrontée au visage fermé des enchaînés. D'après les dires de Mutimbo, puis de Mukudi, elle a souvent tenté d'imaginer cela. Des personnes entravées, crâne rasé, débarrassées de leurs amulettes, de leurs parures. Ce qui n'était pas dans les récits, parce que cela ne se raconte pas, ce sont ces regards débordants de détresse. Ces regards de défi aussi, ces regards qui disent qu'un jour viendra, mais que la nuit sera longue. Les récits ne rendaient pas compte du renflement au ventre d'une femme capturée, de la posture de garçons encore à circoncire. La parole ne permettait pas non plus de se représenter les chaînes. C'est la première fois qu'elle en voit. La femme a beau avoir admis que les garçons pris en pays mulongo ne sont plus, elle scrute le visage des captifs, chacun d'entre eux, avec le fol espoir d'en reconnaître un. Ils ne sont pas là, mais c'est eux qu'elle voit. Cette souffrance leur a été infligée. Les bras le long du corps, le souffle court, elle se demande pourquoi.

Ses yeux glissent sur les effets entassés sur des nattes, aux pieds des étrangers. Il y a là un amoncellement de barres métalliques, des objets apparemment en bois qu'elle imagine être les armes à foudre, des bracelets eux aussi en métal, d'un éclat plus vif que celui des barres. Combien en faut-il pour un enfant ? Combien pour un homme fait ? Les femmes grosses valent-elles plus que les autres ? Moins ? Que peut-on échanger contre l'affliction des enlevés, celle de ceux qui ne les reverront pas ? Cela prendra-t-il fin lorsque les Isedu se seront emparés du territoire bwele ? Eyabe tremble, songeant que des fils de son clan ont été traînés de force ici. Leur disparition inexpliquée a taillé en pièces l'harmonie de la vie en communauté. Nul ne dira aux Mulongo, quelle fut la destinée de leurs enfants. Elle ne le fera pas, puisqu'elle a été découverte.

Alors, ils ne sauront jamais, continueront à se méfier les uns des autres, à chercher, au sein de leur groupe, les coupables à châtier. Il n'est plus temps de s'interroger sur le silence du ngambi, consulté en vain.

Il est trop tard pour chercher à décrypter le message des maloba, les signes envoyés par Nyambe. Eux seuls savent pourquoi le monde devait s'achever, quelle réalité naîtra de sa dissolution. Un des hommes qui l'ont arrêtée lui crie un ordre. Voyant l'incompréhension dans ses yeux écarquillés, il la contraint à s'agenouiller. Lui appliquant une main sur la nuque, il voudrait l'obliger à baisser la tête. Elle lui résiste sans émettre un son. Eyabe défie du regard les personnes de haut rang. Ibankoro, qu'elle reconnaît à son couvre-chef bordé d'un fil luminescent, à l'abondance de colliers qui lui descendent sur le torse. Njole, qu'elle avait vue sur la place principale, lors des obsèques. D'autres dignitaires sont présents. Le seul visage qu'elle ne cherche pas est celui de Mutango.

Comme elle ne baisse toujours pas la tête, le soldat lui assène un coup. Eyabe tombe face contre terre, décide de ne pas parler. Tous tant qu'ils sont, elle n'a rien à leur dire. Les hommes aux pieds de poule semblent embarrassés par cet incident qui vient interrompre les affaires. Ils ne s'en plaignent pas, cependant. La femme pense à Mukudi, que l'on a emmené dans la bâtisse blanche. Elle revoit aussi le visage de celle qui les a dénoncés. Cela ne l'émeut pas. Son esprit s'envole au loin. La piqûre du sable sur sa peau l'indiffère. Elle entend à peine le notable bwele qui prend la parole en langue mulongo : *Femme*, dit-il, *tes scarifications t'ont trahie. Ce crâne rasé ne fera pas illusion. Que fais-tu ici ?* Eyabe ne répond pas. Son mutisme charrie plus de paroles qu'elle ne pourrait en prononcer. Il gronde plus puissamment qu'un tambour, tonne plus fort que ne le feraient des armes cracheuses de foudre.

La princesse Njolè rompt le silence. On entend un rire dans sa voix, pas dans celle de l'homme qui traduit ses propos : *Tu peux garder pour toi tes motivations. Les Mulongo sont désormais nos gens. Crois-moi, nous saurons leur apprendre à marcher droit. Les douze que nous avions pris la première fois nous ont causé bien des tracas. Par leur faute, nous avons perdu la face. L'affront est maintenant lavé. Sache : ta parole ne m'est rien.* S'adressant à celui qui se tient à sa droite, elle ajoute quelques mots. Il s'empresse de les transmettre : *Nous allons réfléchir à ton sort. Soit tu seras conduite dans l'une de nos régions, là où celles de ton clan ont été regroupées, soit nous te laisserons ici, où Son altesse Ibankoro disposera de toi à sa guise. Après tout, c'est son territoire que tu as violé.*

Interpellé, le prince isedu porte à la connaissance de l'assemblée son manque d'intérêt pour cette femme. Les derniers de son peuple à avoir foulé le sol de ce pays, ont été source d'ennuis. Une fois de plus, il a dû remettre des otages aux étrangers, en compensation de la perte de neuf captifs. Seuls sont demeurés un vieux qui ne pouvait servir à grand-chose, et un homme frappé de déréliction. De celui-là non plus, il n'y a rien à tirer. *Puisque ce sont vos personnes,* ajoute-t-il, *je compte sur notre sœur Njanjo et toi-même, pour les rendre plus... fréquentables. Autrement, nos accords ne tiendront plus. Pour produire des captifs à traiter, j'appliquerai les méthodes d'antan, qui ont fait leurs preuves.*

Njolè ne répond pas tout de suite. D'un geste de la main, elle invite son serviteur à l'éventer avec plus de vigueur, demande qu'on lui apporte de quoi se désaltérer. De là où elle se trouve, Eyabe croit entendre déglutir la princesse bwele, dont la voix lui parvient comme un bourdonnement, lorsqu'elle s'exprime à nouveau : *Frère, tu le reconnaîtras toi-même, ce qui s'est passé était imprévisible. J'entends par là que des forces occultes ont été mises en œuvre. Le coupable était certainement ce vieux sorcier. Sa capture était une erreur, mais il se trouvait avec les jeunes initiés, lorsque nos chasseurs les ont pris. Il ne peut plus rien, désormais, puisque « le bateau » l'a emporté.* Enfin, pour elle, la perte d'une ennéade de mâles mulongo est un mal pour un bien. L'événement a décidé la reine Njanjo à frapper un coup fatal à cette communauté. Ce fut une opération d'envergure, preuve que les Bwele ne prenaient pas la chose à la légère.

Pour capturer tout un clan, il a fallu déployer des hommes à travers la brousse pendant plusieurs jours. Par chance, les Mulongo sortaient peu. Ils étaient occupés à des rituels collectifs, avant le départ de leur chef. Cela a grandement aidé à mettre en place le dispositif. Désormais sans terre, privés de leur ministre des Cultes comme de leur chef, les Mulongo seront les captifs les plus malléables que l'on ait vus. Eparpillés à travers le vaste pays bwele, ils cesseront vite de parler leur langue, ne pourront recréer la cohésion de leur groupe, dont le nom lui-même disparaîtra. Absorbés par les Bwele, ils formeront, dorénavant, une caste de soumis, bonne pour le troc. C'est un tour de force, d'avoir réussi cela sans se donner la peine d'entrer en guerre avec eux.

C'est à dessein que le notable bwele traduit les mots de sa princesse. Il espère provoquer une réaction chez Eyabe. La femme n'écoute que distraitement tous ces bavardages. Son attention est maintenant dirigée vers l'océan. Elle l'a vu, quand les soldats d'Ibankoro la menaient devant leur souverain. Là, elle l'entend comme jamais encore. La voix de son premier-né est dans les rugissements de l'eau. Il pleure la paix qui ne lui sera pas accordée. Eyabe songe qu'elle a laissé son pot de terre dans la case. Elle en a pris grand soin, l'a tenu contre elle presque en permanence. La nuit, elle en a fait son appuie-tête, un véhicule pour que ses rêves la ramènent vers l'antan. L'amour. Les joies partagées. En cet instant, elle aurait voulu tenir une poignée de la terre conservée dans le récipient. La jeter dans l'eau avant de s'y précipiter. Tant pis. C'est son propre corps, qu'elle offrira aux flots, pour que cesse le tourment des morts sans sépulture. Que la paix advienne, même si la renaissance est compromise. La femme se redresse, bondit sur ses jambes. Elle s'élance, court de toutes ses forces vers l'océan.

*

Elles marchent côte à côte, serrées l'une contre l'autre, avancent à petits pas vers jedu. La végétation les empêche d'aller plus vite. Elles ne se sont pas munies d'un coutelas, pour trancher les branches rebelles. D'ailleurs, elles ont tout leur temps. Il en est ainsi, lorsqu'on ignore où l'on va : point n'est besoin de se hâter. C'est la plus âgée qui transporte la gibecière contenant de quoi se restaurer. Elles n'ont pas pris grand-chose, n'ont pas faim. Quand vient la nuit, elles cessent d'avancer, prient pour être assistées dans l'épreuve, s'abandonnent au sommeil. La crainte n'est pas à l'ordre du jour. De quoi s'inquiéter quand on a tout perdu ? Au détour d'un chemin, elles pourraient croiser une bête, un humain malintentionné, un mauvais génie. Elles ne s'en soucient guère. L'une des deux ne songe qu'à retrouver son fils. C'est pour cela qu'elle a accepté de quitter le village. Son aînée lui a dit que c'était le seul moyen : *Nous allons prendre la direction de jedu, sur les traces de notre janea. Au moment où je te parle, il doit avoir des nouvelles de Mukudi. Allez, viens...*

La vieille a menti. Elle n'avait pas le choix. Autrement, Ebusi n'aurait pas bougé, serait demeurée là, les mains appliquées sur les oreilles, avec, sur les lèvres, le nom de son premier-né. L'ancienne ignore si sa compagne survivra au voyage. Elle est si faible, après avoir passé des jours sans s'alimenter. Elle ne s'est pas non plus lavée depuis son installation dans la case commune. L'odeur qui émane de son corps est un supplice. Cependant, ce n'est pas ce qui fera flancher Ebeise. Cette puanteur-là serait presque douce, comparée à celle des corps en état de décomposition qu'il lui a fallu nettoyer, avant de les remettre à la terre qui ne pourra les conserver bien longtemps. Ces cadavres ne nourriront pas le sol du pays. Les plantes n'iront pas y puiser de quoi pousser. A tout point de vue, ce sont des morts inutiles. Des morts aberrantes.

Enfin, elle n'a pas tout à fait menti à sa compagne de route. Elle s'efforce de suivre le chemin qu'a dû prendre le chef. Sans permettre à l'espérance de s'élever trop haut dans son cœur, celle qui fut longtemps la matrone des Mulongo aimerait, avant de rejoindre l'autre monde, qu'il lui soit permis de revoir vivants des individus venus de son village. Qu'il lui soit donné de dire l'horreur. Il est impossible d'avoir vu cela, pour faire silence. Elle ne peut en parler avec Ebusi qui n'entend rien à rien, si le nom de son fils n'est pas prononcé. Tout ce que demande l'ancienne, c'est de ne pas s'éteindre avec toute cette douleur en elle. Il est déjà terrible d'imaginer que son esprit n'aura plus de communauté sur laquelle veiller. Elle refusait, il y a encore peu, la simple idée de se réincarner pour vivre à nouveau sur terre.

A présent, la perspective d'être un jour une âme sans attaches, lui tirerait des larmes. Pleurer la ferait s'écrouler. Elle ne s'en remettrait pas, si elle commençait. Alors, elle pense. Se pose sans arrêt les mêmes questions. Si ce sont bien les Bwele qui ont agi, qu'ont-ils fait de ceux dont elle n'a pas trouvé la dépouille ? Qu'ont-ils fait des douze mâles disparus la nuit du grand incendie ? Et surtout, pourquoi ? Il n'y a jamais eu de difficultés entre les deux populations. Si les Bwele avaient eu besoin de quoi que ce soit, leurs voisins se seraient fait l'obligation de les aider. Ils s'en seraient honorés. L'ancienne songe que son peuple, sans doute incité à cela par son histoire, a trop vécu replié sur lui-même. Les enfants d'Emene, meurtris d'avoir dû prendre la fuite devant leurs propres frères, blessés par l'exode puis l'exil, ont cru se préserver en s'interdisant de connaître davantage le monde. Peut-être auraient-ils trouvé des alliés. Ils n'ont plus prononcé le nom du pays d'avant, n'y sont jamais retournés, pour faire la paix. Dire : *Les générations ont passé, mais nous sommes toujours votre sang. Alors, connaissons-nous.*

Eux seuls auraient pu faire cela, la descendance de Muduru ne sachant où trouver celle d'Emene. Or, les Mulongo n'ont pas effectué le voyage en sens inverse, de mikondo à pongo, pour fouler à nouveau le sol originel. Le clan a vécu comme un être s'étant enfanté lui-même. Terrorisé par la violence, il l'a ritualisée, policée, de manière à régler les conflits par la parole. Mukano incarnait à merveille cette philosophie. A-t-il mal fait ? Elle ne le pense pas. Cependant, il faut bien reconnaître les dangers de semblables conceptions, lorsque l'on a la terre en partage avec d'autres, qui conçoivent différemment la vie. Sans trop y croire, Ebeise se dit que son mari, Mundene, aurait pu protéger le clan. Elle se souvient des premiers temps de leur union, quand il lui racontait l'histoire secrète de la communauté, la version mystique de l'épopée mulongo. Du temps d'Emene, la fondatrice du clan, le ministre des Cultes était assez puissant pour faire disparaître le peuple entier. Les prédateurs, qu'ils soient humains ou animaux, ne voyaient pas ceux qui avaient suivi la reine. C'était ainsi qu'ils avaient pu marcher si longtemps, de pongo jusqu'à mikondo, ne s'arrêter qu'au moment où la plante de leurs pieds épousait le sol.

Mundene, qui lui avait fait bien des confidences, n'était jamais allé jusqu'à lui révéler les arcanes de sa pratique. Aussi ignorait-elle s'il connaissait la méthode pour soustraire tout un village à la vue de potentiels agresseurs. Encore aurait-il fallu, pour la mettre en œuvre, avoir conscience des menaces. Le guide spirituel attaché à la reine Emene, n'avait pas eu besoin d'interroger le ngambi, pour savoir que des forces néfastes se déployaient à l'intérieur du monde connu, voire au-delà. S'éloigner des siens au risque de mourir, être contraint de se jeter tête la première dans l'inexploré, cela imposait quelques précautions. Pour les Mulongo, il en avait été autrement. Le clan avait trouvé son havre de paix, s'était recroquevillé dessus. Mundene, comme le reste de la communauté, avait été surpris par le grand incendie, n'en avait pas soupçonné l'origine. Aujourd'hui, il avait disparu. Le village aussi. Les visions d'Eleke s'étaient révélées trop imprécises pour indiquer la marche à suivre. Tétanisé par ses nouvelles responsabilités, Musima non plus, n'avait pas su quoi faire. La mort l'avait fauché alors qu'il tentait, une fois de plus, de faire parler le ngambi. Les ancêtres étaient-ils restés sourds à ses appels, ou avait-il failli ? On ne le saurait pas. Il aurait fallu garder les yeux ouverts sur le monde visible, voilà tout.

Que dirait-elle au janea, elle qui désirait tant le revoir ? Si elles avaient lieu, ces retrouvailles promettaient d'être une source de chagrin plus que d'apaisement. Le cœur de Mukano volerait en éclats. Il voudrait, de ses yeux, voir ce qu'il était advenu des terres héritées de ses prédécesseurs, ce qu'il restait du peuple dont il avait eu la charge. Son regard se poserait sur le sanctuaire aux reliquaires, changé en monticule de cendres. Gravissant la colline où se dressait jadis la chefferie, il y contemplerait des ruines carbonisées. Ses hurlements de rage ne rencontreraient que le vide. Il suffoquerait, accablé par les effluves de mort baignant le pays. Alors, il se souviendrait de sa visite à la reine Njanjo des Bwele, saurait qu'elle avait menti en prétendant ne rien savoir des fils perdus de Mulongo. Il comprendrait qu'elle l'avait sciemment conduit sur une fausse piste, afin d'envoyer ses chasseurs attaquer le village. Il voudrait l'affronter. S'apprêtant à déclarer la guerre pour la première fois de l'histoire des siens, Mukano se rendrait compte que seuls huit hommes lui restaient, ceux de sa garde rapprochée. Même un enfant n'envisagerait pas de se mesurer aux Bwele avec si peu d'éléments.

Assurément, ce seraient de pénibles retrouvailles. Pourtant, sans cette perspective, Ebeise n'aurait qu'à se laisser choir là, n'importe où, pour attendre sa fin. Elle ne peut s'y résoudre. Tout autour d'elle a été détruit, mais elle a été épargnée. Il faut bien une raison à cela. En marchant, elle écoute sa compagne qui fredonne une comptine, tape des mains en rythme, berçant un nourrisson imaginaire. Et celle-là ? S'il lui était donné de retrouver son premier enfant et, avec lui, la raison, comment supporterait-elle la disparition de ses autres petits ? Mieux vaut, pour elle, rester perdue dans ses souvenirs, n'avoir d'yeux que pour les jours heureux. L'ancienne lui passe un bras autour des épaules, l'attire contre elle. La femme rit. On dirait une fillette. Elle ne s'aperçoit pas que toutes deux viennent d'atteindre une zone marécageuse. Il leur est impossible de faire un pas de plus. Ebeise regarde la boue qui lui monte jusqu'au mollet. Il s'en dégage une odeur semblable à celle qui recouvre le village qu'elles ont quitté. La vieille se retourne, constate qu'elles ne peuvent rebrousser chemin, chercher une autre voie.

Prises au piège dans cette fange gélatineuse, elles peuvent à peine remuer les orteils. La terre ferme n'est pas en vue. Rien, dans ces parages, n'indique la présence d'une population, d'une personne à même de les entendre, si elles criaient au secours. Il ne faudrait pas s'épuiser en vains appels, s'avachir dans cette boue malodorante. Ebeise imagine avec horreur ce que cela doit être, de se laisser happer par cette matière, de la sentir pénétrer dans les narines, la bouche. Ebusi vient de remarquer l'étrange texture du sol, semble tentée d'y plonger les mains. L'ancienne se sent incapable de la retenir longtemps. Du regard, elle cherche une branche, un bâton, une liane même, quelque chose sur lequel s'appuyer, à quoi s'accrocher. Dans l'enchevêtrement des racines adventives d'un arbuste dont elle ignore le nom, celle qui n'est plus la matrone des Mulongo distingue un objet, plisse les paupières pour mieux voir.

Ses yeux s'embuent de larmes, quand elle reconnaît une des mbondi du chef Mukano. Ses hommes et lui sont bien arrivés jusqu'ici. Ont-ils poursuivi leur route ? Ce limon collant a-t-il eu raison d'eux ? Non. Ils étaient neuf. Mukano et huit de ses soldats. Elle veut croire qu'ils ont su se tirer de là. Immobile, la femme fixe son attention sur le soulier : une pièce en cuir, façonnée par les meilleurs artisans du clan. Le janea a dû le perdre à cause de la tourbe. Où peut-il être ? Il n'y a personne. Les branches de ces arbustes sont trop frêles pour supporter le poids de quiconque voudrait s'y abriter pour échapper à la gadoue. Ebeise est trop fatiguée pour se laisser gagner par la panique. Sans que ce soit une raison suffisante, le fait de voir, non loin de là, un objet ayant appartenu à Mukano, fait naître en elle le désir de s'approcher du bouquet d'arbustes. Elle ignore ce qu'elle fera une fois rendue, mais c'est un objectif aussi valable qu'un autre. Avec Ebusi à ses côtés, se donner un but, aussi modeste soit-il, est la seule chose à faire. Rester en mouvement. Si la nuit les trouve en ce lieu, Ebusi voudra s'asseoir ou s'allonger. L'ancienne n'est pas pressée d'assister à ce spectacle. S'il lui faut s'avouer vaincue, elle aura tout tenté auparavant.

Tenant fermement Ebusi contre elle, l'aînée se concentre sur ses pieds, emploie toute sa volonté à en décoller un, au moins un, de la vase qui l'a aspiré. Hilare, sa compagne s'abandonne à l'étreinte comme le ferait une enfant, si bien que tous les efforts pèsent sur les épaules de la matrone. La vieille se met à chanter pour se donner du courage, un air sans joie, comme ceux que les femmes de son clan ont créés pour dire la nuit du grand incendie, la disparition des leurs, la réclusion de dix mères éprouvées dans une case isolée. La chanson qu'entonne Ebeise, est faite pour que s'y joignent d'autres voix. Elle raconte ce qu'elle sait des derniers temps du peuple mulongo, nomme ceux que l'on n'a pas revus après le feu, appelle par leur nom les femmes dont les fils sont perdus, se remémore leur premier accouchement. Elle se souvient d'Eleke, sa plus-que-sœur. *Il fallait bien,* dit-elle, *que l'une de nous s'en aille attendre l'autre au pays des morts.* L'ancienne pense à son fils aîné, dont elle a dû arracher la tête à une poule. Elle pense à son mari, le maître des mystères, qui ne s'est pas manifesté. Elle convoque le chef, interroge les sages de la communauté, qu'il lui a fallu enterrer.

Ses jambes s'engourdissent. Elle ne lâche pas Ebusi, ni ne renonce à son effort. Il lui semble avoir réussi à remuer un peu le pied droit, lorsqu'une voix lui parvient. Quelqu'un chante avec elle, épousant le rythme de la complainte improvisée, trouvant d'instinct les phrases qui manquent pour ponctuer les couplets. C'est en langue mulongo qu'une femme l'accompagne en disant : *Eee, notre tante, on m'a appris cela. Eee, notre tante, cela et plus encore.* Ebeise se tait, tend l'oreille, cherche. Elle a reconnu cette voix, pense l'avoir reconnue, mais il lui faut voir le visage de la femme. Alors, elle saura s'il ne s'agit pas là d'une ruse de mauvais génie. Entre les branches d'arbustes poussant à quelques pas, non loin de l'endroit qu'elle souhaite atteindre, l'ancienne ne découvre aucune figure familière. Il n'y a qu'une fillette silencieuse. Une gamine inconnue, juchée sur un tronc d'arbre, qui la regarde fixement. L'enfant étend le bras. Pendant un moment, Ebeise ne voit que ce membre. L'autre voix dit toujours : *Eee, notre tante, on m'a appris cela. Eee, notre tante, cela et plus encore.* C'est uniquement pour cette raison que la matrone finit par regarder dans la direction qu'on lui pointe. Alors, elle reconnaît Eyab̲e̲.

*

Ceux qui vivent derrière ce marais sont venus les chercher. Il leur a fallu du temps, pour arracher à la vase le corps massif de l'ancienne. Ensuite, ils les ont conduites, à bord de leurs radeaux, sur les berges d'une rivière qu'ils nomment Kwa, un mot qui, dans leur langue, évoque la justice. Les femmes de la communauté les ont accueillies. Elles ont habité la case réservée aux nouveaux venus. Là, elles ont eu la surprise de trouver Musinga, époux d'Eyab̲e̲, et détective attitré du janea. L'homme avait pris la direction de jedu à la suite de son souverain, bien après le départ de ce dernier. Il s'inquiétait. Le Conseil se révélait incapable d'administrer la communauté. Il avait atteint le marais la veille du jour où les hommes de Bebayedi découvraient le corps sans vie de Mukano. Depuis, on le soignait pour une fièvre contractée au cours de la nuit qu'il avait dû passer dans la tourbe, entouré de cadavres en décomposition. Son état s'était amélioré au retour d'Eyab̲e̲. La voyant, il avait murmuré : *Tu ferais un excellent pisteur, avec un peu d'entraînement.* D'un ton grave, elle avait demandé : *Pourquoi n'es-tu pas venu me voir dans la case commune ? Croyais-tu aussi que j'avais tué notre fils ?* L'homme avait secoué la tête, en signe de dénégation. Non seulement il ne l'avait jamais cru, mais il s'était discrètement présenté aux abords de l'habitation, presque tous les jours. *Il m'était impossible de t'approcher, mais je ne t'ai jamais abandonnée. Ne me connais-tu pas mieux que cela ?*

Pendant que l'ancienne et sa compagne se reposaient, celle qui avait pris la route pour trouver le pays de l'eau, a conté les péripéties de son voyage. Oui, le pays de l'eau existe. Il s'étire depuis la côte jusqu'à l'horizon. On ne peut, ni l'arpenter à pied, ni en mesurer l'étendue. Il se dit qu'au-delà, des terres existent, peuplées d'humains. Les étrangers aux pieds de poule viendraient de l'un de ces pays lointains. Eyabe a tout dit de ce qu'elle a vu, entendu, éprouvé, depuis son départ du village. Elle n'a omis aucun détail, pas même le mystère de sa mort, puis de sa renaissance. L'ancienne et Ebusi ont appris que, ne voyant pas d'issue plus honorable, elle s'est jetée dans l'océan. Elles ont du mal à se représenter cet espace aquatique, quand une rivière est déjà, à leurs yeux, un phénomène. L'océan, cela ne signifie rien, mais elles ont écouté. Elles ont tremblé, pleuré. Étouffé des cris, pleuré. Proféré des jurons, pleuré, pleuré…

Eyabe a relaté ce qui s'est passé sous l'eau, quand elle s'est noyée. Bana était là, tel qu'il ne pouvait se montrer sur la terre des vivants. Il arborait ses neuf visages qui ont parlé d'une même voix : *Quand on nous a fait pénétrer dans le ventre du bateau, d'autres captifs se trouvaient là, venus de contrées dont nous n'avions pas connaissance. Nous avons été séparés, pour qu'il n'y ait pas d'entente entre nous. C'est Mukate qui a eu l'idée, mais nous l'avons approuvé et suivi. Il a chanté pour nous parler, proposant d'abandonner nos corps. De cette façon, nous regagnerions le village, demanderions à nos mères de nous enfanter à nouveau. Le ministre des Cultes nous a mis en garde : cette procédure n'était pas autorisée en pareil cas. Il nous était interdit de*

quitter notre chair dans le but de nous soustraire à l'épreuve.
Aurions-nous dû l'écouter ? Nos mères ne nous ont pas recon-
nus. Lorsque nous avons tenté de reprendre nos corps, les
hommes aux pieds de poule les avaient jetés à l'eau. Voilà
pourquoi nous sommes ici. Seuls notre frère Mukudi et le
vieux Mundene sont restés à bord du vaisseau. Il fallait que
quelqu'un vienne. Qu'on nous entende...

Mundene a été emporté avec les captifs inconnus. S'il
a survécu à la traversée, il se trouve à présent dans un
pays situé de l'autre côté de l'océan. Pas étonnant, si son
esprit doit enjamber toute cette eau pour se manifester,
qu'on n'ait pas eu de ses nouvelles. Mukudi, quant à lui,
a été ramené à terre. Il était mal en point. Les étrangers
n'en voulaient pas, disaient avoir été floués. Après qu'elle
a entendu la parole des disparus, Eyabe s'est réveillée dans
la bâtisse blanche érigée sur la côte. Des soldats isedu
avaient plongé derrière elle, sur ordre de leur souverain.
A son corps défendant, ils l'avaient sauvée de la noyade.
Il ne fallait pas que les enchaînés qu'on allait traiter, ou
les crânes rasés qui auraient vent de l'affaire, soient tentés
de l'imiter. Dans la geôle qu'elle partageait avec Mukudi
— on l'avait placé en isolement —, Mutango est apparu
au milieu de la nuit. L'homme, désormais au service de
la princesse archère des Bwele, avait soudoyé les gardes
pour pénétrer dans les lieux. Il n'avait pas eu le temps
de raconter son histoire. Privé de parole puisqu'on lui
avait coupé la langue, il n'avait pu s'exprimer que par
gestes, expliquant qu'il prendrait la place de la femme.
Elle pouvait s'en aller. Nul ne l'en empêcherait. Tout ce
qu'il y avait à faire, c'était d'échanger leurs vêtements.
Amaigri comme il l'était maintenant, il pouvait sans mal
revêtir les habits d'Eyabe, faire illusion jusqu'au retour

du soleil. Quand elle sortirait, on la prendrait pour lui. Il fallait se hâter.

Se tournant vers Mukudi, Eyabe l'avait supplié de la suivre. Ils iraient ensemble attendre les passeurs, s'établir près du marais. Leur peuple avait été capturé, emmené hors de ses terres. Ils n'avaient plus de village. L'homme n'avait pas besoin de rester en pays isedu pour se souvenir de ses frères. Ils ne lui reprochaient rien. Ils étaient morts en espérant se donner une chance de vivre à nouveau. Pour les honorer, il devait accepter de leur avoir survécu. C'était ainsi que tous deux s'étaient élancés sur les chemins. Voilà ce qu'a rapporté la femme. A présent, Ebusi doit comprendre pourquoi son premier-né la prie de ne plus l'appeler Mukudi. Il souhaite renaître à sa manière, sur les berges de la rivière Kwa. Ce que ses frères n'ont pu réaliser, il l'accomplira en leur nom. Mère et fils se tiennent près de l'eau. Des enfants y plongent des nasses pour piéger les poissons. Les plus doués les attrapent à main nue. Elle demande : *C'est pour cela que tu ne me répondais pas ? Parce que tu ne veux plus porter ce nom ?* Il répond : *Je ne t'entendais pas, parce que ce n'est plus mon nom. Celui dont tu parles est mort avec les autres. Je ne sais pas moi-même qui je suis devenu, mais nous le découvrirons ensemble, si tu veux bien m'assister.* Plus loin, Eyabe s'entretient avec Ebeise. L'ancienne l'écoute attentivement. Elle sourit, lorsque la voix d'Eleke vient lui chuchoter : *Ecoute-la donc. Où qu'elle aille, celle-ci est fille d'Emene.*

La femme dit que cette terre s'appelle Bebayedi. Elle est le pays que se sont donné ceux qui ont échappé à la capture. Ici, les souvenirs des uns se mêlent à ceux des autres, pour tisser une histoire. L'ancienne demande ce que l'on peut devenir sans le secours des ancêtres, sans reconnaître, sur le sol, l'empreinte de leur passage. Comment avancer, si d'autres n'ont pas déjà tracé un chemin. La femme répond que les aïeux ne sont pas hors de soi, mais en soi. Ils sont dans le roulement des tambours, dans la manière d'accommoder les mets, dans les croyances qui perdurent, se transmettent. Ceux qui les ont précédées sur la terre des vivants habitent la langue qu'elles parlent en ce moment. Elle sera transformée au contact d'autres langages qu'elle imprégnera autant qu'ils la rempliront. Les ancêtres sont là. Ni le temps, ni l'espace ne leur sont des limites. Aussi résident-ils là où se trouve leur descendance. *Un grand nombre des nôtres ont péri,* ajoute-t-elle, *mais tous ne sont pas morts. Là où ils ont été emmenés, ils font comme nous. Même à voix basse, ils parlent notre langue. Lorsqu'ils ne peuvent la parler, elle demeure le véhicule de leur pensée, le rythme de leurs émotions.*

La femme dit que l'on ne peut dépouiller les êtres de ce qu'ils ont reçu, appris, vécu. Eux-mêmes ne le pourraient pas, s'ils en avaient le désir. Les humains ne sont pas des calebasses vides. Les ancêtres sont là. Ils planent au-dessus des corps qui s'enlacent. Ils chantent lorsque les amants crient à l'unisson. Ils attendent sur le seuil de la case où une femme est en travail. Ils sont dans le vagissement, dans le babil des nouveau-nés. *Les tout-petits racontent les sphères de l'esprit, qu'ils ont connues avant d'être parmi nous. Si nous pouvions les comprendre, nous saurions quelles vieilles âmes logent dans ces corps neufs. D'ailleurs, nous le savons parfois. Nous le voyons, si nous sommes attentifs.* Les enfants grandissent, apprennent les mots de la terre, mais le lien avec les contrées de l'esprit demeure.

Les ancêtres sont là, et ils ne sont pas un enfermement. Ils ont conçu un monde. Tel est leur legs le plus précieux : l'obligation d'inventer pour survivre.

La femme dit qu'il faut pleurer les morts. Neuf garçons du clan ont quitté leur corps, afin que leur esprit retourne auprès de leurs proches. En ce nouveau pays de Bebayedi, une sépulture leur sera donnée. On enfouira des troncs de makube dans la terre. Au bout de neuf lunes, on bâtira, par-dessus ces tombes, une case dont chaque pilier porteur sera baptisé du nom de l'un des jeunes défunts. Ce sera le sanctuaire du village. Une ennéade d'hommes ont péri, alors qu'ils partaient à la recherche des fils perdus de Mulongo. Mukano et ceux de sa garde reposent dans le marais proche de Bebayedi. Surpris par des pluies torrentielles qui ont duré plusieurs jours, ils se sont noyés là. Le peuple d'ici, reclus dans ses habitations durant le mauvais temps, n'a pu les secourir. C'est l'odeur qui les a alertés, une fois le déluge passé. Le chef s'était accroché à des racines de tanda. La partie supérieure de son corps pourrissait au soleil.

En une nuit, immédiatement après cette découverte, une fleur appelée manganga s'est mise à pousser en abondance dans cette partie du marais. Peu à peu, l'eau a commencé à rendre des effets : les sagaies, les amulettes des soldats mulongo ; le mpondo du chef, celle de ses mbondi que la tourbe avait emprisonnée – l'autre ayant été retrouvée plus tard par Ebeise –, son ekongo et son bâton d'autorité. Le tout sera remis à l'ancienne, en attendant l'érection du sanctuaire. La femme dit que vingt-sept personnes ont été mises en terre dans le pays d'avant. Leurs noms seront transmis ici, afin qu'ils sachent qu'un peuple les reconnaît, les réclame. La vieille hoche la tête.

De peur d'être mal comprise, elle n'ose dire : *Tout est bien.*
Alors, elle murmure : *Sachons accueillir le jour lorsqu'il se présente. La nuit aussi.*

Léonora Miano
Paris, décembre 2012.

Glossaire[1]

Betambi (singulier : etambi) : sandales.
Dibato (pluriel : mabato) : étoffe.
Dindo : repas marquant la fin d'une épreuve, préparé avec des ingrédients inhabituels.
Ekongo : casque royal, porté lors de batailles.
Elimbi : tambour.
Etina : jour de la semaine.
Eyobo : étui pénien.
Inyi : figure féminine du dieu créateur.
Iyo : mère.
Kwasi : jour de la semaine.
Janea : chef.
Jedu : l'est.
Maloba (singulier : loba) : divinités secondaires, se manifestant, par exemple, dans les éléments.
Manjua : vêtement à franges, en fibres végétales, qui ressemble à une jupe ; se porte en signe de lamentation.

---

1. Les noms des plantes ou arbres ne sont pas traduits, l'auteur ne connaissant pas toujours les termes français adéquats. Certaines autres notions ne sont pas expliquées pour les mêmes raisons, ou quand ce n'est pas nécessaire.

Mao : vin de palme.

Mbenge : l'ouest.

Mbua : pluie.

Mbondi : bottines portées par le chef lorsqu'il est en voyage.

Mikondo : le sud.

Misipo : l'univers.

Mpondo : cape royale, en peau de léopard.

Mukosi : jour de la semaine.

Musuka : coiffe royale.

Mwititi : obscurité, ombre.

Ngambi : oracle.

Ngomo : tambour.

Nyambe : dieu créateur.

Nyangombe : loba de la stérilité.

Pongo : le nord.

Sango : titre donné aux hommes en signe de respect, se traduit par « Monsieur » ou par « Seigneur » selon les cas.

Sanja : pagne.

Wase : terre.

Remerciements

Je tiens à remercier Sandra Nkaké, qui m'a remis, en septembre 2010, une enquête intitulée *La mémoire de la capture*[1]. Réalisée par Lucie-Mami Noor Nkaké, la mère de Sandra, *La mémoire de la capture* n'est pas un essai, mais un court rapport de mission. Son objet était de voir s'il existait, en terre subsaharienne, une mémoire de la Traite transatlantique. Menée avec le concours de la Société africaine de culture et de l'UNESCO, l'enquête, effectuée au sud du Bénin, démontre l'existence d'un patrimoine oral sur le sujet, et la pertinence de recherches encore à mener, y compris dans d'autres pays subsahariens.

Ce rapport de mission n'était pas destiné à être lu par un auteur de fiction. Beaucoup jugeraient ennuyeux un tel document, technique par certains aspects. J'y ai pourtant trouvé la confirmation de très anciennes intuitions qui, devenues obsessionnelles, irriguent ma proposition littéraire.

Qui fréquente mes écrits s'en doute, cela fait des années que je lis à propos de la Traite transatlantique, de bien

---

1. Société africaine de culture & UNESCO, 1997.

233

d'autres thématiques liées à l'expérience des Subsahariens et/ou des Afrodescendants. Pourtant, *La saison de l'ombre* n'aurait pas vu le jour sous cette forme, sans *La mémoire de la capture*, en grande partie à cause de l'intitulé donné à ce document. Quelle mémoire avons-nous, en effet, de la capture ? Peut-on se souvenir de ces arrachements sans dire qui étaient ceux qui les ont vécus et comment ils voyaient le monde ?

Pour décrire le quotidien de communautés subsahariennes ayant vécu avant la colonisation, il a fallu effectuer des recherches. Il était important, pour recréer ces populations, d'acquérir une bonne connaissance de tous les aspects de leur vie, de leur pensée. Par pur chauvinisme, je me suis basée sur mon espace culturel de référence, l'Afrique centrale bantoue, elle aussi concernée par la Traite transatlantique, bien qu'elle en parle peu. En ce qui concerne la mythologie, les croyances, mais aussi les vêtements, par exemple, *La saison de l'ombre* doit beaucoup aux travaux du Prince Dika Akwa nya Bonambela, et en particulier, à un ouvrage intitulé *Les descendants des pharaons à travers l'Afrique*[1].

Last but not least at all, ma famille.

La langue subsaharienne utilisée est le douala du Cameroun, pour toutes les populations imaginées par le texte. Il a quelquefois été utile de combler mes lacunes en la matière.

Merci à ma mère, Chantal Kingué Tanga, d'avoir répondu à toutes mes questions concernant les plantes, et d'avoir recherché les réponses, quand elle ne les avait pas.

---

1. *Les descendants des pharaons à travers l'Afrique* : *la marche des nationalités kara ou ngala de l'antiquité à nos jours*, Osiris-Africa, 1985.

Merci à Philippe Nyambé Mouangué, qui m'a apporté des éléments précieux et déterminants pour écrire ce roman, en ce qui concerne, notamment, la perception non raciale qu'on eut des Européens sur nos côtes.

L. M.

Table

Composé par Nord Compo Multimédia
7, rue de Fives, 59650 Villeneuve-d'Ascq

Cet ouvrage a été imprimé en France
par CPI Bussière
à Saint-Amand-Montrond (Cher)
en octobre 2013

Grasset s'engage pour
l'environnement en réduisant
l'empreinte carbone de ses livres.
Celle de cet exemplaire est de :
500 g éq. CO_2

PAPIER À BASE DE   Rendez-vous sur
FIBRES CERTIFIÉES   www.grasset-durable.fr

N° d'Édition : 18041. — N° d'Impression : 2005611.
Première édition, dépôt légal : août 2013.
Nouveau tirage, dépôt légal : octobre 2013.